たとえ明日世界が終わろうとも、
希望を抱いて生きる人間の物語です。
みなさんの前途にも
希望が満ちはするように…。

凪良ゆう
Yuu nagira

내일 세상이 끝난다고 해도,
희망을 품고 사는 사람의 이야기입니다.
여러분의 앞길에도 희망이 가득하기를 바랍니다.
from. 나기라 유

멸망 이전의 샹그릴라

멸망 이전의 샹그릴라

滅びの前のシャングリラ

나기라 유 지음
김선영 옮김

한스미디어

차례

✳

샹그릴라 7

✳

퍼펙트 월드 115

✳

엘도라도 203

✳

마지막 순간 287

샹그릴라

에나 유키, 열일곱 살. 같은 반 아이를 죽였다.

죽어도 전혀 아쉽지 않은 나쁜 녀석이었지만 내 손으로 죽이게 될 줄은 몰랐다. 이마와 콧등에 땀이 솟구친다. 엄청난 미래다. 굉장한 세상이다. 무슨 일이 벌어질지 모른다.

✳

종례가 끝나고 담임이 나가자 팽팽했던 실이 끊긴 것처럼 교실 분위기가 흐트러진다. 동아리 활동을 하지 않는 아이들은 맥도날드니 노래방이니 하며 방과 후 일정을 이야기하고, 옆자리 오사다는 바나나를 따러 가는 고릴라처럼 괴상한 포효를 지르며 교실을 뛰쳐나간다. 오사다는 야구부 주장이라 고시엔 구장 출전에 모든 고등학교 생활을 걸었다.

청춘의 빛을 흩뿌리는 학급 친구를 곁눈질하며 동아리 활동을 하지 않는 나는 서둘러 교과서를 가방에 넣었다. 나는 운동부와 인연이 없다. 옛날부터 잘하는 운동이 없었다. 아니, 초등학교 저학년 때는 그렇지도 않았나. 달리기도 그런대로 빨랐는데 그때쯤부터 몸무게가 늘기 시작하면서 운동도 못하게 됐다.

살을 빼면 운동신경도 돌아올까? 통통한 체형이 날씬해지기만 해도 내 생활은 30피센트 정도는 개선되겠지. 그런 가상의 밝은 미래를 상상하며 돌아가려던 차였다.

"에나, 잠깐, 잠깐! 청소 당번 좀 바꿔줘!"

등 뒤에서 이노우에가 어깨에 찰싹 기대어왔다. 실실 웃으면서 "응? 부탁한다?" 하고 옆구리를 주먹으로 쑤신다. 아야야야.

"끝나면 연락해라."

이노우에는 대답도 듣지 않고 친구와 나란히 돌아갔고, 나는 고개를 숙이고 한숨을 쉬었다. 어깨에 멘 가방을 책상에 도로 내려놓고 교실 구석 사물함에서 청소 도구를 꺼냈다.

성실하게 청소하는 학생들은 나를 포함해 세 명, 성의 없게나마 일단 하는 건 다섯 명, 완전히 손을 놓은 건 두

명. 늘 생각하지만 신기한 비율이다.

청소 당번은 한 반을 남녀 혼합 네 조로 나누어 돌린다. 적당히 분류된 그룹일 텐데 얼마 지나면 자연스레 열심히 하는 학생, 적당히 하는 학생, 진심으로 회피하는 학생이라는 상중하 계층으로 나뉜다. 참고로 회피하는 학생이 '상'이다.

기묘하게도 아무리 대충 나누어도 나는 어느 틈엔가 하류층에 들어가 있다. 통통한 체형에 공부와 운동은 평균보다 좀 아래 아니면 바닥에서 조금 위. 각각은 치명적이지 않지만 여러 개가 더해져 '에나 유키'가 되는 순간, 어떠한 법칙이 발동해 이세계로 날아가는 라이트노벨 주인공처럼 나는 하류층으로 날아간다. 하지만 날아간 이세계에서도 용사나 마법사가 되는 일은 없다. 나는 어디까지나 나다.

아무리 아등바등해봤자 신의 섭리처럼 나는 하류층에서 벗어날 수 없다. 더욱 두려운 건 아마도 이 법칙이 사회에 나가서도 이어지리라는 사실.

— 나는 평생 착취당하는 양으로 살아가겠지.

젖을 빼앗기고, 꼼짝 않고 얌전히 털을 깎이기만 하는 약한 생물. 하지만 어느 날 문득 번개처럼 강하게 찬란한 계시가 내려오지는 않을까?

— 나는 어쩌면 양의 탈을 쓴 다른 짐승이 아닐까?

— 이 복슬복슬 촌스러운 양털을 벗고 변신할 때가 오지 않을까?

그때가 오면 나를 어리게 보이게 하는 덧니는 날카로운 송곳니가 되고, 짧게 다듬은 손톱은 흉포한 갈고리처럼 휘어, 세상을 탁하게 뒤덮은 부조리라는 이름의 베일을 찢어발기지 않을까? 포효하며 황야를 달려가는 짐승이 된 나를 상상해보았다.

빗자루로 쓸 때마다 먼지가 반짝반짝 허공에서 춤춘다. 창문으로 쏟아지는 저녁 햇살 속에 떠오르는 먼지를 뒤집어쓰면서 격렬하고도 찬란히 타오르는 짐승이 된 나의 모험담을 상상하는 사이에 청소는 끝났다. 현실에서 동떨어진 이야기에 몰두하면 굴욕에서 벗어날 수 있다. 내가 항상 쓰는 방법이다.

'청소 끝났습니다.'

이노우에게 LINE 앱으로 메시지를 보내자 바로 답장이 왔다.

'역 앞 노래방에 있으니 심부름 좀 해.'

이어서 음료수와 과자 이름이 줄줄이 찍혔다. 고맙다거나 수고했다는 위로의 말은 한마디도 없다. 녀석들은 그런 대우를 받는 게 당연하다고 생각한다.

'3층 제일 안쪽 방. 달려.'

하고 싶은 말은 많지만 나는 일단 편의점으로 달려갔

다. 웃기지 마, 멍청한 자식, 하고 속으로 욕하지도 않는다. 쏟아낸 욕설은 언제나 부메랑으로 돌아와 내 가슴에 깊이 박힌다. 그 멍청한 자식에게 빌빌거리는 나라는 형태로.

"실례합니다."

내가 종업원이냐? 자책하며 지정된 안쪽 방으로 들어갔다. 유행하는 J-POP 음악이 터져 나왔다. 어두운 실내에는 이노우에 그룹과 다른 반 여학생들까지 여덟 명이 있었다. 교내 카스트 제도 안에서도 상위 그룹이다. 같은 교복인데 세련된 차림에, 묘하게 무기력하고, 웃음소리가 크고, 선생님에게도 반말을 하고, 교실 뒤쪽 창가 자리를 차지하는 녀석들이다.

'아, 후지모리.'

윤기 넘치는 길고 검은 머리, 커다란 눈에 옅은 복숭앗빛이 감도는 도톰한 입술. 치마 아래로 뻗은 가느다란 다리는 무릎 아래가 굉장히 길다. 다른 여학생들과는 차원이 다르다는 걸 한눈에 알 수 있다. 상위 중에서도 최상위 여학생이다.

우리 학교 최고의 미소녀는 나를 힐끔 쳐다봤을 뿐, 바로 마시던 아이스티 잔으로 시선을 돌렸다. 나는 일 초라도 빨리 여기서 달아나고 싶었다.

"부탁한 물건입니다."

이노우에에게 편의점 봉투를 건네자 수고했다며 천 엔

짜리 지폐를 두 장 준다. 거스름돈을 주고 돌아가려는데 "에나" 하고 부른다. 쭈뼛쭈뼛 돌아보자 웃고 있는 여학생들과 눈길이 마주쳤다.

"모처럼 왔으니 한 곡 부르고 가지?"

"유키에, 신청곡 말해봐. Loco 좋아하잖아?"

아이들의 말에 후지모리 유키에는 됐다고 쌀쌀맞게 대답했다.

"그럼 우리가 에나에게 어울리는 멋진 곡을 골라줄게."

후지모리를 제외한 여학생들이 신나서 리모컨을 조작했다. 그녀들은 나를 동료로 인정하는 게 아니라 그저 비웃고 싶은 것이다. 이노우에 패거리는 실실거리고 있다.

"자, 에나."

이노우에가 마이크를 건넸지만 흘러나오는 음악을 들어본 적은 있어도 맞춰서 노래 부를 줄은 모른다. 세련된 멜로디에 멍하니 서 있자 모두가 웃음을 참으며 쳐다보았다.

"못 부르겠으면 춤이라도 춰야지?"

이노우에가 임금님처럼 소파 등받이에 몸을 기댔다. 그것은 제안이 아니라 명령이었다.

고개를 숙이고 스니커를 신은 발끝만 바라보았다. 이런 일은 흔하다. 익숙하다. 하지만 오늘은 괴롭다. 어째서 하필 후지모리 눈앞에서 이런 짓을 하는 걸까.

지금까지도 교내 카스트 제도 안에서는 하위에 들어가

있었지만 나 같은 그림자는 그림자대로 평화로운 생활을 보내고 있었다. 그런데 이노우에에게 찍히고 나서는 서서히 더 하강하기 시작했다.

특별한 이유는 없다. 누가 봐도 상위 그룹과 하위 그룹임을 알 수 있는 우리의 자리가, 이노우에의 '이'와 에나의 '에'라는, 일본어 오십음도 순서대로 적힌 출석부 이름처럼 앞뒤로 배치되어 있었다. 그저 그런 운명의 장난 때문일 뿐이다.

나의 불행은 곧 이노우에에게는 심부름꾼이 바로 뒤에 앉아 있다는 행운이었다. 매일 뭔가 부탁을 받고 들어주는 사이에 다른 학생들에게도 무시당하기 시작했고, 두 달마다 찾아오는 자리 교체 시기가 돌아오기도 전에 '에나＝이노우에의 하인'으로 정착하고 말았다.

"에나."

이노우에가 거들먹거리며 턱짓을 했다. 여기는 상류층이 모이는 나라. 하류층이 거역할 수단은 없다.

일단 손을 들었다. 모두 흥미진진한 표정을 짓는다. 음악에 맞춰 몸을 비틀자 일제히 웃음이 터져 나왔다. 그 이상 어쩌면 좋을지 몰라 일단 바닷속 미역처럼 흐느적거리자 모두가 폭소하며 그런 내 모습을 스마트폰으로 찍었다. 굴욕감에 무너지기 전에 나는 마음에 뚜껑을 덮고 평소 하는 방법대로 도피했다.

먼저 이 녀석들 모두에게 저주를 건다. 음식점에 들어가면 반드시 주문을 잊어버리는 저주, 결혼식 날에 다래끼가 생기는 저주, 카레 반찬인 날 깜빡 잊고 밥솥 스위치를 누르지 않는 저주. 꿀렁꿀렁 몸을 흔들며 열심히 저주하는 사이에 곡은 후반부로 넘어갔다.

이 저주에는 요령이 있다. 이 녀석들이 시시덕거리며 걸어갈 때 차에 치여서 온몸이 사방으로 토막토막 흩어져 죽게 해달라거나, 부모가 파산해서 빚쟁이에게 쫓겨 가족이 뿔뿔이 흩어지게 해달라는 저주는 안 된다. 어딘가 일말의 유머를 남겨야 한다.

진짜 저주는 스스로에게 돌아왔을 때 괴롭다. 나는 그것을 경험으로 배웠다. 남의 죽음을 바랄 만큼 내 처지가 비참하다는 현실과, 요즘 권선징악은 이야기 속에도 거의 나오지 않는다는 현실과, 저주는 이 세상에 없다는 당연한 현실. 현실 3연타다.

그렇게 나는 오늘도 절망이라는 이름의 폭풍우가 치는 바다를 유머라는 작은 배를 타고 간신히 항해하고 있다. 아득히 멀리 보이는 해안을 향해 열심히 노를 젓는 중에 그만 후지모리와 눈이 마주치고 말았다. 그녀만 웃지 않고 희미하게 눈썹을 찌푸리고 있다.

웃음을 사지 못하는 피에로는 웃음을 사는 피에로보다만 배는 더 괴롭다.

유머의 작은 배가 그만 뒤집히려 하는 바람에 반사적으로 크게 미역춤을 춘 순간, 후지모리가 일어섰다. 움찔 동작을 멈춘 내 쪽은 쳐다보지도 않고 불쾌하다는 듯 방에서 나갔다. 그런 후지모리의 뒤를 쫓듯 이노우에도 헐레벌떡 나갔다. 남은 사람들이 의미심장하게 눈짓을 주고받았고 나는 춤을 재개했다.

학교 최고 미소녀인 후지모리는 당연히 인기가 많다. 그리고 고백은 모조리 거절한다. 여학생에게 인기가 많은 잘생긴 축구부 에이스 선배가 더듬더듬 고백하려 할 때 "할 일이 있으니 서둘러 주세요"라는 말로 에이스 선배를 단숨에 격파. 후지모리의 명성은 더욱 견고해졌다.

지금은 후지모리에게 고백하려는 용감한 학생이 크게 줄었지만 이노우에는 그래도 버티는 이들 중 하나다. 그것을 아는 아이들의 반응은 제각각이라, 후지모리를 짝사랑하는 남학생은 넌지시 복도 상황을 궁금해하고, 이노우에를 짝사랑하는 여학생은 맞은편에서 어두운 표정을 짓고 있다. 그 아이의 친구인 여학생이 작은 목소리로 다독이고 있고 나머지는 실실거리는 구경꾼들.

세상은 서열로 분류되지만 각각의 계층 안에 소용돌이치는 애증은 다 똑같다. 나는 의욕 없는 해초처럼 몸을 흔들며 그런 모습을 그저 바라보고 있다. 정면돌파를 포기하면 하루하루는 조금 편하게 지나간다.

곡이 끝나 돌아가려는 나를 붙잡는 사람은 아무도 없었다.

지친 발걸음으로 복도를 지나는데 계단을 가로막고 있는 두 사람과 마주쳤다. 이노우에가 벽 쪽에 후지모리를 가둔 자세로 열심히 떠들고 있다.

"왜, 좋잖아. 유키에 네 상황에 맞출 테니 어디든 가자."

친한 척 이름으로 부르다니 불쾌했다. 후지모리는 번거롭다는 듯이 시선을 피하고 있다. 이노우에를 거들떠보지도 않는 태도에 나는 마음을 강하게 먹었다. 두 사람에게 다가가 침을 꼴깍 삼키고 태세를 정비했다.

"이노우에."

억지로 끼어들자 이노우에가 내 쪽을 돌아봤다.

"아아, 그만 돌아가도 돼. 수고했어."

집적거리다 흥미를 잃은 들개를 쫓아내는 듯한 말투였다. 이노우에는 바로 후지모리 쪽으로 몸을 돌렸지만 나는 떠나지 않았다. 가방에서 지갑을 꺼내 백 엔짜리 동전을 꺼냈다.

"아까 심부름 거스름돈, 잘못 계산했으니 돌려줄게."

이노우에는 혀를 차더니 귀찮다는 듯이 내 손바닥에서 동전을 낚아챘다.

그 틈에 후지모리가 이노우에 옆으로 빠져나와 여자 화장실로 달아났다. 이노우에가 깜짝 놀라 그쪽을 봤지만 이미 늦었다. 이노우에는 멍청한 얼굴로 서 있다가 나를 매섭게 노려봤다. 갑자기 내 정강이를 세게 걷어차는 바람에 아파서 주저앉았다.

"분위기 파악 좀 해."

이노우에는 짧게 내뱉고 방으로 돌아갔다. 흥, 멍청한 녀석. 남더러 분위기 파악하라고 하기 전에 넌 여자 마음이나 파악해라. 누가 봐도 싫어하는 눈치였잖아. 후지모리는 나를 볼 때와 같은 눈으로 너를 보고 있었어. 후지모리에게 너는 나하고 같은 레벨이야.

하나도 기쁘지 않지만.

배배 꼬여 오락가락하는 비하가 한데 섞여 피식 웃고 있을 때였다.

"뭐가 우스워?"

움찔 고개를 들자 반쯤 열린 여자 화장실 문틈으로 후지모리가 빼꼼히 고개를 내밀고 있었다. 나는 웃음을 거두었다. 스스로도 회수하기 어려운 웃음의 이유는 설명할 길이 없다. 나는 일어서서 아무것도 아니라며 고개를 꾸벅꾸벅 숙이고 계단으로 향했다.

"아까는."

작은 목소리에 고개를 돌리자 후지모리가 냉큼 문 뒤로 숨었다.

"고마웠어."

재빠른 인사와 함께 문이 쾅 닫혔다.

여기저기서 새어 나오는 서툰 노래를 배경음악으로 나는 그 자리에 얼어붙었다.

인사를 받고 싶어 도와준 것은 아니다. 하지만 그런 말을 들으면 몹시 기쁘다.

돌아가는 전철 안에서 몇 번이나 기억을 반복 재생했다. 예상치 못하게 후지모리와 대화한 데다가 고맙다는 말까지 들은 기쁨과(그것을 대화라고 부를 정도로 나는 여학생들과 교류가 없다), 괴롭힘을 당하는 현장을 후지모리에게 들킨 수치심이 뒤죽박죽 뒤섞여 가슴이 격렬하게 삐걱거렸다.

— 그렇게 가까이서 본 게 얼마 만일까?

집 근처 전철역에서 내려 계단이 있는 곳과는 반대 방향으로 플랫폼을 걸었다.

플랫폼 끝에 있는 벤치에 걸터앉자 지붕이 끝나는 자리에서 쏟아지는 저녁 햇살이 눈을 찔렀다. 눈부신 빛에 눈을 감으며 이곳에서 후지모리와 이야기를 나누었던 때를 떠올렸다.

✳

초등학교 5학년 겨울방학, 나는 어머니와 함께 쇼핑하

러 번화가로 나갔다. 겨우 일 년 만에 키도 몸통도 커져서 새 코트를 살 예정이었다.

"얼마나 더 커지려 그래?"

어머니는 다운재킷 주머니에 손을 넣고 나를 내려다보며 혀를 찼다. 어머니는 태도도, 말투도 험하다. 하지만 나를 보는 눈매는 웃고 있었다.

"아빠도 컸지?"

"그래, 호테이 도모야스°하고 똑같이 187센티미터나 됐어. 그러니 너도 점점 더 커질 테고 코트나 신발도 금방 바꿔야 해. 정말이지, 난 쉴 틈도 없네."

어머니는 기쁜 기색으로 잿빛 겨울 하늘을 올려다봤다.

"고등학생이 되면 나도 아르바이트할게."

"안 돼."

단호한 목소리가 내려왔다.

"아르바이트할 겨를이 있으면 공부를 해. 그래서 좋은 대학에 가."

"엄마도 중학교밖에 안 나왔으면서."

"그래서 그러는 거야. 어른이 되고 엄청 고생했으니까, 학력은 있는 게 좋아."

° 1981년에 데뷔한 일본의 유명 록 뮤지션, 기타리스트로 현재도 왕성하게 활동하고 있다.

"공부 싫은데. 해도 안 되고."

자신 있는 과학 시험조차 70점이 고작이다.

"괜찮아. 넌 키도 크고 머리도 좋고 고상했던 아버지를 닮았어."

어머니는 언제나 그렇게 말하지만 나는 의심하고 있다. 불량 학생에 고등학교를 중퇴한 어머니가 그렇게 완벽한 아버지와 어디서 만나 사랑에 빠졌을까? 아버지는 내가 태어나기 전에 병으로 돌아가셨고 사진도 한 장 없어서 얼굴도 모른다. 어머니 말로는 아버지가 사진을 싫어했다고 한다.

"너도 노력하면 성적이 오를 거야. 좋은 대학에 들어가 좋은 곳에 취직할 수 있어."

"일단 노력해볼게."

전철이 도착해 어머니와 함께 올라탔다. 한 차례 크게 흔들렸다가 출발하는 전철 창밖으로 천천히 흘러가는 풍경을 바라보는데 맞은편 플랫폼 가장자리 벤치에 앉아 있는 소녀가 눈에 들어왔다.

— 후지모리?

길고 검은 머리카락을 포니테일로 묶고 목둘레에 폭신폭신한 털이 달린 하얀 코트를 입은 모습이었다. 치마 아래로 하이 삭스를 신은 다리를 가지런히 모으고 있다.

나와 후지모리는 초등학교에서 같은 반이었지만 커다

란 종합병원 경영주의 딸인 후지모리는 당시에도 이미 부잣집 아가씨로 유명한 미소녀였다. 그에 비해 통통하게 살찐 그림자였던 나는 인생의 한 시기에 편의상 같은 상자에 들어가 있었을 뿐, 딱히 친분은 없었다.

부잣집 딸도 전철을 타는구나. 그때는 그런 멍청한 감상으로 끝났지만 쇼핑을 마치고 저녁에 돌아왔을 때도 같은 벤치에 앉아 있는 후지모리의 모습을 발견하고 고개를 갸웃거렸다.

갈 때도 올 때도 마주치다니 굉장한 우연이라고 생각하며 그대로 지나치지 못한 것은 그날은 오후부터 눈이 내려 플랫폼 가장자리에 있는 벤치에 눈이 들이치고 있었기 때문이다.

"엄마, 잠깐 서점에 들르게 먼저 돌아가요."

너무 늦지 말라는 말을 하며 어머니는 계단을 올라갔고, 인적 드문 플랫폼에서 나는 후지모리를 훔쳐봤다. 고개를 숙이고 앉아서 다음 전철이 도착하면 고개를 들었다가, 타려 하지는 않고 그저 떠나보낸다. 쏟아지는 눈이 포니테일 위에 쌓여 굉장히 추워 보였다. 감기 걸리지 않을까. 나는 슬그머니 벤치로 다가갔다.

"후지모리."

용기를 내어 말을 걸자 후지모리가 깜짝 놀라 이쪽을 돌아봤다.

말은 걸었지만 무슨 이야기를 해야 할지 몰라 가만히 있으려니 후지모리도 거북한 듯 시선을 돌렸다. 딱히 친분도 없는 같은 반 남학생을 어떻게 대할지 고민하고 있다. 나는 당황했다.

"후지모리, 낮에도 여기 있었지?"

"어?"

"여기서 출발할 때도 봤어. 그때부터 계속 있었던 건 아니지?"

그랬으면 꽁꽁 얼어붙었겠지, 하고 어색함을 풀어보려고 웃었지만 후지모리는 여전히 고개를 숙이고 있었다.

"안 추워."

"어, 정말 계속 있었어?"

"에나 너하고는 상관없잖아."

거부하는 듯한 말투였다. 언제나 누구에게나 상냥한 우등생 후지모리가 지금은 눈썹을 잔뜩 찌푸리고 있다. 나는 넉살 좋게 말을 건 행동을 후회했다.

"그러네. 저기, 미안."

그만 떠나려는 내 눈에 새하얀 코트와 대조적으로 새빨갛게 물든 가느다란 손끝이 보였다. 나는 주머니를 뒤져 손난로를 꺼냈다.

"이거 줄게."

바스락거리는 손난로를 후지모리의 치마 위에 아무렇

게나 던졌다. 그럼, 하고 이번에야말로 떠나려는데 후지모리가 뭔가 입을 열기에 쭈뼛거리며 뒤를 돌아봤다.

"고마워, 손난로."

나는 고개를 힘차게 가로저었다. 쓰던 거니까 신경 쓰지 마, 그렇게 간단한 한마디가 나오지 않는다. 어물쩍거리는 사이에 후지모리의 태도가 바뀌었다.

손끝만이 아니라 후지모리의 눈가와 콧등까지 새빨갛게 물들어갔다. 눈가에 눈물이 맺혔다. 그것을 참으려는 듯 입술을 앙다물고 있다. 화를 참는 것 같기도 해서, 항상 우아하게 미소 짓던 후지모리와는 다른 사람처럼 보였다.

세찬 바람이 한바탕 불어와 하얀 눈이 우리 사이를 비스듬히 빠져나갔다. 하얗게 물든 세상 저편. 눈도 코도 빨갛게 물든 후지모리에게서 눈을 뗄 수가 없다. 뿌리째 뽑힌 식물이 된 기분이었다. 뿌리째 뽑혀서, 어딘지도 모를 장소로 휩쓸려간다.

"엉뚱한 화풀이를 했어. 미안해."

후지모리는 코를 훌쩍였지만 눈가에 맺힌 눈물은 아슬아슬하게 떨어지지 않았다.

나오지 않는 말 대신 나는 주머니에서 초콜릿 과자갑을 꺼냈다. 뚱보의 주머니에는 항상 뭐든 간식이 들어 있는 법이다.

"먹을래?"

불쑥 내민 과자 상자를 쳐다보던 후지모리가 고개를 까딱 끄덕였다. 나는 거리를 재는 고양이처럼 신중하게 다가가다가 후지모리 옆에 한 칸 떨어져서 앉았다.

자, 하고 상자 뚜껑을 열자 후지모리는 고맙다고 하며 손을 내밀었다. 빨갛게 물든 가녀린 손바닥에 초콜릿이 데굴데굴 세 알 정도 떨어졌다. 분홍색과 갈색의 삼각뿔.

"나, 이거 좋아해. 귀여워."

"응, 난 항상 입안에서 딸기 부분하고 다른 부분을 나눠서 먹어."

"맞아."

후지모리가 손난로를 뺨에 대고 입안에서 초콜릿을 굴렸다. 나는 입을 오물거리는 후지모리의 옆얼굴을 훔쳐보았다. 두 사람의 하얀 입김이 차가운 공기 속에 흩어졌다.

"그거, 열차표?"

후지모리가 손난로와 함께 움켜쥔 물체의 끄트머리가 살짝 보였다. 후지모리는 말없이 입안에서 초콜릿을 굴리다가 체념한 듯 고개를 끄덕였다.

"도쿄에 갈 거야."

"혼자서?"

초등학교 5학년이니 버스도 전철도 혼자서 탈 수는 있지만 도쿄에 가려면 히로시마역에서 신칸센 고속열차를 타야 하고 히로시마역은 여기에서 몇 정거장이나 떨어져 있다. 나는 신칸센 열차표를 살 줄도 모른다.

"놀러 가는 거야?"

조금 생각하다가 후지모리는 작게 고개를 끄덕였다.

"하지만 역시 막상 가려니까 겁이 나서."

"그래서 낮부터 계속 여기 있었어?"

후지모리는 또다시 고개를 끄덕였다.

"가지 않길 잘했어. 초등학생 혼자서 도쿄는 위험하기도 하고."

후지모리는 대답하는 대신 코와 입가에 가만히 손난로를 댔다. 목을 감싼 새하얀 인조털 때문에, 추위와 다른 무언가의 작용으로 빨갛게 물든 후지모리의 뺨과 눈가가 더욱 두드러졌다.

"아빠나 엄마하고 같이 가면 안 돼?"

"안 돼."

"친구는?"

"얘기해봤지만 못 간대."

그야 그렇겠지. 어린애들끼리만 도쿄에 가다니.

"내, 내가 같이 가줄까?"

바로 후회했다. 이런 뚱보는 당연히 싫을 텐데.

"정말?"

간절한 눈빛에 내가 더 놀랐다.

"나라도 괜찮다면."

"기뻐. 고마워."

바로 돌아온 대답에 나는 용기를 얻었다. 그리고 들떴다.

"도쿄 어디에 가고 싶은 거야?"

"몰라."

"몰라?"

"하지만 도쿄야."

후지모리는 휴짓조각 같은 눈이 내리는 옅은 잿빛 하늘을 올려다보았다. 보통은 관심 있는 뭔가가 있어서 가는 법 아닌가? 어쨌거나 가기로 했으면 계획을 세우는 법 아닌가? 그런 질문은 하늘을 올려다보는 후지모리의 옆얼굴이 너무 진지해서 꿀꺽 삼켰다.

긴 속눈썹이 도드라진 옆얼굴을 바보처럼 넋을 잃고 바라보는 수밖에 없었다.

가슴이 죄어들 듯 괴롭고 부끄러워서 그런 마음을 숨기듯 초콜릿을 먹었다. 후지모리에게도 건네주고 둘이서 맛있네, 춥네, 그런 의미 없는 이야기를 드문드문 나누었다. 계속 그러고 싶었지만 후지모리가 불쑥 일어섰다.

"그만 돌아가야겠어."

갑작스러운 일이라 나는 눈을 껌뻑였다.

"손난로하고 초콜릿, 고마워."

인사를 남기고 계단으로 달려가는 후지모리에게 나는

외쳤다.

"후지모리, 도쿄, 함께 가자!"

후지모리는 뒤를 돌아보며 응, 하고 작게 손을 흔들어 줬다.

나는 눈이 쏟아지는 플랫폼에 멍하니 서서 오랫동안 여운에 잠겨 있었다. 돌아갈 때쯤엔 몸이 완전히 얼어붙어 이튿날에는 감기에 걸려 열이 나는 바람에 어머니에게 멍청하다고 야단맞았지만 행복했다.

✳

그런 기적 같은 한 장면이 나와 후지모리 사이에 있었다니 꿈만 같다. 아니, 정말 꿈일지도 모른다. 분수를 모르는 짝사랑이 깊어진 끝에 망상이 특기인 내가 멋대로 기억을 날조했을 가능성…… 은 없다. 왜냐면 그 후에 제대로 꿈에서 깼기 때문이다.

연말연시에 찾아갈 조부모님 댁도 없어 언제나 그렇듯 어머니와 둘이서 특별한 일 없이 겨울방학을 보내는 동안 나는 후지모리와 함께 도쿄 갈 생각만 했다.

신칸센 열차표 사는 법을 조사한 건 좋은데 깜짝 놀랄 만큼 비싸서, 훨씬 저렴한 고속버스라는 것을 대신 찾아냈다. 그거라면 지금까지 모은 용돈으로 아슬아슬하게 충당할 수 있을 것 같다. 몇 번이나 계산하고, 숙박하게 될 텐데 괜찮을지 걱정하고, 좋아하는 여자아이와 함께 떠날 여행에 가슴 설레며 관광지와 가게를 조사하고, 이야깃거리까지 찾아내서 망상 섞인 시뮬레이션을 되풀이했다.

3학기 첫날은 기대와 환희로 가득 차서 등교했다. 교실 문을 열자 가장 먼저 후지모리의 모습이 눈에 들어왔다. 내 자리로 가는 길에 설레는 가슴을 진정시키며 말을 걸었다.

"후지모리, 안녕?"

포니테일로 묶은 윤기 넘치는 검은 머리카락이 방향을 돌리자 내 긴장은 최고조에 달했다.

"후지모리, 저기, 저기 있지, 그 후로 도쿄 말인데."

잔뜩 조사했다고 말하기 전에 후지모리는 어리둥절한 표정으로 고개를 갸웃거렸다.

— 지금 나한테 말하는 거야?

그런 음성 녹음이 어울리는 표정이었다. 얼어붙은 나를 난처한 기색으로 쳐다본 후지모리는 친한 친구들 쪽으로 몸을 빙글 돌렸다. 후지모리의 어깨너머로 무슨 일이야? 뭐야? 하는 표정을 짓는 여학생들. 소녀들은 나와 후지모리를 번갈아 쳐다보고 있다.

"유키에, 에나하고 친했어?"

"글쎄, 잘 몰라."

후지모리는 작은 목소리로 대답했다. 여학생들은 의아한 눈빛으로 나를 쳐다보더니 어딘가 잔혹한 시선을 주고받았다. 나는 그 자리를 지나 내 자리에 앉았다. 후지모리와 친구들 쪽을 보지 않으려고 아무 일도 없었다는 얼굴로 가방에서 교과서를 꺼내 책상 서랍에 넣으며 더 이상 없을 수치를 견디고 있었다.

— SOS 지구, SOS 지구, 발신자 나. 긴급사태 발생.

— 지금 당장 폭발해서 인류를 멸망시켜주세요.

좋아하는 소녀에게 무시당했다. 초등학교 남학생이 지구 폭발을 바라기에는 충분한 이유이리라.

그때, 나는 내 분수를 알았다. 세상은 격차로 가득하고 하류층인 나와 상류층에서도 특별한 후지모리를 연결해주는 고리는 아무것도 없다. 그것은 그 눈 내리는 날에만 있었던 일이고 그날 그 순간으로 끝내야 했던 것이다. 들떠 있던 내가 죽을 만큼 부끄러워, 부서진 것은 지구가 아니라 내 첫사랑이라는 결론이 났다.

그래도 나는 주접스럽게 후지모리를 짝사랑하고 있었는데, 중학교에 올라가면서 후지모리는 분위기가 바뀌었다. 곱상했던 친구들과 거리를 두고 요란하게 노는 그룹과 자주 어울리기 시작했다. 겉모습은 변함없이 청초했지만 웃음기가 사라졌고 턱을 살짝 치켜들고 지루한 듯 복도를 걸어가는 모습은 서민들이 다가갈 수 없는 왕녀님처럼 보였다.

예나 지금이나 후지모리는 예쁘다. 하지만 나는 이미 그 눈 내리는 날 플랫폼에서 느꼈던, 지금 있는 곳에서 뿌리째 뽑혀 다른 장소로 휩쓸려가는 듯한 충동을 느끼지 않는다.

그래도 그녀를 의식하고 마는 것은 내가 아직 그 눈 내리는 날의 후지모리를 좋아하기 때문이리라. 이제는 없는 환상 속의 그녀가 언제까지고 내 마음에 강한 인상을 남기고 있다. 그렇지만 지금 후지모리가 '사귀자'라고 한다면 그 자리에서 고맙습니다, 하고 무릎을 꿇겠지. 그 정도로는 지금의 그녀도 좋아한다. 손이 닿지 않는 아이돌을 동경하듯이.

벤치에 앉아 기억을 더듬고 있으려니 주머니 속에서 스마트폰이 울렸다.

'쌀 10킬로그램, 2980엔짜리.'

어머니의 일상적인 심부름 LINE 메시지에 나는 숨을 후 내뱉고 일어섰다.

학교에서나 집에서나 심부름꾼이다. 내 인생은 대체 뭘까?

오늘은 비교적 평화롭게 끝났다. 도시락 시간에 구내매점에 심부름을 간 것 말고는 딱히 망상으로 도피할 정도로 심각한 사건은 벌어지지 않았다. 좋은 하루였다고 생각하며 돌아갈 채비를 하고 있을 때였다. 이노우에가 요란하게 실망하는 목소리가 들렸다. 힐끔 쳐다보니 이노우에는 스마트폰 화면을 보고 얼굴을 찌푸리고 있었다.

"유키에가 일이 있어서 오늘은 안 된대."

"후지모리한테 차이는 건 항상 있는 일이잖아."

이노우에가 놀리는 친구를 시끄럽다며 걷어차는 시늉을 했다.

그 모습을 본 내 안테나가 곤두섰다. 좋은 예감은 거의 맞지 않지만 불길한 예감은 잘 맞는다. 그보다는 좋은 일이 있을 거라는 긍정적인 예감 자체가 거의 없다. 내게 예감이란 90퍼센트가 불길한 종류다. 재빨리 교실에서 탈출하려 했지만.

"에— 나— ."

이노우에가 불러 세웠다. 아아, 역시 예감이 적중했나.

이노우에 패거리는 나를 억지로 다른 학생들이 하교할 때까지 붙잡아뒀다.

"그럼 제1회, 움직이는 농구 골 대회를 시작합니다!"

방과 후 교실에 이노우에의 선언이 울려 퍼진다. 칠판을 등지고 교탁에 책상다리로 올라앉아 체육관에서 가져온 농구공을 집게손가락으로 빙글빙글 돌리고 있다. 다른 상류층 그룹은 앞자리에 앉아 이노우에와 상관없이 멋대로 떠들고 있다. 가련한 양이 된 나는 교실 뒤쪽에서 명령대로 벗은 교복 셔츠를 펼쳐 두 손에 들고 있었다.

"자유투, 첫 번째."

이노우에가 공을 띄워 교실 오른쪽으로 던졌다. 나는 달려가서 펼친 셔츠로 그 공을 받는다. 쉽게 말해 골대 역할이다. 하지만 공을 골에 넣는 게 아니라 골이 공을 따라다닌다. "첫 골, 성공"이라며 떠드는 이노우에에게 공을 가져다주었다.

"공 가져올 때는 뛰어."

바로 두 번째 선언이 떨어져 서둘러 교실 뒤로 돌아갔다. 두 번째 공도 간신히 잡아내서 이노우에에게 달려가 돌려줬다. 세 번째는 멀리 던지는 척하고 코앞에 던지는 바람에 놓치고 말았다. 달려갈 때 의자 다리에 발이 걸려서 책상과 함께 꼴사납게 쓰러졌다. 요란한 소리와 함께 여학생들의 짤막한 비명이 울려 퍼진다. 바닥에 쓰러져 있는 내 눈에 여학생들의 실내화가 비쳤다.

"뭐야, 위험하잖아."

"미, 미안."

고개를 들자 여학생이 치맛자락을 잽싸게 눌렀다. 바닥에 쓰러져 있는 나는 의자에 앉은 여학생의 치마 속을 들여다보는 꼬락서니였다.

"우와아, 넘어지는 척하면서 훔쳐봤어!"

"아, 안 봤어."

허둥지둥 일어서려는데 여학생이 아, 하며 내 얼굴을 가리켰다. 왜 그러나 싶어 얼굴을 만져보니 손바닥이 축축하게 미끄러졌다. 닿은 부분이 빨갛게 물들어 있다. 코피다.

"맨다리 정도로 흥분하지 마."

"에나, 음흉하기는, 운이 좋았네?"

어디가. 내게는 불운한 우연일 뿐이다. 그 이전에 치마 속은 보지도 않았다. 욱신거리는 코를 누르고 있던 나를 잔혹한 웃음소리가 에워쌌다.

아아, 이건 위험해. 빨리 평소의 방법으로 도피하자. 나는 양의 탈을 쓴 짐승. 비웃는 이 녀석들의 눈앞에서 덧니는 송곳니로 자라나고, 바짝 다듬은 손톱은 흉기 같은 갈고리로 길어져라. 짐승이 된 나는 착취의 굴레를 뛰어넘어 어디까지나 자유롭게 산과 들을 질주한다.

하지만 지금 내 머릿속은 분통함과 수치심, 고통에 위축되어 나만의 망상의 세계로 도피할 여력조차 없다. 차츰 궁지에 몰려 다들 죽어버려, 하고 그만 진심으로 저주를 쏟아낼 뻔했다. 위험하다. 이럴 때야말로 유머를 잊지 말자. 유머를⋯⋯.

어째서? 어째서 나는 이런 순간에도 나를 꾸짖는 거지?

혼나야 할 사람은 이 녀석들 아닌가?

이 세상에 신은 존재하지 않는다. 유머는 세상도 나도

구원해주지 못한다.

다들 죽어버려.

그럴 수 없다면 나는 이제 그만 죽어버리고 싶다.

머리끝부터 발끝까지 암흑으로 뒤덮이려는 순간, 교실 문이 열렸다. 이노우에 패거리의 웃음소리가 뚝 그쳤다. 엎드린 내 시야에 무릎 아래가 늘씬한 다리가 보였다. 덜컥, 심장이 울렸다. 쭈뼛쭈뼛 치켜든 시선 끝에는 후지모리의 모습이 있었다.

"이건 뭐야?"

나를 본 후지모리는 눈썹을 찌푸렸다. 얼굴은 코피로 끈적거리고 교복 셔츠를 벗은 티셔츠 차림으로 바닥에 엎드려 있는 모습을 하필 후지모리에게 들키다니.

"어라, 유키에, 어쩐 일이야?"

이노우에는 당황한 듯 눈을 껌뻑거렸다.

"친구하고 쇼핑하러 간다고 하지 않았어?"

"취소됐어. 너희는 뭐 하는 거야?"

불쾌함을 전면에 드러낸 질문에 이노우에는 연극적으로 고개를 가로저었다.

"자유투 게임을 하는데 에나가 혼자 넘어졌어. 그래서 사나에 치마 속을 훔쳐보고는 흥분해서 코피를 쏟았지 뭐야. 음흉한 녀석한테 행운이 작렬한 순간이었어."

유혈 현장은 역시 곤란했는지 이노우에가 상황을 감추

려는 듯 크게 웃었고 다른 아이들도 덩달아 끄덕거렸다. 후지모리는 나와 다른 학생들을 똑같은 눈빛으로 쳐다보았다. 그 싸늘한 눈에 아이들의 웃음소리가 작아졌다. 왕녀의 판결을 기다리듯 모두 말없이 후지모리를 바라보고 있다.

"질린다."

한마디였다. 나일까, 이노우에 패거리일까. 아마 양쪽 다에게 한 말이리라. 나는 점점 더 죽고 싶어졌고 이노우에 패거리는 애매모호한 웃음을 짓고 있다. 어색한 분위기 속에서 이노우에의 스마트폰이 울렸다.

"어이, 지구가 멸망한다는데?"

이노우에가 화면을 보며 말했다. 친구가 LINE으로 보내온 듯한 소식에 나와 후지모리를 제외한 다른 아이들이 달려들었다. 뉴스가 궁금한 게 아니라 지금의 어색한 분위기를 떨쳐내려고 요란을 떤다.

"뭐야, 뭐야. 지구 멸망이라니?"

"'이제 곧 커다란 운석이 충돌해서 지구는 끝장'."

이노우에가 메시지를 소리 내어 읽었다.

"몇 번째 우려먹는 거야. 이미 전 세계가 질렸을걸."

"예전에도 뭔가 있었지. 노스트라다무스인가 하는 거."

"나 알아. 부모님이 그랬어. 하늘에서 공포의 대왕이 내려온다는 거. 80년대였나?"

"설마 90년대 이후겠지."

하나도 재미있지 않은데 커다란 웃음소리가 메아리친다. 웃음은 가장 손쉬운 단결 수단이다. 단결해서 자기들을 정당화하려고 필사적이다. 나와 후지모리만 그 울타리 밖에 있다.

울타리에서 배제되었지만 후지모리는 전혀 주눅 들지 않았다. 가장 높은 자리에 있기 때문에 어느 울타리 안에도 들어갈 수 없는 고고한 왕녀처럼, 그런 고독이 익숙한 것처럼, 외로이 멀리 튕겨 나간 한 알의 보석처럼, 평소와 다름없이 살짝 고개를 치켜든 자세로 서 있다.

나는 바닥에 무릎을 꿇은 채로 후지모리에게 엉뚱한 공감을 느꼈다. 두꺼운 중간층에 가로막힌 상류와 하류 세계의 유일한 한 알끼리, 우리는 지금 몹시 가까운 장소에 있다.

"아아, 웃었더니 목이 마르네. 뭐 좀 마시러 가자."

이노우에가 그렇게 말하자 아이들이 움직였다.

"유키에도 가자."

하지만 후지모리는 이노우에를 무시하고 어째선지 내쪽으로 다가왔다.

— 에나.

그녀의 입이 내 이름 모양으로 움직였다. 후지모리는 주머니에서 손수건을 꺼내 내게 건네고는 얼이 빠져 있는 아이들을 내버려두고 교실 밖으로 나갔다.

"어······. 지금 뭐가 벌어진 거야? 무슨 일이야?"

한 여학생이 불만스럽게 중얼거렸다.

"괴롭혔다고 생각한 걸까?"

"선생님한테 고자질하면 어떻게 해?"

"매사 무관심한 애고 고자질할 타입은 아닌 것 같은데."

"그보다 우리는 그냥 장난친 것뿐이잖아. 그렇지, 에나?"

이노우에가 나를 굽어보았다. 위압적인 웃는 얼굴과 달리 안도할 수 있는 담보를 원하는 치졸함이 뚜렷이 보였다. 이 녀석들은 자기들 행실이 집단 괴롭힘이라는 것을 알고 있다. 나는 지금이야말로 짐승으로 변해 이 녀석들의 목덜미를 물어뜯어야 한다. 하지만 나는 양이라 응, 하고 고개를 끄덕일 뿐이었다.

"세수하고 돌아가라."

이노우에는 후지모리가 준 손수건을 힐끔 보더니 불쾌하다는 듯 발걸음을 돌렸다. 다른 학생들도 "네가 혼자 넘어진 거야", "다이어트 좀 해서 운동신경이나 키워"라는 말을 하며 교실 밖으로 나갔고 나만 홀로 남았다.

코피는 이미 그쳐서 입술을 핥으니 비릿한 맛이 혀에 퍼졌다. 손바닥에 묻은 피는 말라붙었지만 혹시나 더럽히지 않도록 손끝으로 후지모리의 손수건을 잡고 소중하게 주머니에 넣었다. 더러워진 셔츠를 주워 먼지를 터는데 시야가 흐려졌다.

멍청이, 울지 마. 이런 것쯤 별것 아니야. 거칠게 눈가를 훔치고 화장실에 가서 얼굴을 씻었다. 거울에 고개를 들이밀고 확인했다. 멍은 없다. 다행이다. 어머니에게는 들키지 않겠지.

복도로 나가니 방과 후의 정적만이 나를 기다리고 있었다. 멀리서 운동부 구령 소리가 들려온다. 세상은 사람들로 넘쳐나는데 석양빛이 쏟아지는 검붉은 복도에는 나 하나뿐이다. 나는 후지모리의 손수건을 꺼내 살며시 코를 묻었다. 희미하게 꽃향기가 난다.

후지모리는 나를 구해준 게 아니라 자기 긍지를 지켰을 뿐이다.

자기는 비겁한 행동에는 가담하지 않는다는 의지를 표명했을 뿐이다.

그래도 나는 구원받았고, 후지모리는 점점 더 아름답고 고고한 꽃이 되었다.

하얀 손수건에는 연분홍색 실로 수놓인 춤추는 발레리나가 있고 가장자리에 레이스 장식이 있었다. 눈을 감고 우아하고 고급스러운 손수건의 냄새를 킁킁 맡았다.

— 후지모리, 도쿄, 함께 가자!

뿌리째 뽑혀서 지금까지와는 다른 장소로 휩쓸려가는

감각이 되살아나 조금 당황했다. 어쩌지. 나는 한 소녀에게 두 번째 사랑을 느끼고 있다.

"또 괴롭힘당했어?"

그날 저녁 식사 시간, 어머니가 다짜고짜 물었다.

무슨 말이냐는 표정으로 시치미를 뗐지만 소용없었다.

"교복 셔츠에 피가 튀어 있었어."

어머니는 짜증스럽게 혀를 차더니 반주로 꺼내놓은 맥주를 벌컥벌컥 소리 내어 마셨다.

"내가 빨게. 우리 집 빨래 담당은 나잖아."

태연한 척했다. 괴롭힘을 당하고 있다는 사실은 숨기지 못해도 그것 때문에 상처받거나 침울해하는 모습은 보이기 싫었다. 아이들도 부모에게 허세를 부린다.

"빨래 담당을 따지기 전에 셔츠를 살 돈은 누가 벌어오지?"

"어머니입니다. 더럽혀서 잘못했어요."

순순히 사과하자 어머니는 그래야지, 하고 고개를 끄덕였다.

"그래서 한 방이라도 갚아줬냐?"

나는 말없이 일어나 밥그릇을 새로 채우러 갔다. 계란도 함께 가져와 간장계란밥을 수북하게 만들어 꾸역꾸역 삼키는 나를 어머니는 맥주잔을 한 손에 든 채로 뚫어져라 쳐다보고 있다.

"넌 어째서 그렇게 겁쟁이야? 정말 내 아들 맞아?"

"나도 정말 이상해."

아들이 셔츠에 피가 묻을 만한 괴롭힘을 당하는 줄 알면 다른 어머니들은 일단 걱정부터 하지 않나? 그런데 깦아줬냐부터 가장 먼저 묻는 게 우리 어머니다.

우리 집에는 아버지 사진은 없지만 어머니의 옛날 앨범은 있다. 거기에는 이노우에쯤은 발길질 한 번으로 날려 버릴 만큼 무시무시한 깡패였던 어머니의 청춘이 찍혀 있다. 지금은 푸석한 머리카락을 뒤로 질끈 묶은 평범한 아줌마지만 혼자서 일도 가사도 육아도 도맡아 해내며 나를 키워준 억척스러운 사람으로, 입은 험하고 성격도 무섭지만 나는 어머니가 싫지 않다.

"지렁이도 밟으면 꿈틀한다잖아. 머릿수는 못 당해내도 죽기로 달려들면 한 명쯤은 해치울 수 있어. 그런 근성에 주위가 움츠러드는 거야. 싸움은 기합이다."

"나는 고상한 아버지를 닮았나 봐."

"멍청한 소리. 네 아버지는 싸움도 엄청 잘했어. 주먹 싸움에서 지는 꼴은 본 적이 없어. 호테이 도모야스하고 똑같이 키가 크고 강하고 현명하고 근면하고 성실하고……."

어머니는 또 이상적인 아버지 이야기를 늘어놓았다.

"고상하고 성실한데 주먹싸움을 해?"

"필요할 때는."

허술하기 짝이 없는 설정이지만 지적하지는 않았다. 어머니의 꿈을 망가뜨려서는 안 된다. 하지만 호테이 도모야스하고 키가 같다는 점만은 묘하게 현실적이니 키가 크다는 건 사실이리라.

"아버지의 결점은 일찍 돌아가신 것뿐이네."

뭐, 그렇지, 하고 어머니는 대번에 수긍했다. 지금까지 아버지 후보가 되길 원하는 남자들이 들락거린 적은 있지만 누구도 길게 가지 못했다. 내 걱정은 하지 말고 좋아하는 사람이 생기면 언제든지 재혼해도 된다고 했지만 어머니는 그때마다 이렇게 말했다.

— 네 아버지에 비하면 임팩트가 없어.

어머니가 그 정도로 반한 내 아버지는 어떤 사람이었을까?

"오늘 밤은 예정을 변경해 미국 CNN 방송국 소식을 전해드리겠습니다."

나는 켜놨던 뉴스 프로그램으로 시선을 돌렸다.

"미국 CNN 방송국에서 지구와 소혹성 충돌을 속보로 전하자 현재 미국 각지에서 소규모 폭동이 벌어지고 있습니다. CNN 방송국이 독자적으로 입수한 정보로 진위는 알 수 없으며 이 문제에 대해 내일 바로 미국 정부가 공식 회견을 예정하고 있다는 소식입니다."

지구가 멸망한다며 웃어대던 이노우에 패거리의 멍청한 얼굴을 떠올렸다. 하지만 인터넷에 범람하는 이런 가짜 뉴스로 폭동까지 벌어지다니 미국이란 나라는 너무 폭력적이다.

"유키, 저거 진짜야?"

"가짜야. 미국은 운석이나 멸망 뉴스를 너무 좋아해."

"하지만 미국 정부가 공식 회견을 한다는데?"

"폭동이 벌어졌으니 확실하게 부정하려는 걸 거야. 정말 위험하다고 해도 NASA처럼 훌륭한 사람들이 어떻게든 해주겠지. 영화에서도 항상 그러잖아."

어머니가 떨떠름하게 끄덕거리는 사이 뉴스는 다음 소식으로 바뀌었다.

"오늘 오후, 도쿄 도내에서 파광교波光敎 간부로 짐작되는 남성의 신병을 확보했습니다."

다시 텔레비전으로 빠져들었다. 올여름, 경찰은 예전부터 위험한 소문이 끊이지 않던 종교단체 파광교를 강제 수사해 테러에도 사용되는 위험한 약물을 압수했다.

처음에는 흔한 신흥 종교단체인 줄 알았는데 몇 년 전부터 서서히 기묘한 면모를 드러내고 있다. 이상한 기구를 달고 수행하거나, 출가 신자가 가족들과 인연을 끊게 하거나, 파광교를 조사하던 자유 기고가의 실종이 이어지다가 교단 본부 근처에서 벌어진 악취 소동이 결정타가 되었다.

사망자까지 나오자 마침내 경찰이 움직였다. 며칠에 걸친 교단 내부 수색 끝에 교주는 체포됐지만 간부 몇 명이 약물을 챙겨 도주했다. 경찰은 총력을 기울여 행방을 쫓고 있지만 전국에 있는 재가 신자들이 숨겨주는지 성과를 내지 못하고 있었다.

"석 달이나 걸려서 겨우 한 명이야? 일반 시민에게서 비싼 세금을 받아가니 빈둥빈둥 늑장 부리지 말고 빨리 모두 붙잡아 들여야지. 이래서야 안심하고 멀리 나가지도 못하겠어."

언제 어디서 위험한 약을 살포할지 모르니 도심 번화가나 전철은 엄중 경계 태세가 이어지고 있다. 소혹성으로 인류가 멸망한다는 어리석은 가짜 뉴스보다 이쪽이 훨씬 더 심각하다. 그렇지만 사건이 발생한 지 석 달이나 지나다 보니 긴장감도 점점 풀렸다.

"빈둥빈둥 텔레비전만 보지 말고 넌 빨리 공부해. 곧 중간고사잖아."

"해도 마찬가지야. 어차피 멍청한걸."

"핑계 대지 마. 피를 묻혀가며 괴롭힐 수 있는 건 고등학생 때까지야. 엘리트가 되라는 말은 안 할 테니 하다못해 너를 괴롭히는 멍청이가 없는 곳에 갈 수 있도록 노력해."

그렇게 말하더니 어머니는 두 번째 캔 맥주를 가지러

주방으로 갔다.

어머니는 학력이 낮아 취직할 때 고생했다. 그 반동으로 내게는 공부하라고 잔소리가 심하다. 기대에 부응하고 싶은 마음은 굴뚝같지만 지금 성적으로는 변변한 대학에도 못 갈 것이다. 그런 내 학비를 벌기 위해 어머니는 매달 상당한 잔업을 한다.

아직까지는 만화나 소설, 음악처럼 인생이 한번에 바뀌는 재능도 발견되지 않았고 이노우에의 기분 하나에 농락당하는 나날. 아마도 나는 아무런 장비 없이 미래에 맞서게 될 것이다.

그런 우울한 미래를 전부 리셋해준다면 소혹성이든 뭐든 떨어지면 좋겠다. 출구 없는 미래를 통째로 쾅 하고 단번에 전부 날려주면 좋겠다. 그렇게 이따금 울화통이 터지는 건 나뿐일까? 나 말고 다른 사람들은 빛나는 하루하루를 보내고 있을까? 세상 어딘가에 나와 같은 마음을 가진 사람은 없을까?

더없는 평온을 가장하면서 서서히 절망에 빠져드는 나 같은 누군가는?

이튿날 교실은 평소보다 활기가 넘쳤다.

"어제 뉴스 봤어? 운석이 충돌해서 인류가 멸망한다니 진짜야?"

"운석이 아니라 소혹성이라잖아."

"지구에 닿기 전에 달에도 부딪칠지 모른대, 인터넷에서 봤어."

"그거 나도 봤어. 달이 쪼개져서 떨어진다더라."

"충돌 시기는 일 년 후니 한 달 후니, 인터넷에서 말들이 많던데."

"이제 곧 도쿄 돔에서 Loco가 라이브를 하는데 괜찮을까?"

소혹성이 떨어진다는데 라이브를 할 겨를이 있겠냐는 반박은 소용없다. 다들 아무도 믿지 않는 이 뉴스를 단순히 커다란 축제처럼 즐기고 있을 뿐이다.

아침 종소리가 울리고 담임이 들어왔다.

"좋은 아침이다. 다들 착석."

멸망의 조짐은 전혀 느낄 수 없는 평소처럼 평화로운 조례가 시작됐다. 뭐, 그렇겠지. 나는 턱을 괴고 담임의 이야기를 들었다. 소혹성 충돌 같은 대사건이 그리 쉽게 일어날 리 없다. 충돌하더라도 분명 별일 없이 끝날 것이다.

그리고 앞으로도 나의 평온하고 절망적인 인생은 계속되겠지.

한숨이 새어 나와 작게 고개를 저었다. 어제가 너무 힘들어서 마음이 가라앉은 채로 미처 돌아오지 못하고 있다. 이럴 때야말로 유머와 망상을 잊지 말자.

나는 양의 탈을 쓴 짐승.

언젠가 복슬복슬한 양털을 벗고 황야를 달리는 짐승이 되리라. 하하하.

오늘은 드물게 평화롭게 끝났다. 괴롭힘의 현장을 후지모리가 목격했으니 이노우에 패거리도 역시 거북하겠지. 기운을 차린 방과 후, 생활용품점에 들러 과자와 장미 향 유연제를 샀다. 이걸로 후지모리의 손수건을 빨자. 비참한 경위로 내 곁에 온 손수건이지만 돌려주는 순간을 망상하니 마음이 설렜다.

— 일부러 빨래까지 해주다니 고마워. 향기가 좋네.

— 후지모리한테는 장미가 어울릴 것 같아서. 나야말로 고마워.

— 아니야, 나도 전에 에나 네 도움을 받았잖아.

서로를 바라보는 우리 사이에는 여태껏 없던 달콤한 분위기가 감돈다. 그렇게 서로의 성격까지 개조한 후지모리와 나의 세컨드 러브스토리 제1화에 몰두해 있는데 애교 어린 여자 목소리가 들려왔다.

"우리 죽는 거야?"

전철 맞은편 자리에 앉아 있는 대학생 커플이 여봐란듯이 들러붙어 있다. 죽음이라는 말을 입에 담으면서도 두 사람의 뺨은 생을 구가하듯 홍조로 물들어 있었고 활기차게 소혹성 충돌에 대해 이야기하고 있다.

"마지막 순간에도 함께 있자."

"당연하지. 죽어도 놓지 않을 거야."

당장이라도 입술이 맞닿을 듯한 근접 거리에서 두 사람은 속삭였다. 두 사람 옆에 앉은 회사원도, 아이를 데리고 있는 반대편 옆자리의 아주머니도 눈살을 찌푸리며 고개를 돌리고 있다.

— 마지막 순간까지 행복해서 좋겠네요.

이럴 때 나는 가급적 온화한 표정을 지으려 한다. 태평한 커플에게 여유를 보여줌으로써 아무런 빛도 없는 내 청춘을 객관적으로 볼 줄 아는, 냉정한 내 모습이라는 내부 복합골절 같은 방법으로 자존심을 지키는 것이다. 병적이라고도 할 수 있다.

하지만 그날 밤, 태평한 연인들, 냉정한 모습에 취한 병적인 나, 하루의 노동을 마치고 언제나 그렇듯 반주를 즐기는 어머니, 장미 향을 풍기며 널려 있는 손수건, 그 모든 것을 비웃듯이 이 세상의 등불을 전부 꺼뜨리는 중대 뉴스가 전 세계에 퍼졌다.

한 달 뒤, 소혹성이 지구에 충돌합니다.

"진짜로?"

나와 어머니는 텔레비전 너머에 있는 수상에게 물었다.

밤 9시, 예정되어 있던 방송이 중단되고 모든 채널에서 수상의 기자회견이 나왔다. 나는 스마트폰 게임을 하고 있었고 어머니는 맥주를 마시고 있었다.

어떻게든 충돌을 회피할 수 없을지 몇 년 전부터 각국이 협력해 애써왔지만 결국 궤도를 바꾸지 못했고, 소혹성은 한 달 뒤 일본 시각으로 15시에 지구에 충돌한다는 것이었다.

"오후 휴식 시간이네."

어머니가 말했다. 대체 어디서부터 따져야 할지 몰라서 가장 아무래도 좋은 말을 해본 느낌이었다. 수상의 회견 자체는 짧고 명확했지만 그 뒤로 이어진 지식인들을 모아 만든 소혹성 대책팀 일본 지부장이라는 아저씨의 설명이 어려웠다.

소혹성은 목성과 같은 궤도상에 있는 트로이군에서 오는데 직경 추정 10킬로미터, 특정 조건이 겹쳐서 궤도 계산이 어긋나…… 이 부분부터 전문용어가 난무하기 시작했다.

"유키, 저 녀석 뭐라는 거야?"

어머니가 눈썹을 찌푸리며 나를 봤다.

"그러니까 소혹성이 지구에 충돌한대."

"그건 알아. 넌 현역 학생이잖아. 좀 더 이해하기 쉽게 설명해."

"지금 현역 학자가 설명하고 있는데."

"저 녀석들은 너무 똑똑해서 오히려 무슨 말을 하는지 모르겠어."

동감이다. 일단 소혹성은 지구에 충돌한다. 낙하지점은 남태평양. 여기까지는 확정 사실이라는 건 알겠다. 하지만 충돌 상황에 따라 지구의 피해 규모가 달라진다고 한다. 컴퓨터 화면으로 충돌 시의 시뮬레이션이 되풀이됐는데 변화하는 곡선이 무엇을 나타내는지 알 수가 없다.

"그래서 우리는 어떻게 되는 거야?"

어머니는 텔레비전 속에서 더듬거리는 학자에게 물었다. 지구는 괴멸적인 피해를 입지만 그 상태에도 몇 단계 차이가 있어, 어쩌면 인류의 20퍼센트는 살아남을지도 모른다고 한다.

"'살아남을지도 모른다'니, 그러고도 너희가 학자야? 더 확실하게 말해!"

어머니는 텔레비전을 향해 비난을 퍼부었다.

"달아나야 할까?"

"어디로."

내 물음에 어머니가 진지한 얼굴로 되물었다. 소혹성이 바다에 떨어지는 충격으로 엄청나게 높은 파도가 발생한다. 바다에 둘러싸인 일본 어디에도 달아날 곳은 없다. 입을 다물고 있자 어머니가 중얼거렸다.

"뭐, 똑똑한 놈들이 어떻게든 해주겠지."

"맞아."

똑똑한 학자들이 더듬거리는 꼴을 보면서 어머니가 식탁을 치우기 시작했다. 나는 소매를 걷고 싱크대 앞에 서서 설거지를 했다. 우리는 평소와 다름없이 움직였다. 갑자기 나타난 '인류 멸망'이라는 이름의 폴더는 아직 텅 비어 있다.

— SOS 지구, SOS 지구, 발신자 나. 긴급사태 발생.

— 지금 당장 폭발해서 인류를 멸망시켜주세요.

오래된 SOS 신호를 떠올렸다. 초등학생 때 고작 실연으로 지구 폭발을 기도했던 나. 고등학생이 된 지금도 잿빛 현재와 미래가 걱정되어 소혹성이라도 떨어져서 전부 리셋해달라고 기도하는 나. 다양한 내가 나타났다가 사라진다. 냉기를 느끼고 옆을 보니 남은 반찬을 넣으려고 냉장고 문을 연 어머니가 그대로 멍하니 주저앉아 있었다.

이상한 꿈을 잔뜩 꿔서 깨고 나서도 제대로 잔 기분이 아니었다.

하품을 하며 주방을 들여다보니 어머니가 이쪽을 등지고 아침 식사를 차리고 있었다. 거실 텔레비전이 켜져 있었는데 패널이 엄청난 기세로 소혹성 충돌에 대해 소리치고 있었다.

"갑자기 전 인류가 죽음을 선고받은 겁니다. 수상은 끝까지 대책을 세웠다지만 그런 건 변명입니다. 직경 10킬로미터라니, 6600만 년 전에 공룡을 멸종시킨 천체와 거의 비슷한 크기예요. 공룡이 멸종했어요. 그렇게 번영했던 그 거대한 공룡이!"

공룡이 멸종할 정도라면 인류는 대체.

"그걸 20퍼센트는 살아남을지도 모른다니, 그런 발표를 하는 나라는 어디에도 없습니다. 일본의 대책실은 어떻게 계산한 겁니까? 미국이나 러시아는 생존율에 대해서는 한 마디도 없어요. 그저 신의 가호를 바란다는 말로 마무리했단 말입니다. 그게 진짜 답 아닙니까?"

패널은 침을 튀기며 말을 퍼부어댔다. 멍하니 서 있는 나를 본 어머니가 재촉했다.

"얼른 세수하고 밥 먹어."

계란프라이와 낫토, 된장국으로 아침밥을 먹으며 텔레비전 중계로 나오는 미국의 폭동 상황을 보았다. 여기저기서 불길이 일고 폭도들이 쇼윈도를 깨어 상품을 약탈하고 있다.

"이미 방송을 중단한 방송국도 많아 정보 부족에 미국 국민들의 분노가 커지고 있습니다."

일본 특파원이 흥분한 기색으로 보고했지만 앞으로 한 달이면 인류가 멸망하는 판국에 타인에게 정보를 제공하기 위해 일하기보다는 사랑하는 가족이나 연인과 함께 지내고 싶겠지. 그런데 일본의 언론은 해외 상황을 방송하기 위해 열심히 일하고 있다. 일본인의 근면성은 기적에 가깝다.

"유키, 꾸물거리면 지각한다."

"수업하려나?"

"학교에서 다른 소식이 없으니 가봐야지."

어머니는 이미 평소와 다름없는 태도였다. 나는 안심했다. 평소 당찬 어머니가 망연히 주저앉은 모습을 본 터라 오늘 아침은 얼굴을 맞대기가 조금 무서웠다.

"어머니는 어쩔 거야?"

"뭘 어째?"

"회사."

"당연히 가야지. 쉬면 월급 깎여."

정말 너무 평소와 똑같아서 안도를 뛰어넘어 약간 질렸다. 하지만 다음 달 월급은 안 나오는 것 아니냐는 질문은 꿀꺽 삼켰다. 어쨌거나 생활 자체에 아직 변화는 없으니까.

교복으로 갈아입고 쭈뼛쭈뼛 집을 나섰다. 해외 같은 폭동이 벌어졌다면 주저 없이 유턴할 작정이었는데 놀랍게도 거리는 평소와 다름없었다.

어딘가 불안한 표정이지만 남녀 회사원, 학생, 모두 양치기가 부는 나팔에 이끌리듯 역으로 향하고 있다. 편의점도 평범하게 영업 중이다. 그런데 올라탄 전철 안에서 승객들이 보는 스마트폰 화면은 모조리 소혹성 뉴스였다.

학교도 마찬가지라 정말 모두 죽는 거냐며 불안에 떨고는 있지만 대부분 등교했다. 담임도 시간에 맞춰 왔다. 조례가 끝나고 1교시는 수학. 선생님은 왠지 멍해서 칠판 필기를 몇 군데나 틀렸다. 학생들은 아무도 지적하지 않는다. 모두 마음이 딴 데 가 있지만 혼돈에 찬 50분이 지나면 정해진 시간대로 종소리는 울린다. 그것이 네 번 반복되었다.

오후 수업은 취소되었다. 이제부터 교직원 회의를 열어 내일 이후 휴교할지 말지 다른 학교들과도 연계해서 의논한다고 한다. 인류가 멸망한다는데 아직 휴교 의논이나 하다니. 현실감과 비현실감이 뒤섞여 마치 드라마나 영화처럼 허구의 세계에 있는 기분이다.

"휴교 안 하면 내일도 올 거야?"

"너희는?"

교실 뒤에서 이노우에 패거리가 한데 모여 의논하고 있다. 지금까지 나를 업신여기며 짓밟아왔던 놈들이 나와 똑같이 가혹한 미래를 눈앞에 두고 당황하고 있다.

― 꼴좋다.

텅 비어 있던 인류 멸망 폴더에 처음 들어간 것은 의외로 '유쾌'라는 파일이었다. 공허하고 어두운 미래를 겁내던 나와 삶을 구가하던 이노우에 패거리의 미래가 지금은 같은 운명의 천칭 위에 올라가 있다. 어떠한 즐거움도 구원도 없는데 어두운 환희만이 어렴풋이 피어올랐다.

돌아가는 길, 슈퍼마켓에서는 소동이 벌어졌다. 가게 앞에 손님들이 몰려들었고 점원이 "물과 쌀은 매진됐습니다!" 하고 큰소리로 반복하고 있다. 남은 시간은 앞으로 한 달. 그래도 한 달. 그동안 먹을 식량을 확보하려고 필사적인 사람들을 본 순간, 유쾌한 기분은 치익 소리를 내며 증발했다.

— 역시 모두 죽는 걸까?

— 이노우에 패거리뿐만 아니라 어머니도, 후지모리도.

걸음이 떨어지지 않는다. 어제도 오늘 아침도 온통 그 뉴스뿐, 전철에서도 학교에서도 그 이야기가 판을 쳤고 나는 불안해하는 이노우에 패거리를 마음속으로 비웃기까지 했는데.

둔감한 내 발밑에서 이윽고 현실이 스멀스멀 기어 올라온다. 인류 멸망 폴더에 '부조리'와 '공포'라는 무거운 파일이 추가됐고, 별다른 재주도 없는 나는 얼어붙었다.

소혹성 충돌 회견으로부터 이틀, 세계는 서서히 흔들리기 시작했다.

도쿄 같은 대도시에서는 슈퍼마켓이나 편의점에서 약탈 행위가 시작됐다는 보고가 SNS에서 이어지고 있다. 내가 사는 히로시마에서는 아직 쌀이나 물 쟁탈전 정도지만 이대로 가면 며칠 내에 이 부근도 위험해질 것이다.

어제는 텔레비전 방송도 모든 채널이 정상이었는데 오늘 아침에는 3분의 1이 계속 시험 방송 영상만 내보내고 있다. 방송이 정상적으로 나오는 채널에서는 당연하지만 소혹성 충돌 소식만 나온다. 인류가 경험한 적 없는 규모의 재해가 벌어지려 한다는 것. 엄청나게 높은 파도, 건물을 날려버리는 충격파, 흩날린 분진이 하늘을 뒤덮어 태양 빛을 차단하고, 작물은 말라 죽고, 공기와 물도 오염된다.

"이런데 어떻게 20퍼센트나 살아남는다는 거야?"

어머니가 아침 식사로 낫토를 섞으며 물었다.

"나야 모르지, 학자가 말하니 분명 그런가 보지."

나는 맞은편에서 계란프라이와 밥을 먹으며 대답했다. 국민에게 일말의 희망을 남겨주려는 정부의 배려인지, 혹은 다음 선거를 고려한 인기 작전인지. 말도 안 된다며 웃어넘길 수 없는 짓을 하는 게 이 나라 정치가니 방심할 수 없다.

어쨌거나 만일에 살아남더라도 먹을 식량도 물도 없어 서서히 고통받으며 죽을 바에야 차라리 즉사가 편하다.

법률이 소멸하고 힘만이 정의가 된 세계에서 양 같은 나는 등장하자마자 세 컷만에 살해당하는 엑스트라밖에 되지 못한다. 『북두의 권』이라는 옛날 만화가 떠올랐다. 핵전쟁이 터지자 재주라고는 폭력뿐인 야수 같은 모히칸 부대가 힘없는 시민들을 마구 학살했다.

"아아, 뭔가 찝찝하지만 오늘도 돈이나 벌어올까."

"아직 7시 반이야."

"어제 한 명이 결근해서 전표가 쌓였어."

"오늘은 더 많이 결근할걸."

"그렇겠지."

"그런데도 회사에 가? 월급이 나올지도 불확실한데?"

"소흑성이 마음이 바뀌어서 충돌하지 않을지도 모르잖아. 그러면 이런 때에도 매일 출근했다고 월급을 올려줄지도 몰라. 아니, 꼭 더 받아내야지."

어머니는 도시락을 가방에 넣더니 설거지해두라는 말을 남기고 출근했다.

평소에도 보통 아저씨들보다 남자답다고 생각하긴 했지만 저런 어머니라면 무법 세계에서도 씩씩하게 활로를 열어줄 것만 같다. 공룡도 멸종할 정도로 거대한 천재지변 속에서 인간이 살아남을 리 없다는 상식적인 사고와 그래도 내 어머니만큼은 괜찮을 거라는 소망이 서로 씨름하고 있다.

불가능하다는 걸 알면서도 어째서 인간은 어리석은 희망을 품는 걸까?

버리면 편해지는 일도 많을 텐데.

교실에 가니 어제보다 사람들이 적었다. 어제 "평생 친구야"라고 손을 붙잡고 있던 두 명의 여학생 중 한 명은 결석했고, 등교한 여학생은 다른 여학생과 "평생 친구야"라며 울고 있다. 언제나 야구부 아침 연습 때문에 조례 시작 직전에 교실로 뛰어드는 오사다가 무리에서 추방당한 고릴라처럼 초점 없는 눈으로 외롭게 혼자 앉아 있다.

종소리가 울리고 담임이 들어왔다. "좋은 아침"도 "착석"이라는 말도 없이 담임은 교탁 앞에 서더니 내일부터 휴교한다는 소식을 전했다. 오늘도 이만 귀가하고 싶은 학생은 그래도 좋다고 말할 때 창가에 앉아 있던 여학생이 절규했다. 모두 깜짝 놀랐다.

"지금 뭔가 떨어졌어!"

교실 안이 침묵에 휩싸였다. 학생 몇 명이 일어나서 창문 밖으로 몸을 내밀었다.

"화단 위에 여학생이 쓰러져 있어."

모두 창가에 모여들어 벌집이라도 들쑤신 것처럼 난리가 났다. 위층에서 3학년 여학생이 뛰어내린 모양이다. "자리로 돌아가, 보지 마!" 담임이 큰소리로 외치며 커튼을 닫았다.

"모두 진정해라. 이럴 때는 우선, 우선."

담임이 두 손으로 교탁을 짚고 입을 열었다. 하지만 뒷말이 나오지 않는다.

"다들 하교해라."

겨우 그 말만 하고 담임은 달아나듯 교실에서 나갔다. 교실에는 임계점을 넘은 소란이 퍼져 나가고 있었다. 몇몇은 커튼을 걷고 밖을 내다보았지만 대다수는 겁에 질려 삼삼오오 모여 있다. 내 뒷자리 여학생이 못 참겠다며 흐느꼈다.

어쩌면 좋을지 모르는 채로 모두 귀가 준비를 시작했다. 교실에서 나오니 복도는 마찬가지로 하교하려는 학생들로 가득했다. 불온한 분위기가 교내 구석구석까지 충만했다.

나는 계단을 지나 4반으로 향했다. 이리저리 오가는 학생들의 인파 너머, 친구와 나란히 걸어오는 후지모리를 발견했다. 창에서 쏟아지는 빛이 반사되어 검은 생머리가 천사의 고리라도 내려앉은 것처럼 빛나고 있다. 이런 순간에도 후지모리는 예뻤다.

"유키에, 아무래도 그건 위험하지 않아?"

"이미 티켓도 샀는걸."

"이런 때에 라이브를 하겠어?"

"그야 모르는 일이지."

일단 옆을 지나쳤다가 다시 유턴해 후지모리 일행 뒤에 바짝 붙었다.

후지모리는 도쿄 돔에서 개최 예정인 Loco의 라이브에 가려는 모양이다. Loco는 인기 절정의 여성 가수로 가녀린 몸에 어울리지 않는 파워풀한 창법으로 실력파 소리를 듣고 있지만 그저 하이톤으로 목소리만 큰 것 아닌가 싶다. 젊은 여성들의 패션 아이콘이기도 해서 헤어스타일, 화장, 복장, 거리에는 Loco를 어설프게 흉내낸 여성들이 넘쳐난다.

그러고 보니 전에 후지모리는 Loco의 팬이라고 했지. 고고한 이미지가 있는 후지모리가 그렇게 뻔한 가수를 좋아하다니 뜻밖이었다.

그보다 이 상황에서 도쿄에 가다니 무모하다. 그렇게 생각하면서도 눈 내리던 그날의 약속을 떠올리고 만다. 비스듬하게 눈보라 치던 시야 저편에서 눈도 콧등도 새빨갛게 물든 후지모리. 도쿄에 갈 거라고 대답하며 눈 내리는 옅은 잿빛 하늘을 올려다보던 진지한 옆얼굴.

"이럴 때라 부모님이 허락해주지 않을 거야."

"몰래 갈 거야."

"도쿄에서는 벌써 가게도 습격당하고 있대."

"조심할게."

누가 무슨 말을 해도 도쿄행 결심은 굳건한 것 같았다.

"언제 가?"

"오늘 밤."

"저기, 후지모리."

무심코 이름을 부르고 있었다. 천사의 고리가 방향을 틀었고, 후지모리가 눈을 살짝 부릅떴다. 시선이 마주친 순간, 왜 불렀는지 잊어버렸다. 얼굴이 후끈 달아올랐다.

"어, 저기."

패닉에 빠지기 직전에 겨우 가방에서 손수건을 꺼냈다.

"이거, 고마워. 깨끗하게 빨았어."

옆에 있던 여학생이 이 뚱보는 뭔가 하는 표정을 짓고 있다. 교내 카스트 속에서 나는 후지모리에게 말을 걸 권리가 없다. 후지모리가 손수건에 손을 뻗었다.

"굳이 그럴 필요 없는데."

장미 향을 알아주는 일 없이 후지모리는 손수건을 가방에 넣었다.

"저, 저기, 도쿄에."

별안간 누가 어깨를 붙잡았다. 나를 힘껏 옆으로 떠밀고 자리를 바꾸듯 앞으로 나온 것은 이노우에였다. 평소와 달리 진지한 얼굴로 후지모리를 마주했다.

"너, 이런 시국에 도쿄에 간다고?"

"들었어?"

후지모리는 눈썹을 찌푸렸다.

"상황이 조금 안정될 때까지 기다리면 안 돼?"

"기다리면 안정된대?"

"그건 모르지만 봐봐, 아무리 그래도 소혹성이라니, 이렇게 갑자기 인류가 끝날 리 없잖아. 분명 미국이나 다른 큰 나라가 어떻게든 해줄 거야."

이노우에가 가볍게 웃었다. 이 녀석은 정말 바보 아닐까? 그렇지만 이노우에 말처럼 어딘가 훌륭한 사람들이 어떻게든 해주기를 나도 바라고 있다.

"일단 당분간 만나지 못할 테니 함께 돌아가자. 할 말도 있고."

"난 친구하고 돌아갈 거야."

후지모리는 친구를 재촉하며 냉큼 등을 돌렸다.

이노우에가 혀를 차며 돌아봤다. "저리 가, 뚱보야"라며 내 정강이를 걷어찼다.

소혹성아, 어차피 올 거면 이노우에 머리 위로 떨어져라.

집에 돌아가니 어머니가 있었다. 소혹성이 충돌하지 않는 미래에 급여가 인상되리란 꿈을 꾸며 출근했는데 정문 현관에 '개인 사정으로 휴업합니다'라는 종이가 붙어 있었다고 한다.

"정말 이기적인 놈들이야. 보아하니 이번 달 월급도 안 주겠지."

"종이를 붙여놓은 것만으로도 가상한 것 아니야?"

한 달 뒤 인류 멸망을 앞두고 '개인 사정'이 무슨 말인가.

"열 받아서 창고를 박살 냈어."

어머니가 일하는 곳은 운송 회사인데 창고에 쌓여 있는 배송 대기 물품에서 통조림 같은 것들을 챙겨왔다고 한다. 그야말로 『북두의 권』에 나오는 펑크족 강도들의 소행과 다름없다.

"그나저나 너는?"

"투신자살한 학생이 있어서 그만 돌아가랬어. 내일부터 휴교래."

불효자식이네, 하고 어머니는 드물게 한숨을 쉬었다.

"어머니, 나 부탁이 있는데."

약탈한 고등어 통조림과 인스턴트 라면을 벽장에 숨기는 어머니에게 말했다.

"너도 죽고 싶다고 그러는 거 아니겠지?"

"도쿄에 가고 싶어."

어머니가 고등어 통조림을 손에 들고 돌아보았다.

"이런 시국에 뭐 하러?"

"친구가 꼭 도쿄에 가겠다고 해서."

"여자냐?"

단정적인 말에 나는 얼굴이 붉어졌다.

"흐음, 여자 친구가 있었군."

"여자 친구 아니야."

"짝사랑이야?"

역시나 단정이라 귀까지 새빨개졌다.

"정말 좋아한다면 그 애를 말려. 이런 시국에 도쿄라니 무슨 생각이야?"

"꼭 가겠다고 결심한 모양이야."

"대체 뭘 하러 가는 거야?"

"Loco 라이브."

"Loco? 아아, 그 인형처럼 생긴 여자애?"

"어머니는 음악에 관심 없을 줄 알았는데."

"젊었을 때는 많이 들었어."

"흠, 어떤 거?"

"머틀리나 포이즌, 하노이."

"그게 뭐야?"

"그보다 그 아이랑 함께 라이브에 가는 거야?"

"안 가. 도쿄는 위험하니까 내가 그 애를……."

지켜주고 싶다는 말을 어떻게 부모 앞에서 할 수 있을 까? 인기 없는 뚱보에 싸움은 한 번도 해본 적 없으며 오히려 줄곧 괴롭힘만 당해온 내가. 어머니가 얼굴을 붉히 며 고개 숙인 나를 들여다봤다. 갑자기 귓불을 잡아당겨 서 깜짝 놀랐다.

"미국에서 폭동이 일어났다는 뉴스 봤지? 도쿄도 곧 그렇게 될 거야. 알아?"

가차 없이 귓불을 잡아당기는 힘에 비명이 튀어나왔다.

"알아. 자, 잠깐, 아파, 귀 찢어지겠어."

"죽을지도 몰라."

"나도 안다니까."

"그래도 그 애를 지키고 싶어?"

"그래!"

후지모리는 잊었겠지만 나는 줄곧 기억하고 있었다. 어린 시절의 철없는 약속을 마침내 지킬 때가 온 것이다. 어리석지만 그렇게 생각했으니 어쩔 수 없다.

"좋아, 알겠어."

어머니가 쥐어뜯을 듯이 잡아당기던 귀에서 손을 떼자 나는 다다미 바닥에 굴렀다. 너무 아프다. 귀를 붙잡고 끙끙거리는데 어머니가 일어서서 주방으로 향했다. 싱크대 아래쪽 문을 열고 식칼을 가져왔다.

— 어? 잠깐만.

— 죽이는 한이 있어도 말리겠다는 건가?

넘어진 채로 얼어붙어 있으려니 어머니는 테이블에 놓인 잡지를 펼쳐 몇 쪽을 찢어내 식칼을 감싸기 시작했다.

"유키, 잘 들어. 솔직히 말해서 너는 약해빠졌어. 습격당하면 무조건 도망쳐. 위험한 상황이 되어도 맨손으로 싸우지 마. 흉기를 꺼내. 남의 손에 죽을 바에야 남을 죽여서라도 살아남아."

쓰러진 내 바로 옆에 종이로 싼 식칼을 내려놓은 어머니는 가방에서 지갑을 꺼내 잔뜩 찌푸린 얼굴로 만 엔짜리 지폐를 다섯 장 꺼내 식칼 위에 얹었다.

"운이 좋았네. 돌아오는 길에 찾아왔거든."

5만 엔은 우리 집에서는 엄청난 거금이라 나는 당황해서 벌떡 일어났다.

"괜찮아. 저금한 돈 있어."

"바보야. 그것도 내가 번 돈이야."

대꾸할 말이 없어 고맙습니다, 하고 무릎을 꿇고 고개를 조아렸다.

"어머니는 집에 혼자 있어도 괜찮겠어?"

내가 곁에 있어봤자 거치적거릴지도 모르지만 일단 물어보았다.

"괜찮지 않아. 외롭고 걱정돼."

"엇."

"하지만 네가 결정한 일이니 어쩔 수 없지. 반한 여자는 목숨을 걸고 지켜. 그리고 반드시 엄마 곁으로 돌아와. 17년이나 키워줬으니 그 정도 효도는 받아야지."

어머니는 등을 돌리고 약탈해온 고등어 통조림을 다시 벽장에 넣기 시작했다. 어리석은 짓은 관두라고 화내지도, 울며 매달리지도 않고 돈과 무기와 필요한 말만 내게 전했다. 나의 어머니는 생각보다 훨씬 굉장한 사람일지도 모른다. 나는 어머니 옆에 섰다.

"나도 도울게."

고등어 통조림을 들어 어머니에게 건넸다.

"도울 것도 없어."

"그럼 더 약탈하러 갈까?"

"누가 들으면 오해할 소리를 하네. 이건 위자료로 받아 온 거야."

"비슷한 말을 야쿠자 영화에서 들었는데."

어머니는 입을 쩍 벌리고 아하하 웃었다.

식료품을 정리하고 어머니와 마주 앉아서 모처럼 쌌는데 어쩔 수 없이 그대로 가지고 돌아온 도시락을 먹었다. 어머니가 만든 계란말이는 세상에서 제일 맛있다. 다른 사람이 만든 계란말이를 먹어본 적은 없지만 비교할 것도 없이 내게 세상 최고의 맛은 이것이다.

최후의 만찬이라는 말이 떠올랐지만 불길해서 입에 담지는 않았다.

도시락을 먹고 나서 륙색 하나에 갈아입을 옷과 소지품을 담아 집을 나섰다.

후지모리의 집은 강 건너 비탈 위쪽의 고급 주택가에 있다. 20분쯤 걸어서 도착해 집 앞 골목에 숨었다. 후지모리의 집은 초등학생 때부터 알고 있었다. 자그마한 흰 꽃이 늘어지듯 피어 있는 갈색 벽돌담과 검은색 철제 대문 안쪽에 저택이라고밖에 표현할 수 없는 훌륭한 집이 보인다. 역시 종합병원을 경영하는 집은 다르다.

조금이라도 상황을 알 수 없을까 싶어서 주위를 뱅글뱅글 맴돌다가 고개를 뻗어 벽돌담 안쪽을 들여다보았다. 행동만 보면 그냥 스토커지만 너를 지키게 해달라고 당당하게 부탁해봤자 거절당할 것은 뻔했다. 그러니 숨어서 지켜볼 생각이다.

— 벌써 출발한 건 아니겠지?

해 질 녘이 다가오자 점점 걱정이 들었다. 역시 집에 찾아가볼까 망설이는데 우아한 아치형 대문이 열리더니 후지모리가 모습을 드러냈다. 심장이 덜컥 크게 울린 그 순간이었다.

"유키에."

앞쪽 길 반대편에서 나타난 이노우에를 보고 눈이 휘둥그레졌다. 이노우에와 항상 몰려다니는 남학생 둘도 같이 있다. 설마 이노우에 패거리하고 도쿄에 가는 거야? 의욕이 나락까지 떨어진다.

"너희가 왜 이런 데 있어?"

후지모리의 반응으로 보아 이노우에가 멋대로 왔다는 사실을 깨닫고 갑자기 의욕이 되살아났다.

"도쿄는 위험하니까 우리가 같이 가주려고."

되살아난 의욕이 다시 곤두박질쳤다. 내가 이노우에와 같은 사고회로를 가졌다니.

"됐어. 혼자 갈 거야."

후지모리는 의연히 거절했다.

"여자 혼자서는 못 가. 지금 히로시마역으로 갈 거지? 여기는 아직 평화롭지만 술집이 모여 있는 나가레카와 부근은 벌써 위험하다고 선배가 LINE 메시지로 알려줬어. 도쿄에서는 무법자들이 가게를 털거나 여자를 습격한다고 하고 전철이 제대로 움직인다는 보장도 없잖아."

후지모리는 침묵했다. 의지는 굳세지만 불안도 느껴졌다.

"너희 부모님은 허락해주셨어?"

"말 안 했어. 얼른 갔다가 얼른 돌아오면 되지."

지나치게 낙관적인 말에 후지모리가 어이없다는 표정을 지었다.

"전철이 제대로 움직인다는 보장도 없다고 지금 네가 그랬잖아?"

"그러니까 그렇게 됐을 때 혼자서는 불안하잖아."

이노우에가 거들먹거리며 말했다. 남자 셋이면 괜찮다고 떵떵거리는 거겠지만 안일한 생각이다, 이 멍청아! ……그 규탄은 그대로 내게 돌아왔다. 어쨌거나 나와 이노우에는 행동만 보면 똑같은 짓을 하고 있으니까. 게다가 나는 이노우에보다 약하다.

"그러니 보디가드 대신 우리를 써."

"……고마워."

이노우에를 통해 자신의 안일함과 무모함을 엿보았는지 후지모리는 소극적이나마 이노우에 패거리와 함께 출발했고, 나도 몰래 뒤를 따라갔다.

들키지 않도록 거리를 두고 따라가며 너무 분하고 후회스러웠다. 이노우에는 멍청이지만 후지모리를 지키고 싶다고 당당히 말하고 기사 역할을 따냈다. 내게도 그럴 기회는 있었다. 그런데 나는 몰래 숨어서 지켜보기만 했다.

내일 죽는다는 것을 미리 알면 용기를 낼 수 있을 거라 생각한 적이 있다. 하지만 소혹성이 충돌하든, 인류가 멸망하든, 나는 어디까지나 나였다.

동네 주변은 아직 평화로운 축이라는 이노우에의 말은 사실이었다.

집 근처 역은 그렇지도 않았지만 히로시마역은 인산인해였다. 모두 짐이 한아름이었고 아이를 데리고 있는 가족이 많았다. 이벤트라도 있는 줄 알았는데 금방 피난 가려는 사람들이라는 사실을 깨달았다. 전철은 어느 방향이나 만원이고 신칸센 열차 창구도 줄이 똬리를 틀었다. 후지모리 일행에게 들키지 않도록 거리를 두고 나도 줄을 섰다. 신칸센은 전부 자유석으로 팔고 있었다.

간신히 도쿄행 마지막 열차표를 샀다. 혼자만의 첫 장거리 여행이 시작됐다. 나는 후지모리 일행의 옆 차량에 탔다. 앉을 자리가 없으니 서서 가야 한다. 만원 열차 안에서 웅크리고 앉아 게임을 하는 버릇없는 아이를 야단치지도 않고 부모가 작은 목소리로 속닥거리고 있다.

"역시 마음이 무거워. 당신 어머니는 날 싫어하잖아."

"상황이 진정될 때까지만 참아. 아이가 있으니 일단 시골로라도 피난해야지."

"당신이 조금 더 어머님하고 내 사이에서 잘해줘야지."

세계의 종언과 동떨어진, 번잡한 일상으로 가득한 대화에 어쩌면 정말로 아직 희망이 있을지도 모른다는 기대가 스쳐 지나갔다. 이노우에가 낙관적인 게 아니라 내가 너무 비관적인 걸까? 뒤에서 종이봉투를 여는 소리가 나더니 햄버거와 포테이토칩 냄새가 풍겨왔다. 익숙한 패스트푸드 냄새에 어쩐지 아등바등하던 마음이 누그러진다.

— 후지모리는 괜찮을까?

너무 붐벼서 상황을 살피러 가지도 못하고 같은 차량에 탈 걸 그랬다고 후회하고 있는데, 아버지 품에 안긴 여자아이가 천진하게 창밖을 가리켰다.

"아빠, 예뻐! 빨개!"

모두들 덩달아 시선을 돌렸다. 창밖에 펼쳐진 밤거리에 붉은 루비 목걸이가 걸려 있다. 신고베를 지나면 신오사카, 도시로 다가갈수록 빛의 양이 늘어나는 건 당연한 일이지만……

"브레이크 등?"

"어디까지 이어지는 거야?"

사방에서 달아나는 사람들로 주요 도로가 꽉 막혔다. 비관과 낙관이 함께 뒤엉켜 술렁거리던 열차 안의 분위기가 고요한 긴장에 잠겼다. 방금 전까지 시어머니에 대해 불평하던 부인은 입을 떡 벌리고 끝없이 이어지는 스산한 붉은빛의 행렬을 바라보고 있다.

서서 몇 시간을 갔을까, 신요코하마를 앞둔 지점에서 열차가 멈췄다. 술렁임이 퍼져 나가는 가운데 신요코하마와 시나가와 사이에서 정전이 발생해 복구까지 잠시 기다려달라는 안내 방송이 나왔다. 그대로 두 시간이 흘렀고 승객의 피로가 한계에 달했을 때, 운행 재개를 확답할 수 없다는 안내 방송이 다시 나왔고 열차 안에 낙담 어린 한숨 소리가 흘러넘쳤다.

승무원의 지시에 따라 하차했다. 밤의 어둠 속, 승무원이 든 전등 불빛에 의지해 선로를 걸어갔다. 후지모리는 어디 있을까? 줄줄이 이어지는 행렬 속을 찾아봤지만 어두워서 잘 보이지 않는다.

나는 이노우에에게 전화를 걸었다. 통신선이 혼잡한지 좀처럼 연결되지 않는다. 다섯 번째 신호에 겨우 연결됐다. 앞쪽에서 귀에 익은 목소리가 울렸다.

"여보세요?"

스마트폰에서 나오는 목소리와 함께 앞쪽에서도 "여보세요?"라는 소리가 들린다. 나는 아무 말도 하지 않았다. 이노우에가 "에나?" 하고 불렀다. 목소리를 더듬어 주위를 살피니 멀대 같은 이노우에의 실루엣이 보였다. 곁에 후지모리가 있는지 확인하고 전화를 끊었다.

"우와, 말도 없이 끊었어."

"무슨 용건이래? 에나 주제에."

"불안해져서 이노우에 목소리를 듣고 싶었던 거 아니야?"

"친구도 아닌데."

낄낄거리는 웃음소리가 퍼진다. 나도 너희를 친구라고 생각하지 않는다. 나는 후지모리를 지키기 위해 이곳에 있는 것이다. 하지만 그녀의 보스턴백을 이노우에가 들고 있다는 사실을 알고 언행이 일치되지 않는 내 모습이 한심해졌다. 어둠 속에서 나는 터덜터덜 그들의 뒤를 쫓았다.

승무원이 선로 옆에 앉아 있는 사람들에게 전기가 복구됐을 때 위험하다고 주의를 주고 있다. 더는 움직이지 못하겠다고 호소하는 노부부가 있다. 모두 힐끔거리기만 할 뿐 그대로 지나친다. 저 사람들은 어떻게 될까? 그런 생각을 하면서 나도 지나쳐 간다. 정말 여러모로 최악의 기분이다.

한 시간쯤 걸어 도착한 신요코하마역 구내에도 많은 사람들이 주저앉아 있었다. 시내 지하철도 사고가 발생해 지금 움직이는 전철은 없다고 한다. 어디든 좋으니 드러눕고 싶을 정도로 피곤했지만 후지모리 일행을 놓쳐서는 안 된다. 오로지 기력만으로 따라갔다.

자정을 넘은 심야, 호텔이나 PC방은 어디나 만실을 알리는 종이가 나붙어 있다. 후지모리 일행은 서서히 역에서 벗어나 조금 떨어진 곳에 있는 공원으로 들어갔다. 거리를 두고 상황을 살피고 있으려니 화단 너머에서 돗자리를 깔기 시작했다. 오늘 밤은 노숙하기로 결정한 모양이다.

— 겨우 쉴 수 있다.

후지모리 일행의 상황을 알 수 있을 만한 장소에 주저앉은 순간, 피로가 왈칵 몰려왔다. 후지모리를 지키겠다고 다짐한 주제에 현실의 나는 이렇게나 무력하다.

진달래 화단 뒤에 깔개를 펼치고 드러누우니 축축한 흙냄새가 코를 찔렀다. 밤하늘을 올려다보니 달과 별이 떠 있다. 태어나서 지금까지 몇 번이나 봐왔던 밤하늘.

한 달 뒤, 저곳에서 사신이 내려온다.

황당무계하고 공상 같은 현실. 아직도 어딘가 믿기 어

려운 기묘한 부유감에 휩쓸린다. 어디선가 긴박한 사이렌 소리가 들린다. 그것도 천천히 멀어져갔다.

날카로운 소리에 눈을 떴다. 순간 여기가 어딘가 어리 둥절했다. 저 높이 머리 위로 달이 자리를 이동했다. 아아, 생각났다. 신요코하마에서 신칸센이 멈췄지. 순서대로 기억을 더듬어가는데 다시 공기가 진동하는 소리가 났다. 소리 없는 비명 같은.

— 후지모리?

벌떡 일어났다. 화단 사이로 고개를 내밀어 후지모리 일행이 있는 부근을 봤다. 화단 건너편은 고요했다. 이상한 점은 없다. 그런데 피부가 따끔거렸다.

발소리를 죽이고 그쪽으로 향했다. 가까이 다가가니 천이 스치는 소리가 났다. 억누른 숨소리가 희미하게 들려온다. 심장이 깊은 곳에서 펄떡 깨어났다.

"꽉 붙잡아!"

"알고 있어. 버둥거리지 마!"

짐승 같은 흥분이 묻어나는 목소리에 나는 거기서 무슨 일이 벌어지고 있는지 눈치챘다.

후지모리를 구하러 가려다가 퍼뜩 정신을 차렸다. 자고 있던 곳으로 돌아가 가방에서 종이에 싸인 식칼을 꺼냈다. 달빛에 서늘하게 빛나는 칼을 확인하고 이번에야말로 이노우에 패거리에게 달려갔다.

화단 위로 고개를 내민 순간, 후지모리 위에 올라탄 이노우에의 등짝과 그녀의 팔다리를 붙잡고 있는 놈들의 모습이 눈에 들어왔다. 이노우에의 어깨너머로 입을 틀어막힌 후지모리와 눈이 마주쳤다. 공포로 벌어진 커다란 눈동자에 내 머릿속은 새하얘졌다.

"으아아아아아아아악!"

나는 이노우에의 등을 노리고 손에 든 식칼을 내리꽂았다. 갑자기 울려 퍼진 고함 소리에 이노우에가 외마디 비명을 지르며 펄쩍 몸을 피했다. 칼끝이 향하는 곳에 후지모리가 있다.

나는 몸을 틀어 바닥에 굴렀다. 순간 당혹감에 빠졌지만 이번에야말로 이노우에를 죽이려고 자세를 가다듬었다. 그러나 넘어졌을 때 식칼이 바닥에 꽂히고 말았다.

─ 남의 손에 죽을 바에야 남을 죽여서라도 살아남아.

주위에 있던 돌을 쥐고 휘둘렀다. 퍽 하는 둔탁한 충격과 함께 이노우에가 바닥에 쓰러졌다. 셔츠 옷깃에 서서히 얼룩이 번져간다. 어두워서 색깔은 보이지 않았지만 아마도 핏빛이리라. 이노우에는 꼼짝도 하지 않았다. 내 손에서 돌이 떨어졌다.

"……살인자."

누군가가 중얼거렸다. 후지모리가 일어나서 내 손을 붙

잡았다. 그대로 엄청난 기세로 밤의 어둠 속으로 달려간다. 어디로 향하는지 모른다. 하지만 달아나야 한다. 어째서? 계속 괴롭힘을 당해왔고, 죽고 싶은 것도 참았는데, 막상 죽이자 저쪽이 피해자가 되다니.

이 세상은 부조리하다.

이 세상은 이상하다.

이 세상으로부터, 나는 달아나야 한다.

― SOS 지구, SOS 지구, 발신자 나. 긴급사태 발생.

― 지금 당장 폭발해서 인류를 멸망시켜주세요.

내 SOS는 이제야 도달했고 한 달 뒤 세상은 끝난다.

그 한 달을 못 버티고 난 죽을 것 같다. 숨이 차다. 더는 달릴 수 없다.

"후지모리, 잠깐, 못 가겠어."

헐떡이며 호소하자 후지모리는 아무 말도 없이 빌딩 사이로 들어갔다. 급격한 진로 변경에 붙잡고 있던 손이 떨어졌다. 후지모리는 화려하게 커브를 돌았고 나는 빌딩 벽에 부딪혀 튕겨 나와서 반대편 벽에 또 부딪혔다가 마지막으로 빌딩 사이의 좁은 골목에 쓰러졌다.

한여름 더위를 타는 개처럼 입을 벌리고 헐떡거리며 숨을 들이쉬었다. 이렇게 진심으로 달려보기는 평생 처음이었다. 골목 바닥에 엎드린 내 바로 옆에서 후지모리도 힘이 다한 듯 주저앉았다.

"뭐야, 정말, 최악이야."

후지모리가 중얼거렸다. 아름다운 검은 머리는 엉망진창이고 옷도 진흙투성이다.

"미, 미안, 후지모리. 늦게 구하러 와서."

"괜찮아. 간발의 차이였어."

전혀 괜찮아 보이지 않았지만 나는 간신히 타이밍을 맞춘 것 같았다.

안도한 순간, 내가 덜덜 떨고 있는 것을 깨달았다. 딱딱한 돌로 이노우에를 내려쳤을 때의 충격이 손에 남아 있다. 목덜미를 타고 이노우에의 셔츠를 물들이던 검은 액체가 눈가에 아로새겨져 있다. 몸은 점점 더 떨렸다. 휘청거리는 몸을 간신히 지탱하고 있으려니 후지모리가 얼굴을 들여다보았다.

"괜찮아?"

나는 고개를 끄덕이면서 도리도리 젓는 고도의 동작을 취했다.

"이노우에를 죽여버렸어."

유치원생처럼 말하고 말았다.

"에나가 안 그랬으면 내가 그랬어."

후지모리의 눈은 분노로 불타오르고 있었다.

"강간이라니 죽어도 싸. 게다가 어차피 한 달 뒤면 모두 죽잖아. 이제 와서 체포될 리 없으니 안심해. 그렇게 생각하니까 그 녀석들도 그런 짓을 했을 테고."

분명 그렇겠지. 하지만, 그래도, 나는……

"그런데 에나 넌 어째서 이런 곳에 있는 거야?"

"어, 아아, 후지모리가 도쿄에 간다는 말을 듣고 위험하
니까 지켜주려고."

여러 가지 충격이 뒤엉켜서 그만 진심을 털어놓고 말았
다.

"지켜준다고?"

후지모리의 얼굴이 일그러졌다. 나는 진심으로 그렇게
생각했지만 이제 와서는 강간범과 똑같은 핑계로 전락하
고 말았다. 아니면 기분 나쁜 스토커인가. 나는 고개를 숙
였다.

— 옛날에 함께 도쿄에 가자고 약속했잖아.

그렇게 말하려다가 그만뒀다. 몇 년 전 일인 만큼 스토
커 포인트만 올라간다.

길거리 쪽에서 발소리가 났다. 후지모리가 움찔 떨었
다. 나는 후지모리 앞으로 기어가서 그녀를 내 뒤로 숨겼
다. 숨을 죽이고 있으려니 두 명의 남자가 거리를 지나갔
다. 발소리가 충분히 멀어지길 기다려 뒤를 돌아보니 후
지모리는 무릎 사이에 얼굴을 묻고 있었다. 가녀린 어깨
는 바들바들 떨렸고 이따금 가느다란 신음이 힘겹게 새어
나왔다.

"괜찮아. 후지모리는 내가 지킬게. 반드시, 반드시 지켜줄게."

"그럼 좀 더 빨리 오란 말이야."

분노와 설움이 묻어나는 목소리에 나는 어깨를 늘어뜨렸다.

"미안해. 무서웠지? 정말 미안."

"정말 당하는 줄 알았어."

미안하다는 말만 되풀이하고 있으려니 후지모리가 천천히 고개를 들었다.

"에나는 잘못 없어. 미안. 구해줘서 고마워."

희미하게 비쳐드는 달빛 덕분에 후지모리의 얼굴이 보였다. 당장이라도 쓰러질 듯, 필사적으로 버티는 표정. 나는 이런 후지모리를 안다. 겨울날 플랫폼에서 눈으로 하얗게 물든 시야 저편에 있던 어린 후지모리와 눈앞의 고등학생 후지모리가 하나가 되고, 그 감각이 다시 나를 끌어당긴다. 뿌리째 뽑혀서 어디론가 휩쓸려가고 마는, 그…….

나는 한 소녀에게, 진정 정말로 두 번째 사랑에 빠지고말았다.

잠에서 깨니 무릎을 세우고 앉은 내 어깨에 후지모리가 고개를 기대고 있어 펄쩍 뛰어오를 뻔했다. 곤한 숨소리가 들려온다. 엄청난 상황에 땀이 축축하게 배어 나왔다.

우리가 숨어 있는 골목에서는 좁은 빌딩 사이로 거리가 보인다. 오른쪽에서 사람이 나타나서 왼쪽으로 사라져간다. 혹은 왼쪽에서 나타나 오른쪽으로. 아무도 이런 골목은 들여다보지 않는다.

세상에서 동떨어진 어둑한 뒷골목에서 후지모리는 내게 기대어 잠들어 있다. 어깨 위를 풍성하게 덮는 윤기 흐르는 검은 머리카락. 만져보고 싶었지만 참았다. 나는 이노우에 패거리 같은 비열한 짓은 하지 않는다. 그렇게 생각한 순간, 어젯밤 일이 생생하게 되살아났다.

오른손을 가만히 쳐다봤다. 나는 살인자다. 경찰에 잡혀 형무소에 들어가겠지. 괴롭힘에 기인한 소년 범죄로 크게 보도되고, 일약 인터넷 스타가 되고, 어머니에게 호되게 얻어맞고, 슬퍼하는 모습을 보고, 평생 손가락질당하는 인생을 살 것이다. 하지만 그것은 이미 머나먼 꿈이다.

앞으로 한 달이면 지구는 엉망진창이 되어 모두 다 죽는다.

그런데 지금 내 옆에는 후지모리가 잠들어 있고 나는 두 번째 사랑을 하고 있다. 공포, 절망, 비관, 체념, 설렘, 환희, 모든 것이 뒤섞여 죽음을 눈앞에 둔 내 안에서 활화산처럼 솟구친다. 그 탓에 오히려 많은 것들이 마비되었다.

"……에나."

움찔 떨었다.

"아, 아, 안녕."

"안녕. 계속 앉아 있었더니 엉덩이가 아파. 지금 몇 시야?"

스마트폰으로 확인하니 정오가 지났다.

"이제 어쩔 거야?"

그렇게 묻자 후지모리의 얼굴이 약간 굳어졌다.

"도쿄로 갈 거야."

"그래. 그럼 난 후지모리를 도쿄까지 바래다줄게."

"반대 안 해?"

놀란 그 표정에 나는 고개를 갸웃거렸다.

"네가 가겠다면서?"

"그렇긴 하지만."

"나는 후지모리를 지키러 왔어."

그렇게 말하자 후지모리의 표정이 왈칵 무너졌다. 안도가 느껴졌다. 그야 솔직히 말하자면 위험한 곳에 보내기 싫다. 하지만 우리는 이미 하고 싶은 일을 할 시간이 없다. 그렇다면 하다못해 지금 후지모리가 하고 싶은 일을 돕고 싶다. 그게 내가 하고 싶은 일이다.

"에나, 고마워."

후지모리가 떨리는 목소리로 그렇게 말한 순간, 나는 기개 없는 스토커에서 벗어났다. 제대로 내 뜻을 전하고 후지모리의 허가를 받은 기사가 된 것이다.

"그럼 옷을 사와."

공주님의 첫 번째 명령에 기사인 나는 눈을 껌뻑였다.

"옷?"

"그래, 내가 입을 옷."

"여자애 옷은 몰라."

"하지만 이 꼴로는 못 돌아다녀."

후지모리가 살짝 손을 펼쳤다. 진흙투성이인 건 그렇다 쳐도 셔츠 왼쪽 어깻죽지는 재봉선이 찢어졌고 단추도 몇 개 떨어졌다. 밑에 탱크톱을 입고 있지만 이런 모습으로 무법자들이 여자들을 습격하는 도쿄에 가면 잡아가달라고 광고하는 꼴이다.

"갈아입을 옷이 든 짐은 공원에 두고 왔고, 가지러 가긴 싫어."

이해한다. 강간 미수 현장에 돌아가고 싶진 않겠지. 나도 살인 현장에 돌아가는 건 사양이다. 서로 스마트폰은 주머니에 넣어두길 잘했다.

"알았어. 다녀올게. 내 옷도 필요하고."

"고마워. 하지만 지갑도 가방 안에 있어. 에나도 그렇지? 돈은 어쩌지?"

"내가 가지고 있어. 돈은 여러 곳에 보관하라고 부모님이 가르쳐주셨거든."

스니커를 벗어 깔창 밑에서 작게 접어둔 만 엔짜리 지

폐를 꺼냈다.

"에나네 부모님은 뭐 하는 분인데?"

"젊었을 때 삥 좀 뜯던 사람."

평소에는 도움이 되지 않는 어머니의 지식이 이런 비상
시에 찬란한 빛을 발했다.

"그럼 다녀올게. 후지모리, 혼자서 괜찮겠어?"

"응, 하지만 빨리 돌아와."

지금 그 말은 좋아하는 여자아이에게 듣고 싶은 대사
베스트 3에 들 것이다.

나는 얼굴을 붉히며 고개를 끄덕거리고 의기양양하게
골목 밖으로 나갔다. 낯선 거리라 길을 모르겠다. 일단 역
쪽으로 갔다가 엄청난 인파에 놀랐다. 히로시마역에서도
놀랐지만 비교도 되지 않는다. 역시 도시는 굉장하다는
태평한 감상은 황폐한 편의점과 유리가 깨진 빌딩 쇼윈도
를 본 순간 초조함으로 바뀌었다.

— 신요코하마가 이런데 도쿄는 어떨까?

한시라도 빨리 돌아가서 후지모리를 지켜야 한다. 얼
른 옷을 골라서 돌아가자. 하지만 여자아이 옷은 처음 사
보는 데다가 역 구내 가게들은 전부 문을 닫았다. 어쩌면
좋을지 고민한 결과, 내가 유일하게 의논할 수 있는 여성
인 어머니에게 LINE 메시지를 보냈다.

첫 번째 송신은 실패했다. 전파가 불안정한 것 같다. 주

변을 둘러보다가 전파가 강해 보이는 곳에서 송신했지만
또 오류가 났다. 인터넷도 안 되나? 현실적인 두려움을
느꼈지만 끈질기게 재시도해서 겨우 보냈다.

'옷을 사고 싶은데 가게가 전부 문을 닫았어. 어떻게 하
면 돼?'

한참 있다가 답장이 왔다.

'안 열었으면 대충 집어 오면 되지.'

이 경우 '집어 온다'는 '훔쳐 온다'는 뜻일까? 나는 의논
상대를 잘못 골랐을지도 모른다. 약탈 행위를 망설이고
있는데 이어서 답장이 왔다.

'가지고 간 옷은 어쨌어?'

'복잡한 사정이 있어서 잃어버렸어.'

그러자 이번에는 전화가 왔다.

"복잡한 사정이라니 뭐야?"

대뜸 묻는다.

"어, 신칸센 열차도 멈췄고, 노숙을 했고, 같은 반 애
를……."

거기서 말문이 막혔다.

"같은 반 애를 뭐?"

도저히 말할 수도 없고 말하기도 싫다.

"무슨 일이 있었어? 같은 반 애를 어쨌어?"

"……죽였어."

침묵이 감돌았다.

"도쿄까지 배웅하겠다던 그 여자애야?"

"후지모리는 지켰어. 후지모리를 덮치려던 같은 반 남자애를 죽였어."

말로 하니 새삼 내가 저지른 짓이 두려워졌다. 하지만 다시 그때로 돌아가더라도 나는 같은 행동을 하리라. 내 최우선 사항은 후지모리를 지키는 것이다.

"어이, 유키, 듣고 있어? 무슨 말이든 해."

어머니의 목소리가 뚝뚝 끊겼다.

"어머니, 여자아이 옷은 어떤 게 좋아?"

"뭐? 그보다 죽였다니…….."

"됐으니까 가르쳐줘. 급해. 여자아이 옷 말이야."

"그런 건 '시마무라'에서 사."

나도 아는 옷가게 이름이 나와서 광명이 보였다.

"그게 있었네. 그럼 다녀올게."

"잠깐. 지금 어디 있어?"

"신요코하마."

"도쿄가 아니야?"

"신칸센 열차도, 전철도 멈췄어. 미안, 그만 끊을게."

통화를 끊고 스마트폰으로 검색하니 '시마무라'는 역 근처 빌딩에 있었다. 아까 쇼윈도가 깨져 있던 빌딩이다. 잠시 망설이다가 이제 와서 별 차이 없다는 생각에 무법자의 동료가 되었다. 깨진 유리에 다치지 않도록 조심스레 들어간 빌딩 안은 깜깜해서 스마트폰 조명을 켜고 멈춰 있는 에스컬레이터를 걸어 올라갔다.

고요하고 어두운 공간에 마네킹이 우뚝 서 있다. 나는 호러가 무섭다. 되도록 그쪽을 보지 않으면서 선반에 놓여 있는 옷을 계산대에서 가져온 봉투에 대충 쑤셔 담았다.

다음으로 3층 가전매장으로 갔다. 건전지와 배터리, 손전등을 찾는데 어둠 속에서 사람이 튀어나와 심장이 멎는 줄 알았다. 마찬가지로 물건을 훔치는 사람들이라 서로 꾸벅꾸벅 고개를 숙였다. 무서운 사람들이나 유령이 아니라 다행이다.

여기까지 왔으니 이왕 하는 김에 지하층에서 식품도 훔쳤다. 빵을 봉투에 담으며 나는 역시 어머니의 아들이라는 생각을 했다. 성격도 배짱도 너무 달라 사실은 주워온 아이가 아닐까 의심한 적도 있었지만 지금 핏줄을 절절히 느꼈다. 전리품을 양손에 들고 돌아가자 후지모리가 눈을 휘둥그레 떴다.

"마침 배터리가 다 된 참이었는데. 배도 고팠고."

나를 바라보는 감사와 존경의 눈빛에 순식간에 마음이 들떴다. 목숨을 걸고 사냥을 해서 여자가 기다리는 집에 고기를 들고 돌아가는 원시시대 남자의 기분이 바로 이런 거겠지.

"하지만 촌스럽네."

'아이 러브 래빗'이라는 글자와 못생긴 토끼가 인쇄된 긴팔 티셔츠를 본 후지모리가 실망스러워했다. 어두웠던 데다가 마음이 급해서 디자인을 간과했다.

"배부른 소리 할 때가 아니지. 고마워. 갈아입을 테니 망 좀 봐."

"어?"

"갈아입을 거야. 고개 돌려."

나는 황급히 몸을 돌려 골목 입구를 막아섰다. 큰 짐을 든 젊은 남자 둘이 멀리서 다가왔다. 나는 최대한 무서운 표정으로 팔짱을 끼고 다리를 쩍 벌리고 섰다. 지금 내 뒤에서는 후지모리가 옷을 갈아입고 있다. 조금이라도 엿볼 틈을 만들어서는 안 된다.

등 뒤에서 천이 스치는 희미한 소리가 났다. 자칫 상상의 날개를 펼칠 뻔했지만 꾹 참았다. 이성과 번뇌의 틈바구니에서 인내하고 있는데 주머니 속에서 스마트폰이 울렸다.

'어머니'라는 화면 표시에 소화기 분말을 맞은 것처럼 단숨에 번뇌의 불이 꺼졌다. 성적인 망상과 어머니는 최고로 궁합이 나쁘다. 다행이라고 생각하면서 내버려뒀더니 후지모리가 "전화 왔어"라고 말했다. 그래도 무시했다. 좋아하는 아이 앞에서 어머니와 통화하는 건 부끄럽다.

― 어머니, 미안해요. 나는 지금 아들이 아니라 기사거
든요.

훔친 빵으로 식사를 하고 역 주변의 상황을 설명했다.
후지모리는 끄덕거리며 잠시 고민하는 표정이더니 응, 알
았어, 고마워, 하고 내게 고개를 숙였다.

"에나는 그만 돌아가. 이것저것 정말 고마워."

후지모리는 일어나서 짐을 챙겨 골목 밖으로 나가려 했
다.

"나도 갈 거야."

"아니, 역시 됐어. 여기서부터는 정말 위험해. 폐를 끼치
고 싶지 않아."

"위험하니까 함께 갈 거야."

"괜찮아. 에나를 본받아서 나도 식칼을 휘둘러볼게."

장난스러운 웃음에 저도 모르게 화가 치밀었다.

"사람을 해치는 건 무서운 일이야."

나는 진지한 얼굴로 후지모리의 앞을 막아섰다. 앞으
로 한 달이면 우리는 죽는다. 그 마지막 순간까지 사람을
죽였다는 감각은 내 손에 진득하게 들러붙어 있겠지. 후
지모리는 울컥한 표정으로 나를 매섭게 쏘아보더니 말없
이 내 옆을 지나갔다. 아아, 화나게 하고 말았다.

"잠깐만."

급히 뛰어가 앞을 가로막고 보니 후지모리는 눈물을 글썽거리고 있었다.

"……아."

아아, 아아, 나란 멍청이. 이럴 때 혼자서 도쿄에 가겠다니 불안할 게 당연하다. 그래도 나를 위해 허세를 부린 것이다. 후지모리는 그렁그렁 매달린 눈물을 손등으로 벅벅 문지르고 성큼성큼 역으로 향했다. 나는 몇 걸음 뒤에서 후지모리를 따라갔다.

어색한 분위기 속에서 도착한 신요코하마역은 엄청나게 혼잡했다. 어젯밤 정전은 복구했지만 다른 사고가 터져서 다시 시내 전철도 신칸센도 멈추었다.

"이제 안 다닌대?"

상황을 알아보고 돌아오자 후지모리가 절망적인 표정을 지으며 물었다.

"모르겠어. 하지만 복구에 힘쓰는 사람들은 있대."

가르쳐준 역무원도 이런 상황에서도 타인을 위해 일하고 있다.

"미안. 난 내 고집만."

후지모리는 부끄럽다는 듯 고개를 숙였다. 여기까지 오면 둔한 나도 Loco의 라이브가 핑계인 줄 안다. 후지모리는 도쿄에 가고 싶은 뭔가 다른 이유가 있는 것이다. 위험을 무릅쓰고서라도 가야 할 무언가가…….

"잠깐 기다려보자. 움직일지도 모르니."

일단 쉴 곳을 찾아 구내를 이동했다. 지쳐버린 사람들이 벽에 빼곡하게 기대어 있다. 구석 쪽에 한 자리가 비어 있었다.

"후지모리, 여기 앉아."

"괜찮아. 에나 너만 계속 돌아다녔잖아."

"나는 아직 체력이 있으니 걱정 마."

허세를 부렸지만 사실 나는 무력한 뚱보다. 그래도 나보다 후지모리를 앉히고 싶다. 그런 이야기를 하고 있으려니 다들 조금씩 이동해 나도 앉을 수 있는 자리를 마련해주었다. 어제부터 살벌한 일들이 연이었던 탓에 배려가 가슴에 사무쳤다.

"전철 움직일까?"

후지모리가 무릎을 끌어안고 힘없이 중얼거렸다.

"분명 움직일 거야."

사실 어려울지도 모른다고 생각한다. 하지만 굳이 말로 하지는 않는다. 소혹성이 지구에 충돌해 모두 죽는다, 그런 황당한 일이 벌어지는 세상이다. 그렇다면 이런 상황에서도 전철이 움직일 거라는 자그마한 꿈을 꿔도 좋지 않을까?

가만히 앉아 있으려니 졸음이 쏟아졌다. 계속 긴장하고 있던 탓에 내게 위해를 가하지 않을 사람들 사이에 둘러싸여 있으니 마음이 놓였다. 역시 인간은 무리 지어 행동하는 생물이다. 혼자서 황야를 가로지르는 짐승처럼 만들어지지 않은 것이다.

— 나는 복슬복슬한 양털을 쓴 양으로 살다가 죽겠지.

남은 목숨은 한 달, 인정할 수밖에 없는 사실에 체념하며 눈을 감았다.

저녁때까지 기다렸지만 전철은 움직이지 않았고 오늘 밤 안으로는 복구되지 않는다는 방송이 나왔다. 주저앉아 있던 사람들이 일제히 탄식했다. 무거운 한숨은 천장이 높은 역 구내를 가득 채웠다.

"도쿄로 가겠다는 결심은 변함없어?"

후지모리는 고개를 끄덕였다. 나는 깊이 숨을 들이마셨다.

"응, 그럼 함께 가자."

후지모리의 커다란 눈동자가 희미하게 떨렸다.

"약속했잖아."

초등학생 때 약속 따위 후지모리는 기억하지 못할 것이다. 괜찮다. 이것은 나에게만 소중한 약속이고, 나는 그 약속을 지킬 것이다. 하지만 뜻밖의 대답이 돌아왔다.

"난 못되게 굴었는데."

나는 눈을 깜빡였다.

"기억하고 있었어?"

깜짝 놀라는 나를 본 후지모리가 눈길을 떨어뜨렸다.

"기억해. 그날 굉장히 불안했는데 플랫폼에서 네가 말을 걸어줘서 마음이 놓였어. 함께 도쿄에 가자고 말해준 것도 기뻤어. 그런데 새 학기가 되니까 무시했지."

내가 소중하게 여겼던 약속을 후지모리도 기억해주었다. 그 후의 행동을 미안해했다. 그것만으로 나는 이미 가슴이 벅찼다.

"괜찮아, 그 정도야. 정말 괜찮아."

"아니야, 있지, 나."

후지모리가 고개를 들었다. 최근의 왕녀님 같은 후지모리의 이미지에 익숙해져서 어린 소녀 같은 말투에 가슴이 먹먹했다. 울음을 터뜨릴 듯한 표정으로 있지, 있지, 하는 말만 되풀이한다. 하지만 뒷말을 잇지 못했다. 열심히 해명하려 하고 있다. 내게는 그 자체가 기쁜 일이다. 머뭇거리는 후지모리에게 "그보다" 하고 억지로 화제를 바꾸었다.

"이대로 전철이 안 다니면 도쿄까지 걸어가는 수밖에 없는데 걸을 수 있겠어?"

"그건 괜찮아."

"벌써 어두워졌고 밤에 이동하는 건 위험해. 그러니 오늘 밤은 역에서 자고 내일 아침부터 이동하는 게 좋을 것 같은데 후지모리는 어떻게 할래?"

"나도 그게 좋을 것 같아."

역무원이 비축되어 있던 담요를 나눠주러 왔다. 수가 모자라 두 사람당 한 장을 지급해주었다.

"후지모리가 써."

"왜, 둘이서 쓰자."

후지모리는 담요를 펼쳐서 자기와 내 어깨에 걸쳤다. 밀착하는 기분이라 심장이 요동쳤다. 이마 가장자리에 땀이 맺혔다. 땀 냄새가 나면 어쩌지?

"저, 저기, 난 괜찮아. 뚱보라서 안 추워."

"밤에는 쌀쌀해."

"이틀이나 목욕도 못 했고."

"나도. 냄새나면 미안."

후지모리는 서로 마찬가지라고 했다. 정말 그렇게 생각해준다면 고마운 일이고, 마음을 쓰는 거라면 미안한 일이다. 어쨌거나 내 심장은 여전히 시끄러웠다.

"……그 후로 도쿄에는 역시 못 갔어."

후지모리가 중얼거렸다.

"초등학교 때부터?"

"응. 그래서 Loco 라이브 티켓이 당첨됐을 때 드디어 때가 왔다고 생각했어. Loco의 돔 투어 파이널이라니, 팬클럽에 들어가도 거의 추첨에서 떨어지는데."

"팬클럽에 가입했어?"

후지모리가 쑥스러운 듯 고개를 끄덕였다.

"가족끼리 하와이에 갔을 때 호텔 수조 앞에서 Loco를 만난 적이 있어."

"굉장하다."

Loco를 만난 것도 굉장하지만 가족끼리 하와이에 간다는 사실에 놀랐다. 역시 병원 집 아가씨다. 나는 해외여행은 가본 적이 없고, 가보지 못하고 죽을 운명이다.

"호텔 정원이 보이는 벽에 커다란 수조가 붙어 있었는데 열대어들이 잔뜩 헤엄치고 있었어. 늦은 밤이라 나하고 Loco뿐이었어. 굉장히 말랐는데 얼굴은 사과처럼 작고 커다란 눈은 흰자에 푸른 기가 감돌았어. 인어 같았어."

"무슨 얘기를 했어?"

"얘기를 했달까, 나란히 수조를 바라보는데 Loco가 불쑥 '바로 눈앞에 넓은 바다가 있는데 이런 상자에 갇혀 있다니 가여워'라고 했어. 난 깜짝 놀라서 정말 그러네, 하고 반말로 대답했고 Loco는 살짝 웃고는 바로 떠났어."

후지모리가 깜짝 놀라거나 당황하는 모습은 무척 귀할 텐데.

"아름답고, 재능도 있고, 인기도 많은데 슬퍼 보였어. 뭔가 그런 걸 느꼈달까, 나하고 비슷한 것 같아서 그 후로 노래를 찾아 듣기 시작했어."

그렇구나. 하지만 가희라 불리는 유명 아티스트와 자기 사이에서 공통점을 발견하고 홀딱 빠져 팬이 되는 점을 보면 후지모리도 어김없는 십 대 소녀다. 어쩐지 처음으로 친근감을 느꼈다. 싱글싱글 웃고 있으려니 후지모리가 나를 쳐다보았다.

　"철없다고 생각했지?"

　"아니야."

　"거짓말. 확실해. Loco하고 자기가 비슷하다니 철부지라고 생각했지?"

　철없는 게 아니라 귀엽다고 생각했다.

　후지모리는 고개를 홱 돌렸다.

　"나, 양녀야."

　"어?"

　"우리 부모님은 줄곧 아이가 없어서 어린 나를 가족으로 입양했어."

　너무 갑작스러워 뭐라 대답할 말을 찾지 못하는 내게 후지모리는 오해하지 말라며 말을 이었다.

　"신데렐라나 소공녀처럼 비참한 홀대는 받지 않았으니까."

　정확히 지금 나는 심술궂은 입양 가족에게 괴롭힘을 당하고 누더기를 입고 청소하는 후지모리를 상상하고 있었다. 지금까지 오랫동안 유머를 신조로 한 망상으로 괴로운 현실을 견뎌왔으면서 남의 문제는 획일적으로 받아들이는 스스로를 반성했다.

"그렇겠지. 후지모리는 머리카락도 윤기 넘치고 손수건도 깨끗했어."

후지모리는 고개를 갸웃거렸다.

"홀대받았다면 그렇게 단정하지 못했을 거야."

초등학생 때, 항상 옷 몇 벌로 돌려 입는다고 같은 반 아이에게 놀림을 받은 적이 있다. 그때 우리 집은 가난하다는 사실을 깨달았다. 불행은 언제나 타인의 눈이나 입을 통해 드러난다.

"머리카락은 신경 쓰고 있어. 진짜 부모님이 물려주신 거니까."

"그래?"

"여동생 머리카락은 부모님을 닮아서 갈색 곱슬머리인걸."

이번에는 내가 고개를 갸웃거렸다. '아이가 생기지 않는 부모'를 닮은 여동생이라니?

"초등학교 2학년 때 어머니가 임신했어. 난 이미 진실고지를 받았고. 아, 진실 고지란 양자로 맞이한 아이에게 자기들은 혈연이 아니라는 사실을 털어놓는 걸 말해. 아이에게는 자기 뿌리를 알 권리가 있다며 내게도 어렸을 때부터 진짜 부모는 따로 있다고 가르쳐줬어."

그렇지만 우리는 너를 사랑한다, 이곳은 너의 집이다, 그렇게 아이에게 전하는 게 중요하다고 한다. 그 진실 고지를 통해 자기들은 아이가 생기지 않았지만 도저히 아이를 포기할 수 없었던 심정도 알려줬다고 한다.

"여동생이 태어났을 때 부모님은 말도 못하게 기뻐했고, 유키에는 언니가 되는 거라는 어머니 말에 물론 나도 기뻤어. 아버지하고 눈매가 닮은 여자애가 태어났는데 아버지는 울음을 터뜨렸고 나도 덩달아 같이 울었어."

그렇게 기뻐하는 부모님은 처음 봤다며 후지모리는 웃었다.

"동생에게 마미코라는 이름을 지어주고, 나와 마미코를 평등하게 키웠어. 어머니는 누가 생일이라도 케이크를 만들어줬고, 아버지는 출장을 가면 반드시 나와 마미코에게 하나씩 선물을 사줬어. 하지만, 그래도 말이지, 어쩐지, 그런 게 있거든."

즐거운 일이 생기면 어머니는 마미코를 먼저 본다. 위험한 일이 생기면 아버지도 마미코를 먼저 본다. 찰나의 순간이다. 두 사람은 자기들이 그러는 줄도 모를 것이다.

"그래서 진짜 부모님을 만나러 가고 싶어졌어."

"아, 그래서 도쿄……"

눈 내리던 그날의 후지모리를 떠올렸다. 진짜 아버지와 어머니를 만나러 갈 결심을 했지만 도저히 전철을 타지 못하고 차가운 눈보라가 몰아치는 벤치에 몇 시간이나 앉아서, 콧등도 손끝도 새빨갛게 물들이고 그저 지나가는 전철만 바라보던 옆얼굴.

"하지만 갈 수 없었어. 당연한 일이지. 초등학생이 혼자서 도쿄라니. 그 후에는 이건 어쩔 수 없는 일이라고 생각하기로 했어. 아버지와 어머니는 나와 마미코를 애써 평등하게 사랑하려 노력하고 있어. 그걸로 충분하다고, 나는 운이 좋다고."

하지만 진심은 그렇지 않아서 웃음을 잃어버린 것이리라. 머리와 마음. 우리는 그 두 개의 바퀴를 나란히 굴리기엔 아직 서툴러서, 제대로 제어하지 못하고 때때로 이상한 방향으로 굴러가고 만다.

"소혹성 기자회견은 다 같이 텔레비전으로 봤어."

"응."

"그런데 갑자기 마미코가 공포에 질려서 울음을 터뜨렸고 부모님은 괜찮아, 괜찮아, 하고 필사적으로 마미코를 끌어안았어. 마미코는 옛날부터 덜렁이라 작은 일로도 바로 법석을 떨거든. 나는 반대로 야무지다는 칭찬을 자주 들었어. 나는 더 착한 아이로 보이고 싶었고 많은 점수를 따야 한다고 생각했어."

그래서 그 뉴스를 봤을 때조차 후지모리는 얌전히 있었다고 한다. 후지모리의 부모님은 마미코를 달래느라

바빴고, 후지모리는 그 모습을 말없이 지켜보고 있었다.

"마미코라는 이름은 '진짜 아이眞實子'라는 뜻이야."

나는 더 이상 아무 말도 할 수 없었다.

— 아름답고, 재능도 있고, 인기도 많은데 슬퍼 보였어.

후지모리가 Loco에게 느낀 공감. 부잣집 아가씨에, 미인에, 교내 카스트의 정점에 있는 소녀가 매일 고독을 씹고 있을 줄은 상상도 하지 못했다.

그래도 괜찮아. 나는 생각했다. 즐거울 때나 위험할 때나 후지모리를 가장 먼저 바라볼 누군가가 분명 나타날 것이다. 적어도 나는 누구보다 먼저 후지모리를 보고 있다.

하지만 후지모리에게 어울리는 건 후지모리 종합병원을 이어받을, 의학부에 진학할 만큼 똑똑하고 후지모리의 고독을 치유해줄 수 있는 포용력을 가진 잘생긴 사람이다. 나와는 하늘과 땅 차이. 현실은 가혹하지만 그래도 나는 기도한다. 그런 왕자님 같은 남자가 언젠가 나타날 거야. 후지모리는 분명 행복해질 거야. 거기까지 생각하다가 사고가 갑자기 중단되었다.

우리는 한 달 뒤면 죽는다.

확신할 수 있는 미래는 이제 없는 것이다.

한 장의 담요를 덮고, 나와 후지모리는 무릎을 끌어안고 인파를 바라보았다.

이튿날 아침, 10시까지 버텨봤지만 전철은 움직이지 않았다. 포기하고 일어서는 사람들에 섞여 우리도 역에서 나왔다. 어제 담요를 나눠줬던 역무원이 떠나는 사람들을 배웅하다가 모자를 벗고 팔을 축 늘어뜨리고 몹시 지친 얼굴로 천장을 올려다보았다.

분명 다가올 한 달 동안 우리는 서서히 조금씩 여러 가지를 포기하게 되겠지. 죽음은 얼마나 고통스러울까? 나는 견딜 수 있을까?

"그럼 갈까?"

도쿄 쪽으로 향하는 사람들의 행렬을 따라 우리도 걸음을 뗐다.

"진짜 부모님은 도쿄 어디에 사셔?"

"몰라."

어? 옆을 쳐다보았다. 친부모에 대해서는 사정이 있어 아이를 키울 수 없었다는 말만 들었다고 한다. 그럼 못 만나는 것 아니냐는 말은 차마 할 수 없었다.

"일단 도쿄 돔에 갈 거야."

후지모리는 발밑을 바라보며 걸었다.

"응. 알았어. 가자."

처음부터 후지모리는 Loco 라이브에 간다고 했다. 친부모를 만날 수 없다는 것을 알면서도, 이런 상황에서 라이브가 열릴 리 없다는 것을 알면서도 가는 것이다. 후지모리는 오랫동안 품고 있던 실체 없는 꿈과 같은 존재를 만나러 가려는 것이다.

"에나는 가족이 걱정 안 해?"

"우리 어머니는 억척스러우니 괜찮아. 아버지는 내가 태어나기 전에 돌아가셨어."

후지모리가 작은 목소리로 말했다.

"미안. 난 정말 내 생각뿐이었네."

"난 괜찮아. 태어났을 때부터 그랬고, 그게 당연했고, 그게 우리 가족이니까. 그보다 후지모리는 라이브가 끝나면 어쩔 거야?"

"집으로 돌아가는 수밖에. 알아, 부모님도 우리를 공평하게 대하려 노력하고 있고 나도 가족을 좋아해."

좋아하기에 욱신거리는 마음이 고개를 내민다. 진짜 애정은 진짜 아이를 위한 것. 후지모리가 받는 것은 그것과 몹시 흡사하지만 그것은 아니다. 눈앞에 진짜가 없으면 섬세한 차이를 몰랐을 텐데 마지막 순간까지 그 차이를 가까이서 지켜봐야 하는 슬픔. 한편으로 마지막이기에 혈육을 바라보고 싶은 후지모리네 부모님의 마음. 애정은 어떻게 해도 공평하게 나눌 수 없고, 각자의 마음이 이끄는 자유로운 선택이 있을 뿐이다.

— 그럼 나하고 같이 있자.

분수도 모르는 소리를 지껄일 뻔했다. 마지막 순간에

오른손은 어머니, 왼손은 후지모리와 맞잡고 있을 수 있다면 최고일 텐데. 죽는 데 최고라니 이상한 말이지만 어차피 죽을 거라면 적어도 최고의 기분으로 죽고 싶다. 말이 없어진 후지모리와 도쿄로 향하면서 그런 생각을 했다.

중간에 휴식을 취했다. 인도에 앉아 신요코하마에서 약탈해 온 빵을 둘이서 먹고 있는데 어머니에게서 전화가 왔다. 지금 어디냐고 묻기에 일단 시나가와역으로 가고 있다고 대답했다.

"스마트폰 배터리는 괜찮아?"

"응, 어제 가게에서 가져왔어."

"가져왔다니?"

"약탈해왔어."

"잘했다. 스마트폰은 항상 통화할 수 있는 상태로 갖고 다녀."

전화를 끊은 후 나는 이상한 기분으로 하늘을 올려다봤다. 약탈 행위를 칭찬받다니, 세상은 시시각각 망가져가고 있다. 내 안에는 절도에 대한 죄책감도 없다. 그보다 훨씬 큰 죄를 저지른 탓일까? 그렇지만 올려다본 하늘은 평소와 다름없이 평화롭고 푸르렀다.

"식량은 얼마나 버틸 수 있을까?"

최대한 쑤셔 넣었지만 라이브까지 버티지는 못한다. 어

차피 라이브는 안 열릴 테니 그건 아무래도 좋다. 이것은 후지모리가 마음을 정리하기 위한 여행이니까.

"도쿄는 부분적으로 무법지대가 된 것 같으니 지금 식량을 확보하는 게 나을지도 몰라."

"가부키초 부근에서 야쿠자나 무법자들이 활개를 친다더라."

각자 SNS로 정보를 확인하며 이야기했다. 도쿄에서는 젊은 사람들이 모이는 거리를 중심으로 폭주와 약탈이 퍼져나가고 있다. 습격당하는 건 주로 고급 명품 가게와 식료품 가게, 젊은 여자들. 자살도 서서히 증가해 투신 사고로 도쿄의 전철은 거의 멈춰버렸다. 생생한 정보를 파악하는 데 트위터는 편리하지만 악화되기만 하는 상황을 보는 것은 무섭다.

"응, 역시 도쿄에 들어가기 전에 식량을 확보하자. 역 앞이나 대로변은 무서운 사람들과 마주칠지도 모르니 골목 안쪽에 있는 편의점이나 슈퍼마켓을 둘러볼까?"

빠르게 답을 내놓는다. 나는 어제오늘 사이에 놀라울 정도로 판단력이 높아졌다. 아니면 망설일 시간조차 없다고 해야 할까? 도쿄로 가는 행렬에서 벗어나 샛길로 들어갔다. 식료품 가게는 닫혀 있거나 이미 털렸고, 봉투가 찢어진 치킨 수프 라면 하나를 발견했다.

"뜨거운 물이 없네."

"그대로 먹으면 돼. 고소한 과자 맛이야."

"아, 그렇구나."

후지모리가 감탄한 듯 끄덕거렸다. 부잣집 아이들은 생각도 못 한 방법이었나 보다. 둘이서 선반 밑까지 들여다봤지만 식료품은 물론이고 티슈나 화장실 휴지 같은 일용품도 없었다.

"이 부근도 위험해졌나 봐."

"응, 역 앞 빌딩에서 유리가 깨져 있는 걸 보고 깜짝 놀랐어."

"히로시마도 이렇게 될까?"

"나가레카와 부근은 벌써 그렇다는 모양이니 지방에서도 번화가는 위험하지 않을까?"

잔반을 찾는 고아처럼 어슬렁거리는데 평범하게 영업하고 있는 슈퍼마켓을 발견했다. 무섭게 생긴 아저씨가 가게 앞에서 야구방망이를 어깨에 메고 서 있어서, 척 봐도 이곳을 습격하기는 어려울 것 같았다. 쭈뼛쭈뼛 먹을 것을 파는지 물어봤다.

"팔기는 하지만 돈으로는 못 사. 물물교환이야."

"건전지라면 조금 있어요."

우리는 야구방망이를 든 아저씨의 허락을 받고 안으로 들어갔다. 건전지도 귀중품이니 잘 생각해서 교환해야 한다. 뭐가 좋을지 고민하는데 후지모리가 소매를 잡아당졌다. 후지모리의 시선 끝에는 냉장고에 진열된 아이스크림이 있었다. 두 개에 AA 건전지 하나로 교환.

"차가워."

"달콤해."

소다 맛 막대 아이스크림을 입에 넣은 순간, 이렇게 맛있는 건 처음 먹어보는 듯한 행복감에 빠졌다. 겨우 며칠 사이에 선악의 경계는 모호해지고, 어떻게든 먹고사는 문제가 중요해지고, 나는 살인자가 되었고, 도둑이 되었고, 고작 80엔짜리 흔해 빠진 소다 맛 막대 아이스크림이 귀중품이 되었다.

"코스모스야."

후지모리가 공터 앞에서 멈춰 섰다. 흰색과 연분홍색 코스모스가 흐드러지게 피어 바람에 살랑살랑 춤추고 있다. 매매 간판이 꽂혀 있다. 후지모리가 예쁘다며 들어갔다.

10월 중순의 맑은 가을 하늘 아래, 코스모스밭에 선 후지모리는 완벽하리만치 아름다워서 어쩐지 마구 소리를 지르고 싶었다. 얼마 전까지 나는 비참한 괴롭힘 속에 머리끝까지 잠겨서 희망 없는 미래에 절망하며 마음속 깊이 지구 따위는 폭발하면 좋겠다고 저주했다.

그 저주가 이루어진 지금, 나는 꿈에서도 간절히 바랐던 행복에 잠겨 있다. 그리고 이제 와서 이 시간이 조금 더 계속되길 바라고 있다. 어째서일까? 앞으로 한 달밖에 남지 않은 이제야. 그토록 세계를 저주했을 때는 전혀 구해주지 않았으면서. 신은 잔혹하다.

오후 늦게 시나가와역에 도착했지만 역시 신칸센도 전철도 다니지 않았다.

우리가 신요코하마역에서 나온 바로 뒤에 시내 전철은 복구됐지만 그 후 시나가와역 부근 건널목에서 전철과 자동차가 충돌하는 사고가 나서 다시 멈추었다. 전철이 전복될 정도로 큰 사고였는지 부상자가 많아서 당분간 운행을 재개할 가망은 없다고 했다.

"오늘은 다른 곳에서도 사고가 많이 났대. 파광교가 얽혀 있다던데."

"파광교라니, 이상한 약을 만들어서 간부가 도망간 거기?"

나는 고개를 끄덕였다. 도쿄나 오사카의 전철 안에서 악취가 진동하는 소동이 벌어지고 있단다. 역무원은 상세한 내용은 모른다고 했지만 SNS에서는 이미 파광교의 테러라는 소문이 돌고 있다.

"의식불명에 빠진 사람도 있대."

트위터 화면을 넘겼다. 무서운 이야기밖에 없다.

"이래서야 전철이 움직여도 위험해서 못 타겠어."

"아직 테러가 확실한 건 아니지만 어쨌거나 한동안 전

철은 못 움직일 테니 여기서 휴식도 취할 겸 자세한 정보를 기다려보자. 계속 걸어서 지치기도 했고."

"그래. 저쪽에서 물을 나눠주고 있으니 받으러 가자."

후지모리가 가리키는 쪽에 긴 줄이 있었다. 줄은 이제 지겹지만 마실 것은 먹을 것 이상으로 중요하다. 내가 다녀오겠다고 하자 일인당 하나만 줄지도 모르니 둘이서 가자고 했다. 듣고 보니 야무지다는 말을 듣는 이유를 알겠다.

맨 끝에서 줄을 서는데 어머니에게서 전화가 왔다.

"유키, 지금 어디야?"

"시나가와역. 방금 전에 도착했어."

"역 어디?"

"어디냐니, 어, 구내 어디지? 지금은 물을 받으려고 줄을……!"

갑자기 누가 뒤에서 목덜미를 잡아채 바닥에 나동그라졌다. "유키?" 하고 부르는 어머니의 목소리를 들으면서 나는 방어도 하지 못하고 등을 바닥에 세게 부딪혔다.

"에나~."

흥얼거리는 목소리와 어울리지 않게 불길한 저음이 머리 위에서 들려왔다.

"이런 데서 운명의 재회를 할 줄은 몰랐지?"

벌러덩 넘어진 채로 올려다본 시선 끝에 낯익은 얼굴이

보였다.

"이노우에?"

순간, 살인자 신세를 모면했다는 생각에 안도했다. 다행이다. 다행이라고 생각하며 울먹거리며 웃는데 머리에 붕대를 두른 이노우에가 잔뜩 얼굴을 찡그렸다.

"지금 이름 부를 때냐?"

스니커를 신은 발로 배를 퍽 밟혀서 신음이 튀어나왔다.

"사람 머리를 깨놓고 뭘 태평하게 여자하고 노닥거리는 거야?"

"애초에 너희가 잘못한 거잖아."

후지모리가 따지고 들자 이노우에가 서슴없이 따귀를 때렸다.

"남자들 문제에 끼어들지 마."

"뭐가 남자들 문제야? 쓰레기 주제에."

후지모리가 거듭 용감하게 반박했다.

"후지모리, 난 괜찮으니까 도망쳐."

그렇게 말하는데 얼굴을 차였다.

"그만해, 역무원을 부를 거야."

"불러보시지?"

이노우에가 장난스럽게 후지모리를 들여다봤다. 후지모리가 흠칫 놀라 뒤로 물러났다. 같이 있던 패거리가 낄낄 비웃었고 우리는 주위를 둘러보고 망연자실했다. 줄을 선 사람들도, 옆을 지나가는 사람들도, 알면서도 모르는 척한다. 다들 겁에 질린 얼굴이다.

"역무원이든 경찰이든 불러봐. 어! 어!"

세 사람이 나를 에워싸고 마구 발길질을 해댔다. 나는 몸을 웅크리고 머리를 감쌌다. 얼굴 가운데가 욱신거렸다. 코가 부러졌을지도 모른다. 그만두라는 후지모리의 울음 섞인 목소리가 들린다. 내가 약해서 좋아하는 여자 아이가 울고 있다. 미안, 미안해. 너무나 한심하다.

"아, 그래. 이거 돌려주마."

나를 때리다 말고 이노우에가 가방에서 종이로 싼 가늘고 긴 물건을 꺼냈다. 이렇게 위험한 건 들고 다니면 안 되잖아, 하며 종이를 벗긴다. 어머니가 요리할 때 쓰던 식칼이 드러났다.

"너, 날 죽이려 했지?"

이노우에가 몸을 숙이고 쓰러져 있는 나와 눈높이를 맞추었다.

"이런 걸로 찔리면 어떻게 될지, 너 한번 시험해볼래?"

은색으로 빛나는 칼날이 뺨에 닿자 공포에 질려 마른침을 꼴깍 삼켰다.

— 반한 여자는 목숨을 걸고 지켜. 그리고 반드시 엄마 곁으로 돌아와.

— 17년이나 키워줬으니 그 정도 효도는 받아야지.

눈앞에 있던 칼날이 방향을 바꾸어 목덜미에 바짝 닿았다.

"이노우에, 정말 할 거야?"

"푸욱, 해버려?"

나를 에워싼 패거리가 흥분해서 새된 소리를 냈다. 눈이 이상하게 번들거렸다. 이 녀석들은 악질적인 놈들이다. 하지만 적어도 이렇게 짐승 같은 눈빛은 아니었다. 뭔가 이상하다.

"잠깐, 그러지 마, 그러지 말라니까! 여보세요, 누가 도와주세요!"

후지모리가 주위를 향해 소리쳤지만 아무도 이쪽을 보지 않는다.

— 뭐야, 이거?

한 달 남았다는 선언을 듣고 지구보다 먼저 인간이 망가지기 시작했다. 오랜 시간을 들여 만든 법도, 상식도, 도덕심도, 싸구려 도금처럼 후드득 벗겨져간다.

— 우리는 사실 이런 존재였나?

아연해하는 나 역시 더는 움직일 수 없다고 선로에 주저앉은 노부부의 앞을 못 본 척 지나쳤다. 이노우에를 죽일 작정으로 때렸고, 물건을 약탈했다. 나는 이노우에나 주위 사람들을 탓할 수 없다. 저들은 나고, 나는 저들이다. 복슬복슬한 털을 벗지 못하는 나약한 양떼다.

수치와 후회와 함께 별 볼 일 없는 내 인생이 굉장한 속도로 되감겨서 재생되었다. 특별히 좋은 일도 없이 인류 멸망이라는 웃기지도 않은 마지막을 선고받았지만 예상치 못하게 후지모리와 함께 시간을 보낼 수 있어서 행복했고, 그것도 앞으로 한 달이면 빼앗긴다는 사실에 신을 원망했다.

　그런데 웬걸. 내게는 그 한 달조차 준비되어 있지 않았다.

　나는 결국 끝까지 최고로 운이 없다.

　그래도 역시 마지막에 후지모리와 함께 지낼 수 있어서 행복했다.

　어머니만 마음에 걸린다. 고생과 걱정만 끼쳤으니 다음에 다시 태어난다면 조금 더 용기를 내고 싶다. 이기지는 못해도 한 방은 되받아치자. 그랬더라면 지금까지의 내 인생은 달라졌을까? 평화로운 세상에서도 후지모리와 친구가 될 수 있었을까? 칼날이 목덜미를 서서히 파고든다. 전부 뒤늦은 후회다.

　하지만 만약에, 만약에, 조금만 더 유예가 생긴다면.

　그것이 한 달이든 며칠이든 상관없다. 나는 이번에야말로 열심히 살 것이다.

　망상 속의 짐승이 아닌, 나약한 양의 모습 그대로 나는 황야를 달린다.

　그러니 신이시여, 부디—.

기도한 순간, 이노우에가 옆으로 날아갔다.

무슨 일이 벌어졌는지 모르겠다. 주위를 이리저리 둘러보자 바닥에 쓰러져서 꼼짝도 않는 이노우에가 보였다. 내 앞에는 신이 아니라, 어디로 보나 야쿠자처럼 생긴 아저씨가 서 있었다.

퍼펙트 월드

메지카라 신지, 마흔. 거물 야쿠자를 죽였다.

개인적으로는 아무 원한도 없다. 면식조차 없었다. 하지만 이 녀석도 방해되는 놈을 제거하고 여기까지 올라왔겠지. 하늘을 향해 뱉은 침은 언젠가 제 머리 위로 떨어지는 법이다.

✳

잠에서 깨니 옆에 여자가 있었다. 어젯밤 바카라 게임장 단골과 함께 간 카바레의 호스티스인데 가게에서 놀다가 2차로 밥을 먹고 나서 그대로 집까지 따라왔다.

"일어났어?"

달착지근한 말투가 어울리지 않는다. 어둑한 가게 안에

서는 그럭저럭 봐줄 만했는데 커튼을 타고 쏟아지는 아침 햇살 속에서는 서른 목전의 나이가 드러난다. 카바레에서는 퇴물로 분류된다.

"메지카라 씨, 잘 때 꼼짝도 안 하네. 시체 같았어."

여자가 재미있다는 듯이 말하며 위에 올라탔다. 어젯밤에 마신 술이 역류할 것 같아 눈썹을 찌푸렸다.

"눈살을 찌푸리니 그거 같아."

"그거?"

"신사 안에 있는 거. 두 마리가 세트인 거 있잖아."

고마이누 석상 말인가. 마지막으로 신사에 갔던 게 언제였더라? 몇 년째 새해 참배조차 가지 않았다. 여자가 얄팍한 손을 내 아랫도리로 뻗었다. 자고 일어나 딱딱하던 참에 주물거리기에 부드러운 엉덩이를 움켜쥐어 화답했다. 내 위에서 여자가 웃는다. 자세를 바꾸어 깔아 눕혔다.

고작 몇 분 만에 끝내고 나니 힘이 쭉 빠졌다. 한숨 더 자고 싶은데 여자가 다가와 대충 어깨를 끌어안았다. 끝난 후에는 얌전히 있는 게 좋은 여자인데…….

"있지, 즈카가 누구야?"

좋은 여자가 아니었다.

"잠꼬대하던데. 즈카, 하고."

딱 달라붙어서 몸을 흔들어대는 통에 어쩔 수 없이 실눈을 떴다.

"이 사람이지?"

여자가 내 왼쪽 가슴에 새긴 'SHIZUKA'라는 문신을 만졌다. 젊었을 때 새겨서 조잡하기 짝이 없다. 심장 바로 위에 이름을 새긴 여자와는 삶도 죽음도 함께 한다. 그렇게 가르쳐준 선배는 심장 바로 위에 이름을 새긴 여자와 결혼했지만 외도 상대를 조수석에 태우고 있을 때 사고를 내고 죽었다. 부인은 갓난아기를 품에 안고 장례식에서 너 같은 자식은 죽어버리라고 울면서 욕을 퍼부었고 동료들이 이미 죽었다며 위로했다.

"여자 이름을 새기다니 낭만적이야."

"옛날 일이야."

"몇 살 때?"

"스물."

"지금 몇 살?"

"마흔."

여자가 20년 전 일이냐며 귓가에서 웃는다.

"좋아했구나."

지루한 이야기에 졸음이 쏟아져 대답하지 않고 등을 돌렸지만 여자는 역시나 찰싹 달라붙었다.

그러고 보니 행위가 끝난 뒤에 시즈카는 들러붙지 않았다. 나를 밀쳐내고 화장실에 갔다가 캔 맥주를 한 손에 들고 돌아와 팬티 한 장에 대충 추리닝을 걸치고 텔레비전을 보곤 했다. 털털하고, 쌀쌀맞고, 좋은 여자였다. 이름이 나오는 바람에 괜히 떠올리고 말았다.

"남자는 과거의 여자일수록 미화한다니까."

여자의 손이 배에서 가슴께로 기어올라왔다. 요란한 네일 아트를 한 손톱이 심장 위를 찌른다. 몸을 틀었지만 그래도 끈질기게 긁어대기에 벌떡 일어나 뺨을 후려쳤다. 여자는 침대에 벌러덩 쓰러져 입을 다물지 못했다.

"어, 뭐야, 지금. 잠깐, 갑자기 너무해!"

여자가 우는 건지, 토라진 건지 모를 표정을 짓는다. 나는 시트를 뒤집어썼다. 너무해, 너무해, 그렇게 외치는 여자의 단조로운 목소리를 들으며 눈을 감는다. 바로 의식이 가라앉기 시작한다. 언제나 어디서나 죽은 듯이 잠들 수 있다. 내 유일한 재주다.

"메지카라 씨, 밥 다 됐어."

뺨을 꾹꾹 문지르는 손가락 감촉에 잠에서 깼다. 졸린 눈에 아까 때린 여자가 비쳤다.

"아직 있었어?"

"돌아갔다가 바로 앞 슈퍼에서 생선을 싸게 팔기에 돌아왔어."

식는다고 채근하기에 거실에 가보니 테이블에 식사가 차려져 있었다.

"먹고 더 먹어."

그릇에 산더미처럼 밥을 푼다. 함바집이냐고 묻자 그게 뭐냐고 되묻는다. 된장국은 짜고, 감자조림은 딱딱한데다 달고, 연어 소금구이는 탔다.

"맛있어?"

불평하기도 귀찮아 잠자코 있었다.

"좋아하는 음식이 있으면 말해. 다음에 올 때 만들어줄게."

따귀를 맞았는데도 밥을 지어주고 또 찾아올 생각이라니, 소중하게 대해주는 사람이 없다는 걸 알 수 있다. 빈말로도 맛있다고는 할 수 없는 밥을 다 먹고 스마트폰으로 바카라 게임장에서 온 연락이 있는지 확인했다. 여자는 식탁을 치우고 콧노래를 흥얼거리며 설거지를 하고 있다.

"나, 아이가 있어."

여자가 즐거운 표정으로 이야기했다.

"메지카라 씨는?"

"없어."

"아이는 좋아해?"

"생각해본 적도 없어."

"나, 슬슬 발을 씻을까 해. 벌써 서른셋이기도 하고."

무심코 여자의 뒷모습을 보았다. 서른은 안 된 줄 알았는데 넘었나.

"더 이상 호스티스로 일할 수 있는 나이가 아니지. 옛날에는 지명도 많이 받았는데 지금은 보조로만 일해. 낮에 하는 일을 하고 싶지만 아이 때문에 돈도 필요하고. 나, 이래 봬도 집안일은 잘하거든."

요리는 자신 없지만, 하고 여자가 웃었다.

"하지만 청소는 잘해. 이 집 너무 더러워. 다음에 대청소 해줄까?"

"보살펴줄 남자를 찾는 거라면 다른 데서 찾아."

"에이, 그런 거 아니야."

"노리더라도 하다못해 때리지 않는 남자를 골라."

"그건 맞는 말이네."

여자는 설거지를 마치고는 가게에 또 오라는 말을 남기고 돌아갔다.

물을 마시려고 냉장고를 열자 아까 먹다 남긴 연어 꼬리가 랩에 싸여 있었다. 얄팍한 속내가 뻔히 보이는 언동과는 달리 소박한 본성이 보였다. 기분이 조금 울적해졌지만 고작해야 페트병째로 마신 물과 함께 증발되어버릴 정도의 정이었다.

샤워를 마치고 나오다가 문득 세면실 거울에 비친 문신에 눈길이 멎었다.

스무 살 때부터 그곳에 자리 잡은 여자의 이름. 우스울 정도로 조잡한 문신이라 형님뻘이었던 고토는 사우나에 갈 때마다 그만 지우라고 놀렸다. 귀찮아서 내버려두다 보니 있는 게 당연해졌을 뿐 일부러 남겨둔 건 아니다.

돌아보면 이 이름과 어울린 세월도 30년 가까이 된다.

나는 창을 열면 시궁창이 보이는 집에서 태어났다. 아버지는 365일 술독에 빠져 있었고, 도박에 졌네 마네 하며 분풀이로 나를 때렸다. 그때마다 나를 감싸느라 대신 맞은 어머니는 근처도 못 돌아다닐 몰골이 되었다. 어머니의 눈은 점점 빛을 잃어갔고 그러다가 나도 아침부터 술을 마시게 되었다. 아버지를 말리기보다 동화하는 편이 편하다고 포기했던 것이리라.

내가 아이답게 꿈을 꿀 수 있는 것은 자고 있을 때뿐이었다. 악인이 마을을 부수고 모두 달아나는 가운데 홀로 맞서서 멋지게 쓰러뜨린다. 끝없는 박수갈채의 중심에 내가 있다. 환한 빛이 쏟아지고 애니메이션에 나오는 영웅처럼 가슴에 긍지가 솟는다.

하지만 아침이 되면 꿈은 깬다. 현실의 나는 아무 데나 떨어져 있는 쓰레기 같은 아이였다. 언제나 배가 고파서 친구 집에서 자주 밥을 얻어먹었다. 몇 번 그러자 그 집 부모가 싫어해서 놀러 갈 수 없게 되었고, 그러다가 비슷하게 가정환경이 나쁜 친구들과 어울리게 되었다. 처음으로 물건을 훔친 것은 초등학교 4학년 때였다. 빵이나 인스턴트라면, 과자. 재미나 분풀이가 아니라 굶지 않으려고 아이들끼리 힘을 합쳐 훔쳤다.

중학생이 되자 당연한 일인 듯 나쁜 선배들의 그룹에 들어갔다. 부모가 주지 않는 애정을 알아서 채우려는 듯 아침부터 밤까지 함께 지냈다. 곤란에 처한 동료가 있으면 모두 힘이 되어준다. 동료라면 서로 돕는 게 당연했고 선악 판단은 다음 문제였다.

집에는 돌아가지 않고 아지트가 된 동료의 집에서 죽치고 살았다. 시즈카도 그런 아이들 중 하나였다. 드세고 털털한 성격이 마음에 들었지만 선배의 여자라 건드리지는 않았다.

원하는 것은 빼앗거나 훔친다. 하지만 동료를 배신하는 녀석은 경멸당한다. 사회의 규칙은 알 바 아니지만 동료 간의 규칙은 중요하다. 우리는 많은 사람들에게 평범하게 주어지는 살아갈 자리를 얻지 못해서, 한데 뭉치는 것으로 살아갈 자리를 만들어왔다. 그곳의 규칙을 어기는 짓은 우리 같은 쓰레기들의 유일한 안식처를 제 손으로 망가뜨리는 꼴이나 다름없었다.

아버지를 때려눕힌 것은 중학교 2학년 때였다. 평소처럼 술에 취해 때리려 하기에 야구방망이로 되받아쳤다. 머리에서 피가 왈칵 뿜어져 나오는 것을 어머니는 맥주잔을 손에 든 채로 입을 떡 벌리고 쳐다보고 있었다. 등이고 어깨고 사정없이 후려쳤다. 죽어도 싸다고 생각하는 한편으로 죽을 리 없다고도 생각했다. 이 정도로 죽는다면 나는 백 번은 죽었을 것이기 때문이다.

"또 멋대로 굴면 죽여버린다."

주방에서 소주를 가져와 웅크린 채로 벌벌 떠는 아버지에게 콸콸 쏟아부었다. 연신 잘못했다며 흐느끼는 아버지를 걷어차고 어머니를 내려다보았다.

"돈 내놔."

어머니는 떡 벌리고 있던 입을 다물고 크게 한숨을 쉬었다. 가방에서 느릿느릿 지갑을 꺼내더니 만 엔짜리 지폐를 한 장 꺼내서 내밀었다.

"전부."

어머니는 체념한 얼굴로 지폐를 전부 꺼내 내밀었다. 잡아채듯이 가로채 코트를 걸치고 나가려는 내 뒤에 아버지의 신음 소리와 어머니의 한숨 소리가 무겁게 들러붙었다.

"어째서 이런 꼴만 당해야 하나 몰라."

그건 내가 하고 싶은 말이라고 소리치는 대신 밖에 나와서 주택 단지의 철제 현관문을 힘껏 걷어찼다. 공허한 마음에 굉음이 언제까지고 메아리쳤다.

중학교를 졸업하고 시내 주유소에 취직했지만 일하는 것보다 동료들과 노는 게 압도적으로 즐거울 나이라 결국 반년 만에 그만두고 말았다. 그 후로는 조직의 말단인 선배를 돕고 용돈을 받으며 태평하게 살았다. 시즈카와 재회한 것은 열여덟 살 때였다.

"여전히 멍청하게 사는구나."

예전 그대로 털털한 여자였다. 재회한 시즈카에게 마침 남자가 없어, 냉큼 꼬드겨서 함께 살기 시작했다. 나는 여전히 말단 야쿠자 선배의 심부름을 하는 어중간한 양아치였지만, 제일 귀여워해준 고토라는 형님이 똑똑한 사람이라 시키는 대로 움직이면 그럭저럭 넉넉하게 살 수 있었다. 쓰레기였지만 그런대로 잘살고 있었다.

그런 생활도 삼 년 만에 끝났다. 화가 나면 반사적으로 손이 나간다. 그토록 싫어했던 아버지의 나쁜 버릇을 그대로 똑같이 물려받았다. 양아치끼리라면 괜찮지만 여자 상대로도 손찌검을 하고 만다. 시즈카도 드센 여자라 우리가 싸움을 시작하면 세 번에 한 번은 이웃 주민이 경찰을 불렀다. 그때도 요란하게 싸웠는데 이튿날 일을 하고 돌아와보니 시즈카가 사라지고 없었다. 미친 듯이 찾아다녔지만 종적을 감추었다.

— 어째서 이런 꼴만 당해야 하나 몰라.

어째서긴, 전부 네 탓이잖아! 스스로에게 침을 뱉었다. 일단 감정이 격해지면 아무도 말리지 못한다. 자칫하면 시즈카를 죽였을지도 모른다. 반한 여자를 죽이지 않고 끝나서 다행이라는 비겁한 결론을 내렸고 그렇게 심장 위에 싸구려 문신만 남았다.

— 남자는 과거의 여자일수록 미화한다니까.

그렇지 않다. 그날 밤, 내게 맞은 시즈카의 입술 끝은 찢어져서 퍼렇게 부어 있었다. 왼쪽 눈도 시커먼 멍에 묻혀 판다 같았다. 그것이 내가 마지막으로 본 시즈카의 얼굴이다.

잘도 그렇게나 때렸구나. 손바닥에 시선을 떨어뜨리자 방금 전 여자를 후려친 감촉이 되살아났다. 예나 지금이나 나는 변함없이 쓰레기다.

날이 저문 뒤에 바카라 게임장에 고개를 내밀었다. 술집이 모여 있는 나가레카와의 빌딩 지하로, 계단을 내려가면 감시 카메라가 달린 철제문이 앞을 막는다. 인터폰을 누른다. 가게 직원이 카메라로 얼굴을 확인한 후 자동 잠금장치를 풀어준다. 처음 오는 손님은 들어갈 수 없다. 그렇게 출입을 엄격하게 제한하는 이유는 이곳이 불법도박장이기 때문이다.

어둑한 통로를 지나 겨우 가게의 진짜 문에 도착했다. 현관을 대신하는 작은 방에는 양복 차림의 젊은 직원들이 양쪽에 서서 수고가 많으십니다, 하고 고개를 숙인다. 그곳을 빠져나가면 바카라 테이블과 룰렛 기계가 있는 붉은 카펫이 깔린 플로어가 나온다.

시간이 일러서 손님은 적었지만 이른 만큼 다들 도박

중독자들뿐이다. 익숙한 손짓으로 하나에 만 엔짜리 코인을 쌓고 있는 단골들에게 인사를 하는데 고작 코인 하나를 소중하게 감싸고 있던 야마모토가 끼어들었다.

"점장, 아까부터 전혀 안 돼."

소매가 해진 쥐색 양복 차림이었다. 옛날에는 씀씀이가 좋았다는데, 회사가 망하고 지금은 호스티스를 나르는 운전사로 일하고 있다. 출입을 허락할 수준은 아니지만 단골손님이 변덕스럽게 데려왔던 것이다.

"너무 사기 치는 거 아니야?"

"그렇게 흥분하지 마십쇼. 운이 달아납니다."

살갑게 어깨를 감싸고 직원을 불러 맥주를 사주자 야마모토는 금세 기분이 풀렸다. 돈이 안 되는 손님일수록 대접해주길 바란다. 점장실로 들어가면서 야마모토가 다음에 또 불평하면 내쫓고 가게에 얼씬도 못 하게 하라고 직원에게 지시했다.

점장실로 들어가 금고 안의 돈을 세컨드백에 담는다. 이 가게는 홍생회弘生會 조직의 것으로 전날 매상을 이틀 날 홍생회 조직원인 사장에게 넘겨야 한다.

지폐 꾸러미를 담은 세컨드백을 옆구리에 끼고 늘 가는 카페로 향했다. 출근 전인 호스티스들을 동반한 손님들로 가게는 붐비고 있었다. 안에는 어째선지 사장과 함께 고토가 와 있었다.

"고토 씨, 오랜만입니다."

가볍게 끄덕인 고토는 기업 간부 같은 모습이라 언뜻 보면 야쿠자인 줄 모른다. 젊었을 때부터 머리를 써서 아슬아슬하게 법에 걸리지 않는 일로 돈을 벌어, 상납금을 차곡차곡 바쳐 차례로 위를 제치고 올라갔다. 지금은 본가의 후계자 보좌 자리까지 올라가서 홍생회 산하의 위장 기업을 총괄하고 있다.

그나저나 밤늦게 일하는 고토가 이런 시간에 술을 마시러 나오다니 드문 일이다. 무슨 일이 있었나? 힐끔 쳐다보자 고토가 꿰뚫어본 듯 슬그머니 웃었다.

"오랜만에 자네하고 밥이나 먹으려고."

고맙습니다, 하고 고개를 깊숙이 숙이고 일단 사장에게 매상금이 든 세컨드백을 건넸다. 평소 같으면 돈을 확인할 텐데 고토가 기다리지 않도록 사장은 가방을 들고 냉큼 자리를 떴다. 사장이 떠나고 둘만 남자 고토의 목소리가 오랜 친구를 상대하는 친근한 음성으로 바뀌었다.

"오랜만이야, 신지, 어떻게 지내?"

"덕분에 그럭저럭."

"뭐, 밥이나 먹으며 얘기해줘."

요릿집에 가자 어쩐 일인지 개별실이 준비되어 있었다. 고토는 밥이든 술이든 한 시간, 빠르면 삼십 분만에 자리를 뜬다. 요릿집에서도 카운터를 선호하고 하룻밤 사이에 몇 군데씩 들르는 게 보통이었다.

"가끔은 느긋하게 있는 것도 좋잖아?"

고토는 첫 잔을 따르려는 종업원을 손짓으로 제지하고 물리더니 직접 맥주를 따라줬다. 고토는 조직 일로 가벼운 불만을 토로했고 나는 쓸데없는 소리는 하지 않고 맞장구를 쳤다. 그러다가 옛날이야기가 나왔고 그것도 대충 끝나갈 때쯤 문득 고토의 말투가 바뀌었다.

"부탁이 있다."

왔구나 싶어 자세를 가다듬었다. 젊었을 때라면 또 몰라도 후계자를 보좌하는 지금의 고토가 단순히 밥이나 먹자고 찾아왔을 리는 없다. 뭔가 있겠거니 싶었다.

"육심회의 가쿠타를 해치워다오."

숨을 삼켰다.

"항쟁입니까?"

원래는 같은 일파였지만 다투고 갈라선 게 홍생회와 육심회다. 그런 태생 때문에 두 조직은 오래도록 다투어 왔다. 지금까지도 커다란 항쟁이 몇 번 있었지만 요즘은 단속이 심해서 공멸하기보다 손을 잡고 공존하고 싶다는 게 쌍방의 속내였다. 당연히 반대파가 있고 그 필두가 육심회의 후계자인 가쿠타였다. 한쪽 조직의 이인자가 반대 파니 회담이 풀릴 리 없다.

"아무리 그래도 후계자를 죽이면 결국 항쟁이 터지지

않겠습니까?"

고토가 몸을 가까이 숙였다.

"그게 말이지, 육심회 쪽이 더 적극적이야."

육심회의 현재 조장은 선대가 키웠지만 마음이 맞지 않는 가쿠타보다 자기가 아끼는 분가의 보좌를 후계자 자리에 앉히고 싶어 한다는 것이다. 자기가 은퇴한 뒷일을 고려해서다.

"육심회 조장도 야비하지. 의리도 인정도 없다니까. 거기에 편승하려는 우리도 비슷한 처지지만 뭐, 가쿠타가 시류에 맞지 않는 남자인 건 사실이야."

기질이 옛날 사람이라고 들은 적이 있다. 고토와는 반대이리라.

"하지만 어느 쪽 조직원도 돌격대원으로 쓸 수가 없어."

그야 그렇겠지. 후계자를 죽인 게 한편이라는 사실이 탄로 나면 가쿠타파와 내부 항쟁이 벌어진다. 홍생회 조직원이 죽였다는 사실이 탄로 나도 당연히 항쟁에 돌입한다. 돌격대원은 외부 사람을 쓸 수밖에 없다.

"나는 자네 실력을 높이 사고 있어."

"벌써 마흔입니다."

눈길을 떨어뜨리고 술을 머금었다. 머릿속으로 어떻게 빠져나갈지 고민했다.

"지난번에도 바카라 손님을 반쯤 죽여놨잖아. 프로 권

투선수 출신이라던 어린놈들이 당해서 어쩔 수 없이 자네가 나섰다고 들었어. 아직 왕성하잖아."

고토가 술을 따라주었다. 슬금슬금 궁지로 몰아넣는 미소를 보지 않으려 시선을 내리고 이야기를 들었다. 가쿠타에게는 항상 힘깨나 쓰는 조직원이 경호로 붙어 있다. 가쿠타 역시 배짱이 두둑한 남자다. 어설픈 젊은 양아치들은 근처에 얼씬도 못 할지 모른다.

"신지, 뒷일은 내가 확실하게 책임져주마. 수감되어 있는 동안 부모님 부양은 걱정 마. 여자가 있으면 관리해두지. 만일 실패하더라도 너를 저버리진 않을 거야."

고토는 한번 입에 담은 말은 어기지 않는다. 치졸한 남자도 아니다. 그 점은 믿지만 실패하면 내가 죽는다. 성공해도 출두해서 형무소행. 출소하면 보복 행위에 겁먹는 나날. 고토의 부탁은 남은 인생을 달라는 말과 마찬가지다. 호사스러운 요리를 씁쓸한 기분으로 바라보았다.

— 뭐, 그리 대단한 인생도 아니지만.

태어난 곳은 흉흉하기로 유명했고, 태연히 대화를 나누는 이웃 아저씨가 조직원인 경우도 있어 두려움도 없던 터라, 학력도 집안도 상관없는 야쿠자의 세계에 우리 같은 말썽꾼들은 오히려 꿈을 품었다. 거리에서 그럴싸한 고급 차를 보면 언젠가 우리도 아우들을 거느리고 저런 차를 몰게 될 거라고 떠들어댔다. 세상 물정 모르는 어린

애의 꿈이다.

실제로는 야쿠자의 세계에서도 두뇌가 필요했다. 나는 싸움만큼은 유난히 잘해서 여기저기 조직과 얽힌 선배들이 끌고 다녔지만 머리로 돈을 벌지 못하는 녀석은 언제까지고 파수견 노릇이나 하는 양아치 신세다. 출세하지 못하는 나를 번번이 보살펴준 사람이 고토였다.

시시한 이유로 다투다 뭉개버린 상대가 육심회 조원이라 자칫 조직 차원의 다툼으로 번질 뻔했을 때도 고토가 구원의 손길을 내밀어주었다. 그때는 아직 고토도 젊었으니 윗선을 설득하기 위해 상당한 돈을 썼을 터였다. 덕분에 무마됐지만 나는 조직에 정식으로 들어갈 기회를 놓치고 홍생회에는 들어가지 못하는 신세가 되었다. 스스로의 어리석음에 의기소침해하는 내게 고토는 이렇게 말했다.

— 언약의 술잔이 무슨 상관이야. 너는 내 동생이나 다름없으니 힘들 때는 언제든지 의지해. 여차할 때는 나도 너를 의지할 테니. 형제니 눈치 보지 말자꾸나.

말 그대로 고토는 이도 저도 아닌 나를 못 본 척하지 않았고, 나도 고토가 조직의 아우를 쓰지 못하는 일을 기꺼이 수락했다. 고토는 점점 출세했고 나는 여전히 험한 일밖에 할 줄 모르는 들개였다.

젊었을 때는 그래도 상관없었지만 점점 눈치 빠른 어린 놈들의 말을 듣는 게 거북해졌다. 몇 번이나 일자리를 바꾼 끝에 지인이 소개해준 것이 출장 업소 일이었다.

사진과 딴판이라고 불평하는 손님에게 나는 돈을 내지 않으면 여자도 품어보지 못할 녀석이 배부른 소리 하지 말라고 속으로 욕지거리를 하며, 가슴이 커야 한다느니 엉덩이가 작아야 한다느니 하는 세세한 요청 사항에 맞는 여자를 골라서 퇴짜 맞은 여자 대신 호텔에 데려가고, 금지 행위를 강요당해 욕실로 달아난 여자를 데리러 가고, 간 김에 질 나쁜 손님을 반쯤 죽여놓는다.

진흙탕 위를 철벅철벅 걸어가는 나날 속에서 우연히 거리에서 고토와 마주쳤다. 이미 본가 후계자의 보좌였던 고토와는 쉽사리 만날 수 있는 사이가 아니었지만 밥을 얻어먹으며 근황을 털어놓자 나잇살이나 먹어서 뭘 하는 거냐며 한탄하더니 지금의 바카라 게임장 점장 자리에 앉혀주었다. 덕분에 매일 양복을 입고 어린놈들의 인사를 받는 몸이 되었다.

나처럼 이도 저도 아닌 놈에게 잘해주는 사람은 예나 지금이나 고토뿐이다.

그런 고토의 부탁을 거절한다는 건 있을 수 없는 일이다. 그렇게 생각했지만······.

"이봐, 신지, 이 일이 성공하면 나는 차기 조장으로 지명될 거야."

저도 모르게 고개를 들었다. 지금의 조장이 은퇴하면

현재 후계자인 오쿠보가 조직을 이어받는다. 오쿠보 밑에는 고토를 포함해 세 명의 보좌진이 있는데 순리대로라면 거기에서 다음 후계자를 뽑지만, 오쿠보와 직접 언약의 잔을 나누고 젊었을 때부터 심복인 사카키가 유력 차기 후계자로 거론되고 있었다.

"오쿠보 씨가 두목이 되고 사카키가 후계자가 되어봐. 나를 없애려 들 게 뻔해. 그렇게 되고 나서는 늦어. 지금 두목이 살아 있을 때 손을 써야만 해."

가쿠타 살해라는 막중한 일을 교환 조건으로 내세워 고토는 조장과 밀약이라도 나눈 걸까? 나 같은 양아치는 상상도 못 할 이야기지만 고토에게도 일생일대의 기로라는 것은 알겠다.

"출소한 다음에 내 보좌로 자네를 조직에 받아주지."

"아니, 저는 술잔을 받을 수 있는 처지가 아니라서."

"멍청한 녀석. 가쿠타 문제만 잘 처리하면 자네가 나올 때쯤엔 내가 조직을 이어받을 거야. 옛날 실수가 무슨 상관이야. 형제로서 내가 자네에게 반드시 잔을 줄 거야."

— 정말 형제라고 생각한다면 조직에 말할 수 없는 위험한 일만 시키겠어?

문득 옛날 동료가 했던 말이 떠올랐다. 너는 이용당하고 있는 거라고. 그 외에도 비슷한 말을 하는 녀석들은 많았다. 나는 그때마다 욕을 퍼부었다. 무슨 소리야? 그런 말을 하는 너희야말로 나를 마음대로 부려먹기만 하잖아. 고토는 부려먹은 뒤에 제대로 보상을 해준다. 용돈도 넉넉히 준다. 옹졸하게 형님 행세를 하는 일도 없다.

— 그런 놈이 동생이라고 생각하는 녀석에게 살인을 부탁해?

— 가족이라고 신용하니까 맡기는 거야.

— 정신 차려. 살인이야. 확실하게 인생 종 쳐.

누가 누구와 이야기하는 건지, 머릿속이 엉망진창으로 뒤섞였다. 옛날부터 그랬다. 문제와 맞닥뜨리면 차분히 생각하지 못하고 손이 나간다. 고토도 그게 내 결점이라고 했다.

— 신지, 머리라는 건 생각하라고 달려 있는 거야.

— 너는 원하는 게 뭐야? 그걸 위해서는 어떻게 하면 되지?

— 조바심내지 말고 차분히 생각해.

— 그러지 않으면 똑똑한 놈들에게 이용만 당하다 끝나.

옛 친구도 고토도 결국 하는 말은 똑같다. 하지만 스스로 생각해서 결정한 일이 좋게 끝난 적은 한 번도 없다. 고토의 말대로 움직이면 그럭저럭 괜찮은 결과가 나왔다. 누구와도 제대로 인연을 맺지 못하는 가운데 고토하고만큼은 실낱같은 인연이나마 이어지고 있다.

— 인연이라고 할 수나 있어? 정말 현명한 놈들은 여차

할 때를 위해 목숨을 버려줄 개를 몇 마리 키워두는 법이야. 투자라는 거지. 알겠어?

나와 몹시 닮은 목소리가 쓸데없는 소리를 마구 지껄인다. 머릿속이 혼탁해져간다.

"신지, 이렇게 부탁한다. 믿을 사람은 자네뿐이야."

고토가 방석에서 내려오려 하기에 나는 생각하기도 전에 반사적으로 움직였다. 다다미에 손을 짚고 고개를 숙이려는 고토를 말리고 알겠다고 대답해버렸다. 아아, 끝났다. 위험한 일인 줄 알면서도 어째선지 항상 그쪽으로 가버리고 만다.

마지막 밤, 시즈카를 때렸을 때도 그랬다. 이 이상은 정말 위험하다. 그렇게 생각하면서도 멈출 수 없었다. 내 마음과 몸은 때때로 반대 방향으로 달려간다. 일단 그렇게 되면 수습할 수가 없다. 막다른 길인 줄 알면서도 그 방향으로 전속력으로 달려가, 뻔히 눈에 보이는 벽에 부딪히고 나서야 겨우 멈춘다.

"우리는 형제야. 가족이다. 그렇지, 신지?"

고토가 내 어깨를 감싸 안았다. 형제. 가족. 나와는 인연이 없는 말. 믿지도 않는다. 그런데 주인에게 칭찬받은 개처럼 기뻤다. 후회할 줄 알면서도 말이다.

— 너는 구제할 길 없는 멍청한 개로군.

그렇겠지. 그렇다 해도 그게 어때서? 같은 개라도 쓰레기통이나 뒤지는 들개보다 세 끼 맛있는 먹이를 주는 주인이 있는 애완견이 편하지 않은가. 자존심? 지금까지 밑바닥에서 버둥거리는 마흔 살 남자가 가질 건 아니지.

　결행일까지 여한 없이 지내라고 고토가 돈과 총을 주었다. 총은 생각했던 것보다 가벼웠지만 그것과는 다른 무게에 손이 떨렸다. 험한 일과는 인연 없는 두뇌파 야쿠자인 줄 알았는데 익숙한 손놀림으로 사용법을 설명하는 고토를 보니 야쿠자 체질이라는 건 이런 것을 두고 하는 말이라는 생각이 들었다. 싸움 실력과는 다른 차원에서 고토와 나는 근본적인 성격에 뚜렷한 차이가 있다.

　— 야쿠자로 성공하겠다니, 애초에 시작이 글러 먹었어.

　돈과 총을 들고 돌아오는 길에 젊은 시절의 자신을 비웃었다.

　바카라 게임장은 그만뒀다. 이미 일할 의미도 없다. 그렇다고 딱히 하고 싶은 일도 없어서 술을 마시러 나갔다가 아침나절에 돌아와서 잠들고, 오후에 일어나 밤에 다시 술을 마시러 나가기를 반복했다.

　오늘도 오후 늦은 시간에 일어나 근처 중화요리점에서 밥을 먹고 역 앞 파친코 가게에 들어갔다. 연속 피버로 크게 났지만 감흥이 없다. 없는 돈을 긁어모아 쏟아부었을 때는 이기지 못했는데 어째서 돈의 의미가 사라진 이제야

이기는 걸까? 돈은 부자에게 들러붙는다는 말은 진짜인 듯했다.

"형씨, 운이 좋네."

화장을 두껍게 한 옆자리 노파가 말을 걸어왔다. 화장이 덕지덕지 얼룩진 메마른 얼굴. 매니큐어 가장자리가 벗겨진 손가락으로 담배를 들고 내 발밑에 쌓인 상자를 부러운 눈초리로 바라보고 있다.

"가져."

그대로 일어나자 노파는 마스카라가 엉겨 붙은 작은 눈을 휘둥그레 떴다. 돌아가는 내게 "고마워, 형씨 멋져" 하고 갈라진 목소리로 인사를 했다.

파친코밖에 하지 않았는데 지쳐서 사우나에 갔다가 휴게실에서 한숨 잤다. 일어나니 밤이 됐고 스마트폰에는 여자들의 유혹이 산더미처럼 도착해 있었다. 전부 업소 동반 출근으로 첫 손님이 되어주길 바라는 호스티스들이다. 최근 유달리 돈을 펑펑 쓰며 술을 마시러 다니기 때문이리라.

접이식 의자에 드러누워 적당히 여자를 불러내 좋은 가게에서 좋은 밥을 먹고 함께 가게에 들어갔다. 브랜디든 샴페인이든 마음껏 시키라고 하고 운석이 떨어져 지구가 멸망한다는 호스티스의 거짓부렁에 그거 좋다고 껄껄 웃으며 여러 가게들을 옮겨 다니다가 새벽녘에 집으로 돌아오면 겨우 하루가 끝난다. 녹초가 되어서 침대에 쓰러진다. 노는 것도 슬슬 지겨워졌다.

자유를 만끽할 수 있는 날도 얼마 남지 않았다. 돈도 있으니 좋아하는 일을 하면 될 텐데 무엇을 하면 좋을지 모르겠다. 지저분한 집안에서 침대에 드러누워 손으로 얼굴을 가렸다.

— 멋들어지게 텅 비었군.

마흔이 되도록 아무것도 만들어내지 못하고, 아무것도 얻지 못한 손이다.

"……즈카."

움찔 잠에서 깼다. 어느새 꾸벅꾸벅 졸았는지, 자기 잠꼬대에 놀라서 깨는 멍청한 짓을 했다. 무슨 꿈이람. 내용을 떠올리려는데 스마트폰이 울렸다. 어느 호스티스지 하고 확인하니 모르는 연락처였다.

'내일.'

글자를 보고 얼어붙은 몸에서 서서히 힘이 빠졌다. 그런가, 내일인가. 전날 연락하겠다고 했다. 별다른 내용 없이 '내일'이라는 문자가 오면 전화하라고…….

머리끝까지 시트를 뒤집어썼다. 다시 한번 잠들고 싶다. 하지만 얇은 커튼은 한낮의 빛을 전부 막아주지는 못했다. 몇 차례 뒤척이다가 어쩔 수 없이 일어나니 더는 달아날 방도가 없었다. 한참 지저분한 방을 둘러보다가 고토에게 전화를 걸었다.

"내일이다."

예, 하고 대답했다. 내일은 목표물인 가쿠타의 딸이 생일이라, 해마다 그날은 가족끼리 오붓하게 보낸다고 했다. 보디가드도 떼어놓기 때문에 그 틈을 노리는 계획이었다.

"오늘 밤은 실컷 즐겨."

"그러겠습니다."

자포자기해서 웃자 고토는 역시 배짱이 두둑하다며 가식적인 칭찬을 했다.

통화를 끊으니 이윽고 속세와 이별이다 싶었다. 상해 전과도 있으니 적게 잡아도 10년 이상의 형기를 받으리라. 나올 때는 최소 쉰 살. 그 후에는 고토가 뒤를 돌봐주겠다고 약속했다. 하지만 그 약속도 고토가 출세했을 때의 이야기다. 고토가 실수하면 출소했을 때 그저 살인 전과자일 뿐이다.

— 언제까지고 내 자리는 없군.

멍하니 침대에 대자로 뻗어 있으려니 또 스마트폰이 울렸다. 이번에는 호스티스였다. 나미. 이름을 봐도 얼굴이 떠오르지 않았지만 '또 밥 지어줄게'라는 한마디에 연어 꼬리 여자라는 것을 기억해냈다. 젊어 보이지만 서른셋의 애 딸린 여자. 이어서 따귀를 때렸던 것도 기억났다.

'동반해줄까.'

문자를 보내자 바로 '기뻐!'라는 답장이 왔다.

나미가 일하는 가게 근처의 초밥집에서 만나 대충 마시고 먹었다. 나미가 계란이나 초새우 초밥만 시켜대기에 더 좋은 걸 먹으라고 하자 이걸 좋아한다며 웃었다.

"내일 세상이 끝난다면 난 계란하고 초새우 초밥을 먹을 거야."

"무슨 소리야?"

"어제 뉴스에 나왔는데 못 봤어? 나도 출근 전에 화장하면서 대강 본 것뿐이지만 곧 커다란 돌이 지구에 떨어진다고 미국 방송국이 특집 보도해서 여기저기서 폭동이 났대. 어제는 손님도 여자애들도 다들 그 얘기뿐이었어."

"그러고 보니 어제 그런 말을 하는 여자가 있었지."

어느 가게 호스티스였을까. 술에 취해서 기억이 나지 않는다.

"내일 죽는다면 메지카라 씨는 무슨 초밥을 먹을 거야?"

"꼭 초밥이어야 해?"

"좋아하는 거 아무거나. 뭘 먹고 싶어?"

"뭐든 상관없어. 중화냉면 정도면."

여자가 서민이라며 웃었다. 나도 피식 웃었다. 맛있어서 나쁠 건 없지만 옛날부터 배가 부르면 그것으로 족했다. 내일 죽는다면…… 그런 요란한 조건이 붙어도 마찬가지다.

"마지막이라면 밥보다 여자가 좋지."

정말로 오늘 밤은 내게 마지막 밤인 것이다.

"메지카라 씨는 밥보다 여자구나."

나미는 뺨을 괴고 후후 웃었다. 입술이 포도색을 띠고 있다.

"일 끝나면 집으로 와."

"오늘 밤은 안 돼. 내일이 아키라 생일이거든."

"남자가 있어?"

"아들. 내일이면 여덟 살이야."

가쿠타의 딸과 생일이 같다. 이렇게 머리카락을 잔뜩 우스꽝스럽게 부풀린 여자에게도, 야쿠자 후계자에게도 사랑하는 가족이 있다. 내가 얼마나 가진 것이 없는지 새삼 깨달았다.

"내일은 가게를 쉬고 하루 종일 아키라하고 지낼 거야. 밤에는 패밀리 레스토랑에서 축하해주기로 약속했어."

"더 좋은 곳에 데려가."

"한부모 가정은 빠듯해."

나미가 뺨을 부루퉁하게 부풀리며 대꾸했다. 나이 먹고 귀여운 척하지 말라고 놀리며 랩을 씌운 연어 꼬리를 떠올렸다. 지갑에서 만 엔짜리 지폐를 열 장쯤 꺼내 카운터에 내려놓자 나미가 어리둥절한 표정을 지었다.

"생일 선물이다."

나미는 어엇, 하고 얼빠진 소리를 냈다. 너무 많다고 허둥거린다. 거절할 줄 알았는데 "고마워, 메지카라 씨 최고야" 하고 순순히 받았다. 카운터 너머에서 주인과 요리사가 쓴웃음을 흘리고 있다. 넉넉한 씀씀이에 대한 선망과 호스티스에게 돈을 바치는 어리석음에 대한 동정. 식사를 마치고 가게에 함께 나가 한가한 호스티스를 모두 불러다 샴페인을 먹이고 용돈을 주었다.

"고맙습니다."

두 시간쯤 놀다가 돌아가는데 빌딩 앞에서 호스티스들이 우르르 줄을 서서 배웅해주었다. 호사스러운 광경을 행인들이 보고 있다. 정작 나는 한기를 떨쳐낼 수가 없었다. 이런 기분으로 마지막 밤을 보내기가 아까워 평생 인연이 없던 고급 호텔에 들어가 출장 서비스를 불렀다.

"사오리예요."

스물다섯까지만 보내라고 요구했는데 방에 찾아온 것은 애교도 의욕도 없어 보이는 퇴물이었다.

"몇 살이야?"

"스물둘."

사오리는 억양 없이 대답했다. 거짓말을 해도 유분수지, 기가 막혔지만 바꿔달라고 요청하기도 귀찮아 방에 들였다. 지명도 없이 대기하다가 갑작스러운 밤샘 요청에 응하는 여자는 결국 이 수준이다.

"하룻밤이죠? 선불로 오만 엔이에요."

지갑에서 만 엔짜리 지폐를 다섯 장 꺼내 건넸다. 사오리는 돈을 챙기더니 냉큼 옷을 벗기 시작했다. 아무리 장사라지만 조금 더 섹시하게 굴지 못하나? 희미한 한기에 박차를 가한다.

"바로 할 거예요?"

"아……, 먼저 목욕이나 할까."

커다란 욕조도 오늘 밤으로 끝이다. 욕실을 들여다보니 역시 비싼 방이라 그런지 널찍했다. 욕조 가장자리에 걸터앉아 차오르는 물을 멍하니 굽어보았다. 하반신에 욕망의 기미는 전혀 보이지 않았지만 오기로라도 즐겨주겠노라 결심했다.

뜨거운 물이 차서 사오리를 불렀는데 대답이 없다. 방으로 돌아가자 사오리는 속옷 차림으로 침대에 앉아 텔레비전을 보고 있었다. 수상이 회견을 하는 것 같았는데 정치는 알지 못한다.

— 잠자리 전에 수상 회견을 보는 여자는 처음이네.

뚫어져라 텔레비전을 보던 사오리의 손에서 리모컨을 빼앗아 전원을 껐다. 사오리가 움찔 어깨를 떨더니 나를 올려다보았다. 입을 헤 벌리고 있다.

"물 다 받았어."

"……어?"

여자는 얼이 빠진 채로 잠깐 기다려, 하고 중얼거리더니 리모컨을 낚아채려 했다. 하지만 쭉 뻗은 손을 도로 거두더니 느릿느릿 침대에서 내려왔다.

"돌아갈래."

사오리는 비틀거리며 옷을 걸어둔 옷장으로 향했다. 팔을 붙잡자 힘껏 뿌리치다가 그 반동으로 혼자 엉덩방아를 찧었다.

"나, 돌아갈래."

같은 말을 반복한다. 나를 올려다보는 눈은 납작한 유리구슬 같았다. 완전히 겁먹은 표정에 설마 처음 하는 일인가 싶었다. 벗을 때는 거리낌 없더니.

"이제 와서 무슨 소리야?"

"하지만, 잠깐만, 지금은 못 하겠어."

"처음이야?"

귀찮다. 나는 몸을 숙여 사오리와 눈을 마주쳤다.

"그거, 그 소문, 진짜래."

"소문?"

"커다란 돌이 지구에 떨어져서 우리 다 죽는대."

어깨 힘이 쭉 빠졌다. 초밥집에서 나미도 그런 말을 했지.

"아아, 그래? 옛날에도 노스트라다무스의 예언 같은 게 유행했어."

1999년, 하늘에서 공포의 대왕이 내려온다. 나는 스무 살이었고 곁에는 시즈카가 있었다. 결국 세상은 멸망하지 않고 나는 마흔 살이 되었고 곁에는 아무도 없다. 됐으니 이리 오라고 팔을 붙잡아 일으켜 세우려 했다.

"그게 아니라니까. 수상이 텔레비전에서 말했어."

사오리가 갑자기 착란을 일으켰다. 주저앉은 채로 돌아갈래, 돌아가야 해, 같은 말만 반복한다. 짜증이 치밀어 따귀를 때렸더니 개구리처럼 벌러덩 쓰러졌다. 이대로는 산통만 깨질 테니 일단 브래지어 속에 손을 집어넣어 가슴을 움켜쥐었다.

"싫어, 잠깐, 싫다니까. 그만 돌아갈래, 보내줘."

급기야 발버둥을 치며 울기 시작했다. 황당한 모습에 이상한 약이라도 먹었나 의심했다. 머리채를 붙잡아 얼굴을 강제로 들어 올려 한 대, 두 대 후려쳤다. 가볍게 때릴 셈이었는데 입가가 찢어졌다. 얼굴이 벌겋게 얼룩진 사오리가 훌쩍거리고 있다. 이런 모습에 흥분하는 놈도 있겠지만 내게 그쪽 취미는 없다.

어쩔까 고민하는데 엉뚱하게 밝은 멜로디가 울려 퍼졌다. 사오리가 기어가서 바닥에 떨어진 스마트폰을 주워 통화 단추를 눌렀다.

"응, 응, 너도 텔레비전 봤어?"

처음의 의욕 없는 모습과는 달리 감정적인 목소리였다.

"응, 괜찮아, 엄마가 당장 돌아갈게. 집에서 나오면 안 돼."

눈물을 훔치고 일어나서 비틀거리며 옷장으로 향한다. 옷매무새를 가다듬을 겨를도 없어 흉하게 흐트러진 모습 그대로 사오리는 방에서 나갔다. 나는 바닥에 책상다리로 앉아서 그 모습을 지켜보았다. 호화로운 방에서 홀로 멍하니 젖가슴의 감촉이 남아 있는 손바닥을 보았다.

"아, 돈."

가져가버렸네. 쫓아갈 기력도, 여자를 보내라고 다시 가게에 전화할 기운도 없다. '엄마'라는 단어가 귓가에 들러붙어서 오늘 밤 안에는 하반신이 회복될 것 같지 않다.

허탈하게 일어나 냉장고에서 캔 맥주를 꺼내 그대로 마셨다. 그 여자는 약물 중독이 아니었을까? 마지막 밤에 지지리 운이 없었던 셈인데, 나는 태어났을 때부터 존재가 꽝이나 다름없는 신세다. 커다란 침대에 드러누우니 엄마라는 단어가 되살아났다.

— 어째서 이런 꼴만 당해야 하나 몰라.

이럴 때 튀어나오지 말라고 혀를 차고 스마트폰을 들어 고향 집 번호를 찾았다. 마지막으로 통화한 것은 2년 전 섣달그믐이다. 출장 업소 사무실에서 연말 홍백가합전 음악 방송을 보면서 고향집에 전화를 걸었다. 아버지가 받았는데 정월에는 돌아와라, 너도 부모에게 용돈을 줄 나이가 되지 않았느냐고 설교하기에 네놈한테 줄 돈은 없다고 고함을 지르고 통화를 끊었다.

귓가에 계속 호출음만 들린다. 벌써 잠들었나? 하기야 노인네들이니. 그만 끊으려는데 여보세요, 하고 어머니의 쉰 목소리가 들렸다. 나라고 말하자 아아, 하는 대답이 돌아왔다.

"무슨 일이야?"

2년 만인데 어머니의 목소리에는 기쁨도 당혹감도 없다. 어머니는 언제부턴가 보고 있는데 보이지 않는, 듣고 있는데 들리지 않는 사람이 되고 말았다. 아버지 같은 사람과 함께 있으려면 그것이 가장 편한 처세술인 것이다. 그렇게 되기 싫어서 시즈카는 달아난 것이리라. 나는 아버지와 똑같다.

"용건은 없어. 건강해?"

"이 나이에 건강할 리 없잖아. 아버지도 작년에 죽었어."

대답이 바로 나오지 않았다.

"원래 여기저기 안 좋았으니까. 경마장에서 쓰러져서 그대로."

아버지답다. 아들의 급식비까지 쏟아부을 정도로 좋아했던 경마에 매달리다가 죽었으니 여한은 없겠지. 장례식에도 못 가봐서 미안하다는 형식적인 말조차 할 수 없었다. 부모의 죽음도 순수하게 슬퍼할 수 없는 나는 쓰레기지만, 아이를 그렇게 키운 이 사람들도 쓰레기다.

"넌 지금 뭘 하고 있니?"

"아무것도 안 해."

살인 의뢰가 내일로 다가온 지금, 현재 신분은 무직이다.

"벌써 마흔인데. 언제까지 철없이 굴 거야? 넌 정말 부모 속이나 썩이고, 그만 정신 차리지 않으면 아버지처럼 된다."

미안하지만 나는 아버지보다 못한 놈이 될 것이다. 살인 전과가 붙을 테니.

"게다가 조금은 효도 좀 해라. 작년부터 생활보호대상자가 됐는데 술을 사는 것도 눈치를 봐야 하니 비참해. 한 달에 만 엔이든 이만 엔이든 상관없으니 돈 좀 못 보내겠니?"

— 네놈한테 줄 돈은 없어!

아버지에게 내뱉은 마지막 말이 머릿속을 스쳤다.

"그래, 알았어, 알았어. 다음에 보내줄게."

"말은 잘하지. 넌 도대체가 옛날부터."

중간에 전화를 끊고 대자로 뻗어 멍하니 천장을 바라보았다. 이쯤 되니 차라리 후련할 정도라, 이상하게 두려움이 사라졌다. 아버지가 죽어도 나는 눈물이 나지 않고, 내가 죽어도 어머니 역시 울지 않을 것이다. 돈이라도 남겨주길 바라며 한숨을 쉬는 게 고작이다.

그렇다면 고토나 도와주자. 고토에게는 몇이나 되는 애완견 중 한 마리라 해도 머리를 쓰다듬어준 은혜는 갚자. 그 정도로 만족하는 게 분수에 어울린다고 생각하며 억지로 눈을 감았다.

이튿날, 지시받은 대로 가쿠타의 집으로 향했다.

딸의 생일이라면 자택일 테니 경비가 더 엄중하지 않을까 걱정했지만 딸은 딸이어도 애인 사이에 낳은 딸이었다. 호화로운 맨션이지만 본가에 비하면 경비는 허술했다.

맨션 베란다가 공원과 접하고 있어 가쿠타는 초등학생 딸을 데리고 종종 개를 산책시키러 나온다고 했다. 그리고 오늘은 경비도 모두 물린다. 그 순간을 노린다.

가쿠타의 애인 집으로 가는 길에 편의점 ATM으로 어머니에게 돈을 보냈다. 뭐 하는 짓인가 화가 났지만 이유야 아무런들 어떤가 싶어 생각하기를 포기했다.

10시에는 도착해서 맨션 부지 뒤쪽으로 통하는 공원 벤치에서 대기했다. 가만히 기다리는 시간이 이어졌다. 시간을 때우려고 주간지를 뒤적였지만 머릿속에 들어오지 않는다. 오늘은 날씨가 좋다. 함께 산 캔 커피는 달착지근해서 마실수록 목이 탔다.

맨션 뒷문에서 여자가 유모차를 밀며 나왔다. 움찔 긴

장했지만 가쿠타의 딸은 초등학생이라고 했으니 다른 사람이다. 유모차가 지나갈 때 애 엄마가 작은 병을 들고 있는 것이 보였다. 위스키를 벌컥벌컥 마시며 위태로운 걸음걸이로 유모차를 민다.

출장 업소 매니저로 일할 때 저도 할 수 있나요, 하고 어디에나 있을 법한 주부들이 흔히 면접을 보러 왔다. 도박이니 술이니 불법 약물이니, 뭔가의 의존증으로 남편 몰래 빚을 진 여자들이었다. 모두들 어쩌다 이렇게 됐는지 한탄했다.

내 눈에는 부러울 정도로 우아한 사모님들이 뭔가가 부족하다며 늪에 빠져 들어가는 꼴을 몇 번이나 봤다. 그들을 사러 오는 남자도 누군가의 남편이다. 세상이 어떻게 돌아가는 건지.

"포폴로!"

앳된 목소리가 들렸다. 그쪽을 본 순간, 심장이 덜컹 울렸다. 갈색 시바견 목줄을 쥔, 초등학생 정도 되어 보이는 여자아이 뒤로 늘씬한 장신의 여자와 통나무처럼 탄탄하고 땅딸막한 남자가 걸어오고 있다. 가쿠타다.

땡땡이를 치는 회사원을 가장하고 고개를 숙인 채 주간지를 보는 시늉을 하며 가쿠타 일가가 지나가기를 기다렸다. 아빠, 하고 앞장서서 가던 딸이 돌아보았다.

"포폴로가 응가했어. 치워줘."

가쿠타가 얼굴을 찌푸리며 애인을 쳐다보았다.

"치워줘."

"아빠한테 부탁한 일이니 아빠가 해야지."

가쿠타는 어쩔 수 없다는 듯 몸을 숙여 개똥을 치웠다. 거물 야쿠자도 애인과 딸 앞에서는 다 소용없다. 나는 싸늘한 기분으로 가족을 관찰했다. 뒷세계에서 출세할 재능이 있고, 본처 쪽에는 뒤를 이을 아들이 있고, 애인과의 사이에는 딸이 있다. 인망도 있다고 들었다. 최고의 인생이다. 나와는 천지 차이라고 음울한 기분으로 양복 안쪽에 슬그머니 손을 넣었다.

손끝이 총에 닿는다. 어울리지 않게 긴장해서 손이 축축했다. 거리를 두고 뒤를 따라가는데 딸이 목이 마르다며 애인과 함께 자동판매기로 걸어갔다. 가쿠타는 두 사람의 뒷모습을 팔짱을 끼고 바라보고 있었다. 기척을 죽이고 다가가 두꺼운 등에 총구를 들이댔다.

"이봐, 이봐, 거칠게 굴지 마."

느긋한 말투였다. 오히려 총을 들이대는 내가 대답할 여유가 없다. 꿀꺽 마른침을 삼키고 말없이 방아쇠에 손가락을 걸었다. 가쿠타는 귀찮다는 듯이 혀를 찼다.

"어쩔 수 없군. 하지만 여자와 딸은 못 보게 해줘."

역시 배짱이 두둑하다. 기가 눌린 것을 들키지 않도록 신경 쓰며 가쿠타를 끌고 바로 근처 공중화장실로 들어갔다. 팔을 뒤로 꺾어 단단히 붙잡고 뒤에서 총으로 심장을 확실하게 겨누었다.

"정말이지, 이렇게 된 마당에 누구 지시야?"

대답하지 않자 가쿠타가 상관없다며 말을 이었다.

"얼마 남지 않은 시간은 가족과 보내고 싶었지만 나도 저지른 짓이 있으니."

이상한 소리를 한다. 죽을병이라도 앓고 있나?

"그래서? 남은 한 달, 네놈은 어쩔 셈이지?"

무슨 뜻인지 모르겠다.

"이 일이 끝나면 네놈을 기다리는 누군가의 곁으로 얼른 돌아가."

배 속부터 차갑게 식어가는 감각이다. 기다리는 누군가라면 고토이리라. 나를 기다리는 게 아니라 내가 물고 돌아갈 먹잇감을 기다릴 뿐이지만.

"부모든 아내든 아이든, 누구든 있을 것 아니야."

가쿠타가 타이르는 투로 말했다. 그것을 참을 수가 없었다.

차갑게 응어리진 짜증이 목구멍까지 치밀어 올랐다. 나는 내가 쓰레기임을 깨달은 어린 시절부터 똑같은 놈들끼리 뭉쳐 다녔다. 어차피 이 녀석도 그렇겠지. 그런데 성공하니 오만하게 위에서 가엾게 여기는 건가?

바닥을 기어 다니는 놈들이 무엇에 가장 분노하는지

이 녀석은 이미 잊어버렸으리라. 바보 취급은 차라리 낫다. 하지만 다 안다는 표정으로 동정하는 것만큼은 용납할 수 없다. 다정한 얼굴로 남의 상처에 손을 쑤셔 넣어 고통을 떠올리게 한다. 그 상처가 아직 낫지 않았음을 떠올리게 한다.

"네놈, 설마 모르나?"

가쿠타가 뒤를 돌아보려 할 때 반사적으로 방아쇠를 당겼다. 짧은 공백 뒤에 통나무 같은 몸뚱이가 지저분한 바닥에 쓰러졌다. 셔츠를 입은 등에 구멍이 뚫리고 검붉은 얼룩이 퍼져 나갔다.

내 안에서 뭔가가 터져서 흩어졌다. 그 감촉이 두려워 쓰러져 있는 남자에게 몇 번이나 총을 갈겼다. 이미 죽었다. 그런데 멈출 수 없다. 고질적인 발작이다.

밖으로 나가자 애인과 딸이 손을 잡고 서 있었다.

"왜?"

애인이 창백한 얼굴로 물었다.

"어차피 앞으로 한 달이면 모두 끝나는데."

애인의 눈은 납작한 유리 같아서 정신 나간 출장 호스티스가 떠올랐다.

한 달이 남았다느니, 앞으로 한 달이라느니, 이 녀석들은 대체 무슨 헛소리를 지껄이는 거지?

대답을 찾아 시선을 돌리는데 나를 올려다보는 딸과

눈이 마주쳤다.

"아빠는?"

어리둥절한 눈빛의 검은 눈동자에 밀려서 나는 재빨리 그 자리를 떠났다.

출구로 향하는 길에 아까 봤던 유모차 모자가 있었다. 어머니는 위스키병을 손에 들고 딱히 하는 일도 없이 명하니 서 있다. 지나갈 때 유모차 안이 보였다. 갓난아이가 잠들어 있다. 마치 오래되어 물컹해진 회 같았다. 숨을 쉬지 않는 것처럼 보였다.

기분 탓이라고, 못 본 척 옆을 지나쳤다. 역으로 돌아가니 유난히 혼잡했다. 큰 짐을 든 가족들의 대화가 의식하지 않아도 들려왔다. 한 달 뒤……, 소흑성이…….

나는 멍청이라 모르겠다. 누가 가르쳐줘. 지금, 대체, 무슨 일이 벌어지고 있지? 어쨌거나 고토에게 전화를 했다. 똑똑한 고토라면 가르쳐주겠지. 한심하다는 듯 멍청한 소리 말라고 하겠지. 그러면 예정대로 경찰에 출두하면 된다. 그것으로 끝이다.

고토가 전화를 받지 않는다. 이상하다. 이제나저제나 낭보를 기다려야 하지 않나? 잔뜩 초조해졌다. 몇 번을 다시 걸어서야 겨우 연결되었다.

"접니다. 지금."

"아아, 이제 죽일 필요 없어."

내 말을 자르듯 말했다.

"이미 죽여버렸습니다."

고토가 한숨을 토했다.

"그럼 어쩔 수 없지."

그 말을 끝으로 전화가 끊겼다. 고토의 목소리에는 패기가 없었고, 궁금한 점은 아무것도 가르쳐주지 않았다. 지금까지 뭐든 고토가 가르쳐줬기에 짜증이 증폭되었다.

역 구내에 대형 모니터가 있고 사람들이 모여 있다. 그쪽으로 가서 평생 인연 없던 오후 와이드쇼에 귀를 기울였다. 얼굴만 겨우 아는 패널이 침을 튀기며 미증유의 재해라느니, 어젯밤 수상 회견이 어쨌다느니 하며 열변을 토하고 있다.

그런가. 그렇구나. 커다란 돌이 우주에서 날아와 지구에 떨어진다는 건 사실이었나. 화면이 바뀌더니 어느 대학의 교수라는 남자가 떨어질 돌은 최소 10킬로미터 크기라고 설명했다. 10킬로미터. 크기는 하지만 작은 마을이 하나 박살 나는 정도가 아닌가? 그걸로 인류 멸망이라니 지나친 호들갑 아닌가?

설명은 계속 이어졌다. 충격은 대략 5천만 메가톤. 히로시마 원자폭탄이 1초마다 터지는 상태가 120년 이어질 정도의 에너지라고 한다. 어째서 그렇게 되는지 원리는 전혀 모르겠지만 어쨌거나 인간이 살아남을 수 없다는 사실은 이해했다.

출두할 예정이었던 경찰서는 세 번째 역, 집 근처 역은 환승을 포함해 열 번째 역. 나는 열 번째 역의 차표를 샀다. 이런 영화를 몇 번 본 적이 있다. 전부 마지막에는 어떻게든 됐으니 이번에도 어떻게든 되겠지. 일단 경찰 출두는 그만두고 상황을 살피자.

집 근처 편의점에 들르자 젊은 놈들이 가게 안에서 난동을 피우고 있었다. 요즘 젊은것들은 근성이 없는 줄 알았는데 기세등등한 녀석들도 아직 있는 모양이다. 무시하고 맥주와 위스키를 바구니에 넣는데 놈들 중 하나가 몸을 밀쳤다.

"비켜, 아저씨, 죽여버린다."

얼굴을 들이대고 눈을 희번덕거리며 위협한다. 유리잔 가장자리까지 가득 차오른 짜증이 서서히 넘쳐흐른다. 바구니에서 위스키병을 꺼내 망치처럼 남자의 관자놀이를 후려쳤다. 선반의 상품들과 함께 남자가 쓰러진다. 그 턱을 걷어찼다. 기절해서 힘없이 벌어진 입안은 새빨갛게 물들었고 부러진 이가 보였다.

함께 날뛰던 놈들을 힐끗 쳐다보자 다들 반사적으로 뒤로 물러났다. 나는 계산대로 바구니를 가져갔지만 점원까지 뒤편으로 달아난 바람에 바구니째 들고 가게에서 나왔다. 돈은 내지 않았다. 차츰 날이 저물어가는 하늘에 새들의 검은 그림자가 날아다녔다.

집으로 돌아와 먼지를 뒤집어쓴 텔레비전을 켰다. 어디나 뉴스뿐이고 하는 말도 똑같았다. 30분쯤 보니 지겨워졌다. 다들 흥분해서는 어려운 말만 지껄여서 무식한 나는 무슨 소린지 모르겠다. 모르는 것은 재미가 없다.

텔레비전을 끄자 순식간에 고요해져서, 멀리서 울리는 사이렌 소리가 선명하게 들렸다. 젊은 놈들이 모는 개조 차량이나 오토바이 엔진 소리도 섞여 있다. 텔레비전에서는 앞으로 한 달 뒤면 죽는다고 하지만 거리는 시끄럽고 축제 직전 같은 생명의 활기로 넘쳐난다.

어쩐지 두렵지 않다. 똑똑한 놈들 말대로 소혹성이든 뭐든 떨어져서 지구 따위 퍽 깨져버리면 좋겠다. 어차피 평화가 돌아와도 나는 형무소 신세다.

잠에서 깨니 몸이 무거웠다. 튼튼한 것 빼면 시체인데 감기라도 걸렸나. 비상약은 없다. 대신 밥을 먹는다. 먹다 보면 낫는다. 낫지 않으면 그뿐이다.

컵라면에 뜨거운 물을 붓고 텔레비전을 켜니 심야방송처럼 원색적인 화면이 나왔다. 채널을 돌리자 웬 아저씨가 소혹성, 인류 멸망이라고 외쳐대고 있다. 아아, 꿈이 아니었나.

후루룩 컵라면을 먹으며 죽음을 앞두고 이놈들은 아직

도 일을 하나 싶어 기가 막혔다. 필사적으로 말하는 패널, 그것을 방송하는 스태프, 우둔하리만치 정직한 건지, 그저 한가한 건지. 후자라면 괜찮다. 이 마당에 아무 할 일도 없는 사람이 나 말고도 있다면 좋겠다.

— 이 일이 끝나면 네놈을 기다리는 누군가의 곁으로 얼른 돌아가.

어디선가 가쿠타의 목소리가 들려와서 방아쇠를 당긴 순간의 감촉이 번쩍 되살아났다. 총성과 반동. 어린 딸의 커다란 눈. 떠올리기도 싫은 기억이 멋대로 차례로 슬롯머신처럼 돌아간다. 저도 모르게 컵라면을 집어던져 남아 있던 음식물이 다다미에 흩어졌다.

심장이 이상하게 요동친다. 이마 가장자리에 땀이 송골송골 맺혔다. 텔레비전을 끄고 침실로 돌아가 시트 속으로 파고들었다. 평소 같으면 바로 잠들 텐데 눈을 감아도 불쾌한 영상이 자꾸 깜빡깜빡 점멸하듯 사라졌다가 떠오른다. 이게 대체 뭔가?

얕은 잠을 반복하다가 중간에 깨서 화장실에 갔다. 거실 장지문을 열자 기름진 냄새가 코를 찔렀다. 쏟은 컵라면 국물이 다다미에 배었고 면이 찰싹 들러붙어 있다. 몸이 무거워 치우기도 귀찮아서 못 본 척했다.

볼일을 마치고 주방에서 약 대신 위스키를 병째로 들고 마시는데 공원에서 그렇게 마시던 애 엄마의 모습이 문득 머릿속을 스쳤다. 유모차 안에서 축 늘어져 있던 갓난아이까지 떠오르자 소름이 돋았다. 달아나듯 침실로 돌아갔다.

밤이 되고, 아침이 찾아와도 화장실 외에는 침실에 틀어박혀 지냈다. 잠에서 깰 때마다 약물 중독자의 플래시백처럼 불쾌한 영상이 되살아난다. 위스키를 벌컥벌컥 마셔 정신을 놓은 사이 무거운 몸에 숙취 같은 두통이 더해졌다. 몸은 벌벌 떨리는데 땀이 쏟아졌다.

의식을 잃을 때까지 내가 죽인 남자와는 상관없는 일을 필사적으로 생각했다. 소혹성이 떨어진다는 사실. 모두 죽는다는 사실. 너무 비참해서 농담 같다. 어머니에게 입금한 돈도 쓸모없게 되었다. 그리고 보니 그 호스티스, 아이 생일 파티는 해줬을까?

— 내일 세상이 끝난다면 난 계란하고 초새우 초밥을 먹을 거야.

나는 중화냉면이라고 대답했다. 어째서 중화냉면이었을까?

✳

"내일 세상이 끝난다면 난 좋아하는 남자하고 함께 있을 거야."

눈을 뜨니 옆에 시즈카가 있었다. 땀에 젖은 몸에 들러

붉은 머리카락을 떼지도 않고 쌍꺼풀 없는 길쭉한 눈으로 나를 바라보고 있다. 우리가 사는 싸구려 아파트에서 나와 시즈카는 다다미에 벌거벗은 채로 드러누워 있었다.

"신지는?"

"술을 마시고, 맛있는 걸 먹고, 너하고 잘 거야."

1999년 7월의 일이다. 어째서 선명하게 기억하는가 하면 그 한 해 전부터 전 일본이 노스트라다무스의 예언으로 들끓었기 때문이다. 올해 세상이 끝난다는 장대한 농담 속에서 스무 살의 나는 고토 밑에서 험한 일을 하고 있었다. 아직 술잔도 받을 수 없고 재주라고는 힘밖에 없는 양아치였던 주제에 동네 후배 앞에서는 버젓한 야쿠자처럼 거들먹거렸다.

시즈카도 비슷해서 저녁이 되면 짙은 화장을 하고 술집으로 출근해 아저씨들을 갖고 놀았지만 휴일에는 토끼무늬 티셔츠를 입고 맨얼굴로 싸구려 아파트 주방에 서서 노른자가 깨진 계란프라이나 어딘가 밍밍한 볶음면을 만들었다.

슬슬 본격적인 여름이 다가오고 있었다. 그날 점심은 중화냉면과 맥주였다. 배도 부르고, 왠지 그런 기분이 들어 다다미 위에서 몸을 섞었다. 날씨가 좋아서 이불을 말리고 있었던 것이다.

"술과 밥과 섹스라니, 오늘하고 똑같잖아."

시즈카가 웃었다. 나는 너도 마찬가지라고 대답했고, 한 번 더 몸을 섞고 기분 좋게 낮잠을 잤다.

하늘에서 공포의 대왕이 내려와도 나는 맥주를 마시고, 시즈카가 만든 중화냉면을 먹고, 시즈카와 잘 것이다. 평범한 날과 세상이 끝나는 날. 둘 다 다르지 않다. 특별히 좋은 생활은 아니었지만 부족하지도 않았다. 아마도 행복했으리라.

✳

"……즈카."

잠꼬대에 눈을 떴다.

화들짝 옆을 보았지만 아무도 없다. 한참 멍하니 있다가 맥이 풀렸다. 그럼 그렇지. 항상 일어나면 깨끗이 잊어버리는데 오늘은 시즈카의 머리카락 냄새와 체온이 구석구석까지 남아 있다.

엄청나게 좋았던 섹스를 떠올리고 있으니 하반신이 반응했다. 출장 호스티스의 엄마 발언 이후로 처음이다. 직접 욕구를 처리하고 나니 독기도 함께 빠진 것 같았다.

오래전에 달아난 여자에게 구원을 받다니 우습다. 헤어진 뒤에도 적당히 여자를 만들었고 시즈카의 꿈을 가끔 꾸기는 했지만 그것도 일어나면 잊어버리는 수준이었는데.

앞으로 한 달 남은 판국에 이제 와서…….

스스로도 질렸지만 시즈카에 대한 욕구는 깊이 생각하지 못하는 내 머리를 3초 만에 지배했다. 아무래도 그 여자만 나를 이곳에서 달아날 수 있도록 해주는 모양이다. '이곳'은 어디일까? 생각해봤지만 모르겠어서 그냥 넘겼다. 어쨌거나 더 이상 이곳에 있기 싫었다.

시계를 보니 아침 9시, 관공서는 이미 문을 열었을 시간이다. 컵라면 냄새가 가득한 거실을 지나 샤워를 하러 갔다. 세면실 거울 앞에 서니 꼴사나운 얼굴의 남자가 비쳤다.

눈 밑은 시커멓고 뺨은 홀쭉하다. 수척하다기보다 지울 수 없는 그늘 같은 게 들러붙어 있다. 그것이 무엇인지 어렴풋이 안다. 한기가 들어 심장 위에 새긴 조잡한 문신을 만져봤다. 부적도 아닌데, 한심해졌다.

얼른 샤워를 마치고 좋아하는 양복을 입고 집을 나섰다. 그저께 날뛰었던 편의점 앞을 지나는데 유리가 전부 깨져 있었다. 관공서는 무사할까?

걱정은 기우로 끝났다. 오히려 관공서는 사람들로 북새통이었다. 접수기로 영수증 같은 종이를 뽑아 순서를 기다렸다. 번호가 좀처럼 바뀌지 않는다. 짜증이 치미는데 요란한 장미 무늬 셔츠를 입은 중년 여자가 창구에서 쇳소리로 고함을 질러대기 시작했다.

아들 입시가 내년인데 이런 상황에서는 공부에 집중할 수 없다. 내년 대학 입시는 실시하는 건가? 못 한다면 올해 고등학교 3학년들의 장래는 어떻게 되는가? 한시라도 빨리 확실한 정보를 알려달라고 소리치고 있다. 인류 멸망을 앞두고 입시라니 미친 여자. 창구 직원은 맥이 풀린 눈으로 여기서는 알 수 없다는 말만 반복했다.

"비켜, 할망구. 시간 낭비야."

옆에서 끼어들자 중년 여자가 핏발 선 눈으로 돌아보았다. 당신은 뭐냐고 노려보는 눈앞에서 디지털 번호표시기를 주먹으로 내려쳤다. 현수막처럼 걸린 얇은 모니터가 통째로 부러졌다. 웅성웅성하던 로비가 고요해졌고 나는 카운터에 팔꿈치를 얹고 직원 쪽으로 몸을 내밀었다.

"에나 시즈카란 여자의 주소를 찾아."

개인정보니 뭐니 잠꼬대를 하면 실력행사에 나설 생각이었는데 직원은 "에, 나, 시, 즈, 카"라고 억양 없이 중얼거리며 컴퓨터를 조작했다. 정보를 기다리며 문득 달아난 지 18년이니 예전 이름과 다를지도 모른다는 생각이 들었다.

— 결혼해서 남편이나 아이가 있을지도 몰라.

내 어리석음을 통감하고 있는데 직원이 동성동명이 있으니 한자를 알려달라고 했다. 잠시 기다리자 "오래 기다리셨습니다, 에나 시즈카 씨의 현주소입니다" 하고 주민등록표를 내밀었다. 이름이 그대로다. 그렇다면 독신인

가. 어울리지 않게 안도했다.

"다음 분, 133번."

직원은 무표정하게 다음 안내를 했다. 그 눈은 아무것도 보고 있지 않다. 아까의 중년 여자는 이번에는 다른 창구에 매달려서 아들의 장래는 어떻게 해줄 거냐고 외치고 있다.

관공서에서 나와 쉽사리 손에 넣은 시즈카의 주민등록표를 보았다. 그렇게 찾아다녀도 못 찾았는데 이웃 도시에 살고 있었다. 나로서는 드물게 운이 좋다.

전철을 타기는 귀찮아 관공서에서 바로 렌터카 가게를 찾았는데 문이 닫혀 있었다. 어쩔 수 없이 창문을 깨고 침입해 걸려 있는 차 열쇠를 빌렸다. 벤츠나 BMW로 허세를 부리고 싶었지만 어느 무뢰한이 이미 습격했는지 제대로 된 차는 남아 있지 않았다.

유행 지난 둔중한 가족형 세단에 올라타 내비게이션에 의지해 점심 지나서 시즈카의 집에 도착했다. 유난히 길이 막혀서 평소보다 시간이 걸렸다.

대충 길가에 주차하고 지은 지 40년도 더 되어 보이는 낡은 아파트를 올려다보았다. 꼴을 보니 좋은 형편은 아니리라. 녹슨 철제 외부 계단을 올라 2층 가장 안쪽 집 앞에 섰다. 문패는 없다. 초인종을 누르고 문에 귀를 대고 실내의 반응을 살폈다. 사채를 회수할 때 가끔 창문으로 달아나는 멍청이가 있었다. 시즈카에게 나는 환영받지 못할 손님이리라.

"누구?"

문 너머로 시즈카의 목소리가 들렸다. 슬롯머신에서 마지막 그림이 맞아떨어진 것처럼 흥분되었다. 목소리로 들키면 안 되니 다시 한번 초인종을 눌렀다. 잠시 후 문이 살짝 열리자 재빨리 발끝을 집어넣었다.

"나다."

문 틈새로 시즈카가 눈을 부릅떴다. 주저 없이 문을 닫으려 하기에 힘으로 열어젖히려 했다. 그때 시즈카가 손을 뗀 반동으로 문이 벌컥 열렸다. 동시에 금속 야구방망이가 내리꽂혀 간발의 차이로 펄쩍 피했다. 무슨 일이 벌어진 건지 모르겠다.

"멍청아, 이런 비상시에 대답도 안 하는 초인종 소리에 무기도 없이 나갈 여자가 있겠어?"

고함을 지르며 야구방망이를 붕붕 휘두른다. 못 견디고 거리를 둔 사이에 안쪽에서 문을 닫고 자물쇠를 잠가버렸다. 머리에 피가 몰려 내가 우습게 보이냐고 혼신의 힘으로 문을 걷어찼다. 낡은 아파트 문짝이 힘없이 날아갔고 구둣발 그대로 안으로 뛰어 들었다.

창문으로 달아날지도 모른다. 아무리 그래도 여자가

2층에서 뛰어내리지는 않을 거라는 낙관은 다짜고짜 금속 야구방망이를 휘두르는 시즈카에게는 통하지 않는다. 그리고 시즈카는 예상을 뛰어넘는 강자였다. 세면실에 숨어 있다가 내가 지나간 뒤에 등 뒤에서 달려든 것이다.

반사 신경만으로 내지른 발길질이 운 좋게 방망이에 맞았다. 방망이는 빠르게 회전하면서 식기 선반에 부딪쳤고 유리잔과 접시가 바닥에 떨어져 깨졌다. 나는 시즈카를 주방 바닥에 쓰러뜨렸다. 싸구려 블라우스를 벗기자 장식 하나 없는 브래지어가 드러나 혈관이 터질 정도로 흥분했다.

머릿속에는 이미 시즈카와 몸을 섞을 생각밖에 없었다. 성급히 허리띠를 풀자 시즈카가 복근을 이용해 윗몸을 일으키더니 내 사타구니에 주먹을 내리꽂았다. 머리끝까지 꿰뚫는 충격에 몸부림쳤다. 손으로 사타구니를 누르고 바닥에 쓰러진 내게 코웃음을 치며 시즈카가 유유히 일어섰다.

"여자라고 우습게 보지 마, 이 자식아."

"……죽일 작정이야?"

"문을 걷어차서 부수고 구둣발로 쳐들어 와놓고 이제 와서 목숨 구걸이야?"

"먼저 야구방망이를 휘두른 여자가 무슨 소리야?"

"현관을 열자마자 구둣발을 들이미는 건달에게 걸맞은

웅대지."

애벌레처럼 웅크린 내 등짝을 사정없이 걷어찬다. 마비된 것처럼 찌릿찌릿 아파오는 사타구니를 지키며 이 여자는 젊었을 때와 하나도 변한 게 없다는 것을 깨달았다.

"당신은 똑같네. 머리에 피가 쏠리면 장소도 상대도 가리지 않고 폭발하는 위험한 폭탄 그대로야. 마흔이나 되어서 중학생처럼 흥분하지 마."

"너도 마찬가지면서, 폭력 할망구가."

감싸고 있는 손 위로 사타구니를 한 번 더 걷어차여 반박할 여유도 빼앗겼다. 이렇게 위험한 여자였나? 하지만, 그렇지만, 시즈카는 이런 여자였다.

그토록 싫어했던 아버지의 피를 이어받아 사소한 일에 흥분해서 남자든 여자든 가리지 않고 주먹질을 해댔던 젊은 시절의 나는 내가 아무리 날뛰어도 주눅 들기는커녕 목숨을 걸고 저항하면서 때로는 나를 능가하는 폭력으로 제압해주는 시즈카에게 반했던 것이다.

— 머리도 좋고, 남자로 태어났으면 시즈카는 훌륭한 야쿠자가 됐을지도 몰라.

고토도 자주 그런 말을 했다. 쓰레기 같은 내가 처음으로 손에 넣은 보물이 시즈카였다. 그런 보물조차 소중히 여기지 못하고 버림받은 뒤에 나는 어쩐지 허술한 인간이 되었다.

"……뭐, 할망구지만 넌 여전히 그럭저럭 멋진 여자야."

"칭찬하려면 좀 더 말 같은 소리를 해. 대문 수리비하고 위자료도 없어서."

젠장, 아주 신났군.

"……잘못했어. 갑자기 생각이 나서 꼭 만나고 싶었어."

사타구니를 누른 채로 백기를 들었다. 꼴사납기 짝이 없다. 하지만 옛날에도 이런 식이었다. 열 받아서 시즈카를 실컷 두들겨 팬 뒤에 항상 후회에 절어 사과하는 건 나였다.

"여전히 제멋대로인 남자네."

기가 막힌다는 듯 한숨이 내려왔다. 대꾸할 말이 없다. 느릿느릿 고개만 들어 겨우 시즈카를 제대로 보았다. 전체적으로 몸에 탄력이 없는 게 역시 마흔의 아줌마다. 하지만 틀림없는 시즈카였다. 그것만으로 다른 여자들과 명확히 구별된다. 젊었을 때 들은 음악은 잊지 않는다. 아무리 시간이 흘러도 우연히 들려오면 귀가 이끌린다. 내게 시즈카는 그런 여자다.

"내 생각은 해본 적도 없었어?"

시즈카가 뭐라 대답하려고 입을 열었다. 그때 음악 소리가 들렸다. 시즈카가 추리닝 주머니에서 스마트폰을 꺼냈다. 화면을 보더니 뭔가 문자메시지를 치기 시작했다.

"남자야?"

시즈카는 대답하지 않았다. 또 스마트폰이 울렸다. 답장의 답장인지, 시즈카가 또 화면을 두드린다. 나는 일어나서 시즈카에게서 스마트폰을 낚아챘다. LINE 메신저 앱 화면이 떠 있다.

'옷을 사고 싶은데 가게가 전부 문을 닫았어. 어떻게 하면 돼?'

'안 열었으면 대충 집어 오면 되지.'

'가지고 간 옷은 어쨌어?'

'복잡한 사정이 있어서 잃어버렸어.'

LINE 대화 상대가 표시되는 자리에 '유키'라는 이름이 있었다.

"남자야?"

"아들."

허를 찔린 내게서 시즈카가 스마트폰을 도로 앗아갔다.

"네 아들이야?"

"달리 누가 있어?"

"결혼했어?"

"안 했어."

"애 아버지는 어쩌고?"

"옛날에 죽었어."

"그리고?"

"그뿐이야."

쌀쌀하게 대답하더니 시즈카는 전화를 걸기 시작했다.

"복잡한 사정이라니 뭐야?"

시즈카가 다짜고짜 물었다. 상대는 아들이리라.

"무슨 일이 있었어? 같은 반 애를 어쨌어?"

표정과 목소리에 걱정이 묻어 있다. 갑자기 금속 방망이를 휘두르는 여자 같지 않다. 눈앞에 있는 건 분명 시즈카인데 내가 모르는 어머니의 얼굴을 하고 있었다.

그런가. 흘러버린 세월을 겨우 이해했다. 내가 허술하게 사는 사이 시즈카는 아이를 낳을 정도로 좋아하는 남자를 만나서, 그놈이 죽은 뒤에 새로운 남자도 만들지 않고, 아니, 만들었을지도 모르지만, 일단은 홀몸으로 아들을 키웠다. 그야말로 시즈카답다. 진심으로 그놈에게 반한 거겠지.

나는 힘이 빠져 벽에 기대어 아들과 통화하는 시즈카를 멍하니 바라보았다.

"어이, 유키, 듣고 있어? 무슨 말이든 해."

시즈카가 초조하게 묻는다.

"뭐? 그보다 죽였다니……."

위험한 단어가 튀어나왔다.

"그런 건 '시마무라'에서 사."

대화 내용을 전혀 파악할 수 없다. 시즈카는 아들의 이름을 몇 번 부르다가 스마트폰을 귀에서 뗐다. 끊긴 모양이다. 무서운 얼굴로 침묵하고 있다.

"무슨 일이야?"

"동급생을 죽였다나 봐."

"아들이?"

시즈카가 고개를 끄덕였다.

"몇 살이야?"

잠깐 침묵이 흘렀다.

"중3."

그렇다면 내게서 달아난 지 삼 년 만에 낳은 건가. 그렇게 짧은 기간에 새로운 남자를 만들고 아이까지 낳을 정도로 반했던 건가. 그 사이 줄곧 시즈카를 찾아다녔던 나는 최고로 얼간이다.

"중3이 살인이라니, 애를 어떻게 키운 거야?"

"당신한테 그런 소리 듣고 싶지 않아."

맞는 말이다. 나도 살인범이다.

"뭐, 이런 상황이니 체포당하지도 않겠지. 안심해."

"그런 문제가 아니야."

넋이 나간 시즈카를 보며 아들은 행복하겠다는 생각이 들었다. 그런데 불효자식이다. 이럴 때 어머니 혼자 남겨두고 어딜 싸돌아다니는 건지.

"어째서 그렇게 됐어?"

"모르겠어."

"뭐?"

"좋아하는 애를 도쿄까지 데려다주러 갔어. 그 애가 무슨 라이브에 가고 싶대서, 이런 시국에 무슨 소린가 싶었지만 이런 때일수록 좋아하는 애를 지켜주고 싶었겠지. 그 애가 폭행당할 뻔해서 그만 저질러버린 모양이야."

"멋지잖아."

글쎄, 하고 시즈카는 입가를 일그러뜨렸다.

"그래서 지금은 도망 다니고 있는 거야?"

"아마. 신요코하마에 있다고 했어."

"돌아온대?"

"모르겠어. 전철이 멈췄다니까."

신요코하마에서 히로시마까지 걸어서 귀가할 수는 없으리라. 시즈카는 심각한 표정이었다.

"데리러 갈까?"

시즈카가 나를 쳐다보았다.

"차로 왔으니 데려다줄게."

"그래도 돼?"

"문짝 위자료야."

좋은 이유가 되었다.

안락한 가족형 세단에 시즈카를 태우고 일단 히로시마역으로 갔다.

"당신 취향 바뀌었어?"

"내 차 아니야."

"그럼 누구 차야?"

"렌터카. 누가 먼저 털어가서 촌스러운 차밖에 안 남아 있었어."

"먼저라."

강탈한 걸 들켰다. 평소보다 길이 막혔지만 역 구내는 더 혼잡했다. 커다란 짐을 멘 사람들이 창구에서 줄을 서고 있다. 피난 가려는 모양인데 어디로 달아나려는 걸까? 시내 구간은 간신히 움직이고 있지만 신칸센은 상하행선 전부 멈췄다.

"복구 작업을 하고 있다니까 어떻게든 움직여주면 다행인데."

"움직이겠어? 앞으로 한 달 뒤면 죽는데 일하는 놈들이 있으면 제정신이 아니지."

"난 어제까지 일하러 갔어."

"넌 원래 제정신이 아니잖아."

그런 말을 하며 얼른 차로 돌아왔다. 언제 움직일지 모르는 신칸센을 기다릴 정도로 서로 느긋한 성격도 아니고 희망이나 기대라는 것과도 인연이 없다.

고속도로는 입구 앞부터 이미 정체되고 있어 그나마 나은 국도를 타고 도쿄로 향하기로 했다. 내비게이션으로 지름길을 찾아가며 띄엄띄엄 이야기를 나누었다.

"중학생이 살인이라니, 역시 네 아들이네. 엄청 당차잖아?"

"멍청한 소리 마. 유키는 평소에는 얌전해, 괴롭힘당하는 쪽이라고."

"네 피를 물려받았으면 나약할 리 없는데. 남편을 닮았나?"

"유키의 아버지는 좋은 남자였어."

시즈카는 농담은 흘려 넘기고 담담히 대답했다.

"구체적으로 말해."

"현명하고, 착실하고, 성실하고, 평범하고, 부지런하고, 여자를 때리지 않아."

"시시한 남자네."

"그걸 시시하다고 표현하는 사람이 쓰레기야."

내게서 달아나 나오는 정반대의 남자를 선택했나. 부루퉁한 시즈카를 곁눈질하며 그럴 법하다고 생각했다. 이렇게 당찬 여자조차 달아났으니, 나는 구제할 길 없는 쓰레기다.

— 어째서 난 이 모양일까?

그래도 옛날에는 조금 더 멀쩡한 집에서 태어났더라면 달랐을지도 모른다고 생각했다. 숙제를 할 때 술에 취한 아버지가 교과서를 찢지 않는 집. 공부해봤자 쓸모없다고 머리를 쥐어박지 않는 집. 급식비를 내어주는 집. 거의 모든 반 아이들이 누리는 '평범함'을 어째서 나는 누릴 수 없는 걸까? 화가 날 때마다 하늘에 침을 뱉었고, 그것도 결국 내 머리 위로 떨어진다는 것을 알고 난 다음부터 깊이 고민하지 않게 되었다. 아이는 부모를 선택할 수 없다. 운이 나빴다. 그뿐이다.

양지바른 곳에 피어 있는 꽃을 곁눈질하며 지나쳐, 내가 처한 어두운 곳에서 일단 밥을 먹고, 돈을 벌고, 잠드는 나날을 보내는 사이, 정신을 차리고 보니 지금의 내가 되어 있었다.

— 유키의 아버지는 좋은 남자였어.

그거 다행이네. 홧김에 액셀을 힘껏 밟았다.

막히면서도 어떻게든 흘러가던 길이 고베 부근부터 정체되기 시작했다.

"새빨갛잖아?"

밤의 어둠 속에서 아득히 멀리까지 붉은 불빛이 이어져 있다. 그래도 슬금슬금 움직이던 게 오사카에서 완전히 멈췄다. 이래서야 100년이 걸려도 도착하지 못하겠다.

"국도를 탄 의미가 없네. 고속도로를 탈까?"

이야기하는데 배가 꼬르륵거렸다. 그러고 보니 컵라면을 집어던지고 나서 제대로 먹지 못했다. 먹고 싶지도 않았지만 일단 떠오르니 배가 한심하게 울어댔다.

"뭐 좀 먹을까?"

"늦을 텐데."

"나도 배고파."

아들이 걱정되어 미칠 지경일 텐데, 이런 점도 시즈카는 변하지 않았다. 열 받으면 사납지만 천성이 한없이 다정한 여자다. 과거에 버린 남자의 허기 따위 신경 쓰지 않아도 될 텐데.

국도를 벗어나 밥집을 찾는 사이 주택가로 들어가 길을 헤매다가 겨우 불이 켜진 국숫집을 찾았다. 정말 장사를 하는 걸까? 반신반의하며 미닫이문을 열자 어서 오세요, 하고 허리가 굽은 할머니가 맞이해주었다. 바깥의 비정상적인 상황과는 단절된 것처럼 깔끔한 노포 분위기다. 우리 말고 다른 손님은 없었다.

나는 튀김국수와 볶음밥 정식. 시즈카는 계란을 얹은 우동을 시켰다. 음료 메뉴에 맥주가 있어 그것도 달라고 했더니 시즈카가 음주운전이라며 말렸다.

"취할 정도로 안 마셔. 병 하나하고 잔 두 개. 안주로 어묵."

"운전자에게 술은 안 팝니다."

카운터 안쪽에서 핫피* 같은 조리복을 입은 영감님이

---

* 축제 참가자나 장인들이 주로 입는 짧은 가운 스타일의 무명 옷

대답했다.

"이런 판국인데 좀 어때서."

"어떤 판국이든 한번 정한 건 지켜야죠."

간사이 사투리 특유의 부드러운 억양과는 달리 완고해 보이는 옆얼굴. 겉보기는 영 딴판인데 어째선지 가쿠타가 떠올라서 싱숭생숭한 마음으로 어깨를 흔들었다.

"옛날 같으면 고함을 질렀을 텐데 조금은 너그러워진 거야?"

시즈카가 재미있다는 듯이 웃었다. 나는 잠자코 눈길을 돌렸다. 조금도 너그러워지지 않았다. 나는 한번 정한 법의 최대한을 어겼다. 그 행동의 의미조차 지금은 사라지고 없다.

걸음이 어정쩡한 영감님이 만든 음식을 허리가 굽은 할머니가 내왔다. 한 달 뒤면 죽는다는데 일을 하고 있다니 기특한 노인네들이다. 그런 생각이 티가 난 모양이다.

"실은 그만 문을 닫으려 했다오. 일흔이 넘으니 다리도 허리도 말을 잘 듣지 않아서. 하지만 한 달이면 전부 끝난다는 말을 들으니, 그 정도면 힘을 내볼 수 있겠더라고."

"국수 빚는 걸 좋아하는 사람이라."

할머니가 웃는다.

"부부끼리 사이좋게 일할 수 있다니 부럽네요."

시즈카가 부러운 듯 맞장구를 쳤다. 남편 생각이라도

하는 걸까?

다 먹고 돈도 내지 않고 국숫집에서 나왔다. 소일거리 삼아 하는 일이고 이제 와서 돈은 의미가 없다는 것이었다. 그럴 거면 술도 내달라고 했더니 그건 또 다른 이야기라고 대답했다. 완고한 노인네들이다. 다시 만날 일도 없겠지만 남은 한 달 동안 잘 지내라는 말을 남기고 가게를 나왔는데.

"스마트폰을 잊고 왔네."

차를 몰고 얼마쯤 갔을 때 시즈카가 말했다. 칠칠치 못하긴. 되돌아가자 국숫집 미닫이문이 열려 있었고 눈에 들어온 광경에 얼어붙었다. 방금 전까지 우리와 웃고 있던 할머니가 바닥에 쓰러져 있었다. 그리로 달려가려 했는지 영감님도 어중간한 자세로 쓰러져 있다. 두 사람의 몸 아래에는 피가 흥건했고 주방 안쪽에 한 남자가 있었다.

"어이."

남자가 느릿하게 이쪽을 쳐다봤다. 선 채로 뭔가를 먹고 있다.

"네가 한 짓이냐?"

남자는 입을 우물거릴 뿐 대답하지 않았다. 검은 뿌리가 드러난 금발에 하트 모양 피어스. 차림새는 젊지만 전체적으로 닳아빠진 인상이었다. 삼십 대 중반 정도일까?

"네가 한 짓이냐?"

질문을 반복했다. 남자는 무시한 채 우엉조림을 입에 넣고 있다. 쩝쩝거리며 씹어 먹더니 냉장고에서 맥주를 꺼내 병째로 마셨다. 나는 영감님을 뛰어넘어 주방으로 들어갔다. 셔츠를 잡아당기자 남자는 흠칫 몸을 돌리더니 내 손을 뿌리쳤다. 눈썹을 찌푸리더니 손이 닿은 부분의 천을 노려본다. 오물이라도 묻었다는 듯한 그 반응에 울컥 화가 났다.

먹살을 잡은 순간 남자가 괴상한 소리를 질렀다. 건드리지 말라고 고함치는 것 같은데 잘 알아듣지 못하겠다. 데워지는 과정을 뛰어넘어 갑자기 끓어오르는 열탕 같았다. 불규칙하게 휘둘러대는 팔을 피해 안면에 주먹을 내리꽂았다. 남자가 주방 바닥에 엉덩방아를 찧자 무방비한 배를 한 대 걷어찼다.

코피와 신음 소리를 흘리며 남자가 비틀비틀 조리대를 잡고 일어나더니 카운터를 뛰어넘어 달아나려 했다. 그 순간 프로레슬링 장외 난투처럼 시즈카가 의자로 그를 내려쳤다.

주방 구석에 오래된 잡지가 쌓여 있었다. 비닐 끈도 같이 있어서 기절한 남자의 손발을 묶었다. 남자가 중간에 깨어나서 다시 괴상한 고함을 질러댔다. 시즈카가 박스테이프를 찾아와 쭉 잡아당겨 남자의 입에 붙이려 했다.

"넌 차에 돌아가 있어."

시즈카에게서 박스테이프를 빼앗았다.

"왜?"

"됐으니까."

노려보자 시즈카가 일어섰다. 하지만 차로 돌아가지는 않고 자리에 앉아버렸다. 예나 지금이나 내 말은 듣지 않는 여자다. 나는 박스테이프를 남자의 입에 붙였다. 손발이 묶여 애벌레처럼 꿈틀거리는 남자를 둘러메고 차로 돌아가 트렁크에 처박았다.

여기로 오는 길에 강이 있었다는 걸 기억해내고 내비게이션 화면을 조작했다. 지도상에 강을 나타내는 파란 줄이 흐르고 있다. 여기에서 제일 가까운 다리를 행선지로 설정했다. 5분쯤 달리자 가로등도 거의 없는 어두운 다리가 나왔다. 가운데쯤까지 가서 차를 세웠다.

"안에서 기다려."

"나도 도울게."

"필요 없어. 이쪽 보지 마."

눈으로 보면 기억에 남는다. 가쿠타의 마지막 모습이나 아이의 어리둥절한 눈동자처럼, 무엇을 어떻게 해도 지울 수 없는 검은 잔상이 되어 들러붙는다. 불만스러운 시즈카를 남겨두고 차에서 내렸다.

뒤로 돌아가 트렁크에서 남자를 끌어냈다. 코로 숨을 몰아쉬며 유일하게 자유로운 목을 필사적으로 저어대고 있다. 눈은 공포로 벌겋게 물들고 물을 뒤집어쓴 것처럼 땀에 흠뻑 젖은 남자를 다리 난간에 앉혔다. 가슴을 쿡 떠민다. 남자가 어둠 속으로 떨어지고 요란한 물소리가 났다.

"수고했어."

차로 돌아가자 열린 창문에 팔꿈치를 얹은 시즈카가 이쪽을 보고 있었다.

멍청이가. 아무튼 말을 안 듣는 여자다.

밤에는 정체도 조금은 풀려서 나고야까지 갔지만 새벽녘이 다가오자 또 막히기 시작했다. 주유도 해야 하는데 주유소 행렬도 길다. 뭘 하든 시간이 걸린다. 찔끔찔끔 움직이는 차들의 옆을 오토바이가 달려간다.

"끝이 없네. 고속도로에서 빠져나가서 오토바이 가게라도 털까?"

긴 주유 행렬에 껴 있자니 수면 부족 탓도 있어서 정신이 아득해졌다. 시즈카는 뭔가 생각하더니 잠깐 기다리라며 혼자서 차에서 내렸다. 줄 앞으로 달려가더니 십 분 정도 지나 돌아왔다.

"신지, 내려."

시즈카의 옆에는 갓난아이를 품은 젊은 여자가 있었다.

"아는 사람이야?"

"됐으니까 내려."

내가 차에서 내리자 젊은 여자가 운전석에 올라탔다. 갓난아이를 소중히 조수석에 눕힌다.

"차, 오토바이하고 바꿨어."

시즈카와 줄 앞쪽으로 가니 오토바이에서 짐을 내리는 젊은 남자가 있었다.

"아아, 고맙습니다. 아이가 있는데 오토바이뿐이라 난처했거든요. 기저귀에 분유에, 필요한 짐도 많은데 사모님이 먼저 말을 걸어주셔서 천만다행입니다."

남자가 공손히 오토바이 열쇠를 건네주었다. 혼다의 투어러 바이크로 주유 순서도 얼마 남지 않았다. 똑똑한걸. 시즈카에게 말하니 코웃음을 쳤다.

"속도 좀 낼 건데 괜찮아?"

기름을 가득 채우고 뒤에 시즈카를 태웠다.

"누구한테 묻는 거야? 당신이야말로 제대로 몰 수 있겠어?"

"그러는 넌 누구한테 묻는 거야?"

그렇게 떵떵거려봤지만 이륜차는 십 대 때 졸업했다. 처음에는 헤맸지만 얼마 달리다 보니 기억이 났다. 지금도 자연히 가사를 읊을 수 있는 십 대 시절 좋아했던 음악처럼, 바람을 가르며 달리는 감각은 아직 내 안에 존재했다. 허리를 감싸는 시즈카의 손 감촉만이 낯설었다.

"더 빨리 달려!"

시즈카가 소리쳤지만 말도 안 되는 소리다. 텅텅 비어 있는 길과 달리 굼벵이 운전이라고는 해도 차들이 꼬리에 꼬리를 물고 있다. 아아, 하지만 십 대 시절에는 더 심했 다. 뒤따라오는 선배들의 자동차를 위해 빨간 신호에 오 토바이를 몰고 나가 길을 비우는 게 내 역할이었다.

— 메지카라, 겁먹지 마라.

— 그대로 몰고 나가!

선배들의 부채질에 죽을 각오로 교차점에 달려들었다. 선량한 일반 시민이 볼 때 우리는 해충이나 다름없었으리 라. 그래도 살아 있다고 외치듯 어리석은 행동을 되풀이 했다. 나잇살을 먹고도 여전히 해충이지만 뭐 어떠랴 싶 어 기어를 올렸다. 고민해도 뻔하고, 고민하지 않아도 뻔 하다. 어느 쪽으로 굴러도 밑바닥이다.

꽉 막힌 줄을 빠져나갔다. 간담이 서늘한 순간도 있었 지만 시즈카는 소리 한번 지르지 않았다. 여자는 흔히 코 너를 무서워해 반대 방향으로 몸을 기울이는 바람에 중 심이 흐트러져서 더 위험하다. 그래서 옛날부터 여자는 태 운 적이 없었다. 그런데 마흔이나 되어서 태우다니, 괜히 우스웠다.

조금이라도 정체를 피하려고 산마루를 달리다가 하코

네 부근에서 습격당한 편의점을 찾았다. 휴식할 겸 들여다보니 도시락이 몇 개 남아 있었다. 맑은 산 공기 속에서 새들이 지저귀는 소리를 들으며 도시락을 먹고 있자니 한 달 뒤에 인류가 멸망한다는 게 거짓말 같았다.

옆에서는 시즈카가 도시락도 먹는 둥 마는 둥 아들에게 전화를 걸고 있다. 아들은 걸어서 시나가와역으로 가고 있다고 했다. 이런 상황에서, 그것도 여자를 데리고 있는데 근성 있는 녀석이다.

시나가와역에 도착했을 때는 늦은 오후였다. 상당히 피곤했지만 한숨 돌릴 장소도 마땅치 않아 버스터미널 구석에 주저앉았다. 역시나 도쿄는 히로시마와 비교도 되지 않을 만큼 혼잡한 상황이었다. 커다란 짐을 진 가족이 눈에 띈다. 저 사람들은 대체 어디로 달아날 작정일까? 5천만 메가톤이다. 120년 동안 1초마다 핵폭발이 터지는 꼴이다. 살아남을 리가 없잖아.

"야마노테 노선에서 테러? 그럼 위험해서 전철도 못 타잖아."

옆에서 쉬고 있던 가족들 중 여자가 소리를 질렀다. 아버지가 든 스마트폰 화면을 어머니와 아이가 양쪽에서 들여다보고 있다. 테러가 뭐냐고 아이가 묻는다.

"나쁜 사람들이 무서운 약을 전철에 뿌리고 있대."

"아직 확인된 건 아니잖아."

"하지만 현장에서 파광교 간부를 닮은 사람을 봤다고 SNS에 올라왔는걸. 오사카나 나고야, 후쿠오카에서도 비슷한 소동이 벌어지고 있고, 파광교 간부는 전국에 흩어져 있잖아."

여름 내내 지긋지긋할 정도로 나왔던 뉴스가 생각났다. 종교단체인 주제에 위험한 약을 제조하던 놈들로, 일반 신자들과 별도로 무술 집단도 조직하고 있었다고 텔레비전에 나왔다. 야쿠자가 무색한 놈들이다. 그놈들이 또 뭔가 저지른 모양이다.

자세한 상황을 확인할 때까지 시즈카의 아들에게는 전철을 타지 말라고 알려주는 게 낫겠지. 시즈카를 돌아보자 마침 아들과 통화하고 있었다.

"유키, 지금 어디야? 역 어디?"

아들도 시나가와역에 있다는 듯했다. 기가 막힌 타이밍에 안도했다. 시즈카와 아들이 재회하면 바로 히로시마로 돌아가야겠지만 그 전에 조금 쉬자. 젊었을 때는 철야로 달려도 말짱했는데 이미 마흔이라는 것을 자각했다. 피로가 풀리지 않고 쌓여가기만 한다.

"유키?"

갑작스레 목소리 톤이 바뀌었다.

"어이, 유키!"

눈길을 돌리자 시즈카의 안색이 변해 있었다. 스마트폰

을 손에 들고 갑자기 역으로 뛰어간다. 구내로 이어지는 에스컬레이터가 혼잡해서 따라잡을 수 있었다.

"왜 그래, 무슨 일이야?"

"모르겠어. 얘기하는 도중에 유키가 갑자기 이상한 소리를 냈어."

습격당했을지도 모른다며 시즈카는 난생처음 보는 모습으로 동요했다.

"그 정도야 되받아치면 그만이지."

"유키는 얌전해."

나약한 놈. 아직 보지도 못한 시즈카의 아들에게 욕지거리를 했다.

"아들은 역 어디에 있대?"

"모르겠어. 물을 받으려고 줄을 섰다는데."

사람이 너무 많아서 좀처럼 앞으로 나가질 못해 초조한 나머지 이를 갈았다. 어쩔 수 없다. 시즈카의 허리를 한 손으로 휘감고 에스컬레이터 손잡이를 뛰어넘어 옆 계단으로 이동했다.

"달려!"

둘이서 계단을 뛰어올랐다. 구내는 상상 이상으로 넓고 혼잡해서 아들을 찾기란 사막에서 모래알 찾기처럼 느껴졌다. 막무가내로 주위를 둘러보는데 '생수 배급 줄'이라는 플래카드를 든 역무원을 발견했다. 긴 줄 가운데에 부자연스러운 원이 있었다.

　원의 중심에서 어린 녀석들이 싸움질을 하고 있었다. 세 사람이 한 명을 공격하고 있었고 여자가 울면서 그만 두라고 외쳤지만 때리는 쪽은 실실 웃고만 있다. 축 늘어진 꼬맹이를 향해 한 녀석이 식칼을 꺼냈다. 저건 위험하다. 일반인 주제에 눈빛은 짐승이다.

　"유키!"

　시즈카가 외쳤다. 아무래도 당하고 있는 쪽이 아들인 모양이다. 달려가려는 시즈카를 붙잡아두고 귀찮다고 생각하면서 그쪽으로 달려갔다. 바닥을 박차고 뛰어오른 힘을 그대로 실어 식칼을 든 녀석에게 발차기를 먹였다. 놈과 식칼이 함께 날아갔다.

　"멍청아, 유키한테 맞으면 어쩌려 그래?"

　"원래 찔릴 뻔했으니 거기서 거기지."

　하는 김에 다른 두 녀석도 뻗어 있으라고 살짝 쓰다듬어줬다.

　"에나, 에나!"

　여자가 몽롱한 아들을 불렀다. 상당한 미소녀인데, 아들은 한심하기 짝이 없었다. 코피로 범벅이 된 얼굴은 실컷 얻어터졌는지 왼쪽 눈이 퉁퉁 부어 있었다. 제대로 말도 못 하고 의미를 알 수 없는 신음 소리만 내고 있다.

　"유키."

시즈카가 달려가자 미소녀가 경계하듯 몸을 굳혔다.

"난 엄마야. 네가 유키의 여자 친구?"

"동급생인 후지모리예요."

이러쿵저러쿵하는 사이에 아들이 정신을 잃었다. 겉모습은 전형적으로 괴롭힘을 당하게 생긴 촌스러운 뚱보지만 칼을 들이대도 여자를 지켜내다니 근성이 대단하다. 역시 시즈카와 훌륭한 남자의 아들이다.

"완전히 뻗었네. 병원에 데려가자."

영차, 하고 아들을 둘러업자 예상보다 허리에 충격이 있었다. 중학생치고는 키가 큰 데다가 살도 쪄서 무겁다. 얼마 남지 않은 체력까지 바닥날 것 같아 크게 숨을 내쉬었다.

진료과목을 가리지 않고 역 근처의 병원을 찾았지만 전부 문을 닫아서 조금 멀리 떨어진 큰 병원을 겨우 찾아냈다. 아들을 대합실 로비에 내팽개치고 함께 뻗었다. 완전히 연료 고갈이다.

"아이와 중증환자가 우선입니다. 다른 환자들은 기다려주십시오."

간호사가 그렇게 외치며 사람들로 꽉 찬 로비를 바삐 돌아다니고 있다. 주위의 대화로 짐작하건대 시나가와역 근처 건널목에서 사고가 난 모양이다. 차단기가 내려왔는데도 달려들었으니 차량 쪽 운전자의 자살인 것 같다는데 충돌할 때 전철이 전복되어 부상자가 잔뜩 실려 왔다.

소혹성 충돌 뉴스 이후로 여기저기서 소동이 벌어져 평소보다 환자가 늘었지만 영업하는 병원은 적다. 일하는 직원도 부족하다. 치료를 기다리는 부상자는 소파나 들것에 누워 있고 경상 환자는 벽에 기대어 웅크리고 있다. 최악의 타이밍이었다.

"이래서야 언제 진료받을 수 있을지 모르겠네."

짜증스러운 말투와는 달리 시즈카의 손은 바닥에 눕힌 아들의 뺨을 어루만지고 있었다. 미소녀도 따라와서 셋이서 아들을 에워싸고 순서가 오기를 기다렸다.

각오했던 것보다는 빨리 의사가 찾아와서 아들을 진찰했다. 여기저기 만져보고 그때마다 고개를 끄덕이더니 주머니에서 검은색, 빨간색, 노란색, 녹색으로 구분된 컬러 팔찌를 꺼냈다. 그것을 아들의 오른쪽 손목에 두르고 바로 떠나려 했다.

"이봐, 더 제대로 봐야지!"

의사를 불러 세우려는데 바로 옆에 있던 젊은 남자도 동시에 소리쳤다.

"선생님, 여기도 빨리 봐주세요!"

남자 앞에는 담요 위에 누운 노파가 있었다. 어머니일까. 안색이 몹시 나빴다.

"저는 선별 담당입니다. 붉은색을 먼저 치료하니 순서

를 기다리세요."

처음 듣는 말에 유심히 보니 남자의 어머니 손목에도 시즈카의 아들과 같은 팔찌가 감겨 있었다. 남자의 어머니는 노란색 절취선에서 잘려 있었고 아들의 팔찌는 가장 긴 녹색이었다.

"어머니는 심장병을 앓고 계십니다. 팔찌를 빨간색으로 바꿔주세요."

"심정은 이해합니다만 지금 시점에서는 노란색입니다."

그렇게 대답하는 사이에도 간호사가 의사를 부르러 왔다. 용태가 급변한 환자가 있는지 의사는 그쪽으로 달려갔다. 남자는 안타까운 눈빛으로 의사를 보내고 어머니의 손을 잡았다.

"어머니, 조금만 더 힘내요. 곧 순서가 올 거예요."

모친은 고통스러운 듯 고개를 끄덕거렸다. 보기 힘든 광경에서 눈을 돌렸을 때였다.

"끔찍한 세상이야."

대각선 맞은편에 앉아 있는 남자가 혼잣말처럼 중얼거렸다. 잿빛 스탠더드 칼라 셔츠를 입었는데 일반인처럼 보이지만 유독 자세가 바르고 책상다리로 앉은 무릎 위에 얹은 주먹이 울퉁불퉁했다. 가라테 같은 격투기를 하는 사람의 손이다. 어디서 본 듯한데…….

"유키, 들려? 이렇게 됐으니 이제 네 힘으로 회복해."

시즈카가 아들의 손을 붙잡고 몇 번이나 이름을 불렀다.

"그거 좋네. 그 정도 상처라면 내버려둬도 나아. 힘내, 중학생."

"……고등학생이에요."

신음 섞인 힘없는 목소리. 아들이 눈을 뜨고 있었다.

"유키, 정신이 들어?"

"에나, 괜찮아?"

시즈카와 미소녀가 양쪽에서 아들을 들여다보았다.

"……후지모리. 어라, 어머니, 여기엔 어쩐 일이에요?"

"부모보다 여자 친구가 먼저야? 네가 이상한 소리를 하니까 걱정이 되어서 데리러 왔지."

"……미안."

"사과할 거면 불효막심하게 그런 일을 당하지를 마."

"후지모리도 미안. 지켜주지 못해서."

미소녀는 허둥지둥 고개를 젓더니 손등으로 눈물을 닦았다. 세 사람의 모습을 보니 안심이 되어 나도 한숨을 토했다. 이제 이 녀석들을 집까지 데려다주면 끝인데, 너무 피곤했다. 여기라도 상관없으니 한숨 잘까 고민하는데 모친 옆에 붙어 있던 남자의 목소리가 다급해졌다.

"어머니, 어머니?"

안색이 변해 어머니를 들여다보고 있다. 지나가던 간호사가 맥박을 확인했다. 모친은 의식을 잃었는지 바로 들

것이 준비되었다.

"그러니까 지병이 있다고, 빨리 봐달라고 몇 번이나 말했잖습니까!"

고함을 지르며 모친을 따라가는 남자를 주위가 뭐라 말하기 힘든 표정으로 지켜보았다. 타인의 불행에 안타까워하면서 어디선가 자기나 가족의 행운을 곱씹는 표정이다.

이기적이고 당당하다. 그것이 애정의 이면이다. 이면? 아니, 모든 것에는 상하좌우가 있고 보는 각도에 따라 그게 표면이거나 이면이 될 뿐이다. 애정을 한숨이 나올 정도로 아름다운 보석처럼 보는 사람도 있는가 하면 만지면 베이는 칼날처럼 보는 사람도 있다.

나는 태어날 때부터 베이기만 한 후자다. 하지만 전자와 나는 대체 무슨 차이가 있단 말인가? 멀쩡한 부모 밑에서 태어나는 것도, 악랄한 부모 밑에서 태어나는 것도, 기껏해야 바카라의 9나 슬롯머신의 7 같은 운의 차이다. 그런 불확실한 운에 휘둘려 그 후의 긴 인생에 영향을 받는다. 인간이란 존재는 애초에 허술하게 만들어진 것 아닐까?

"당신들은 운이 좋았어."

대각선 맞은편에 앉은 잿빛 스탠더드 칼라 셔츠를 입은 남자가 또다시 중얼거렸다. 오른손에 뭔가 쥐고 있는지 그것을 주물럭거리면서 시즈카와 아들에게 말을 걸었다.

"뭔가가 아주 조금 어긋났다면 저 모자는 당신들이었

을지도 몰라. 당신과 아들은 운이 좋았어. 아까 그 사람들은 운이 없었어. 거기에 논리적인 법칙은 없어."

"어이, 왜 시비야?"

사이에 끼어들자 남자가 이쪽을 쳐다봤다. 흔들림 없이 기묘하게 빛나는 눈빛이었다.

"틀린 말은 하지 않았어. 선인이라고 보답 받는 것도 아니고, 악인이라고 벌을 받는 것도 아니야. 그렇다면 인간은 대체 무엇을 믿고 스스로를 규제하며 살아가야 할까?"

남자의 질문은 방금 전 내가 하던 생각과 비슷한 것 같았다.

"알 게 뭐야?"

남자가 그럴 줄 알았다는 듯이 작게 한숨을 쉬었다.

"그 답을 아는 유일한 분인 교주님은 감옥에 갇히셨다. 그런 세상이 멸망하는 건 자연의 섭리지. 바로 어리석고 오만한 당신들 스스로가 이 비극을 부른 거야."

교주라는 말을 듣고 그 정신 나간 종교단체가 떠올랐다. 이 남자를 어디서 본 것 같다 했더니, 옷깃을 세운 잿빛 셔츠 때문이었다. 여름 내내 텔레비전에서 질릴 정도로 보도한 신자들은 전부 옛날 쿵후 영화에 나오는 권법가 같은 셔츠를 입고 있었다.

"하지만 교주님은 자비로우시다. 그런 세상도 구제할

수단을 남기셨어.”

남자가 쥐고 있던 오른손을 천천히 펼쳤다. 작고 가느다란, 시험관 같은 유리병이 드러났다. 안에 투명한 액체가 들어 있다. 남자는 그것을 바라보며 말했다.

“이제야 교주님의 뜻을 이을 수 있다.”

시험관을 손에 들고 일어나더니 남자는 로비를 향해 크게 외쳤다.

“여러분, 구원의 때가 찾아왔습니다!”

사람들이 남자를 주목했다.

“남은 한 달, 이런 추악한 여생에 생명의 환희는 없습니다.”

남자는 시험관을 높이 쳐들었다. 보란 듯한 동작과는 반대로 남자의 목소리에는 억양이 없었다. 감정이 보이지 않는 얼굴에서 눈만 이상한 빛을 발하고 있다. 온몸의 털이 곤두서서 반사적으로 일어나 남자의 손을 움켜쥐었다. 남자와 가까운 위치에서 눈이 마주쳤다.

“그건 뭐야?”

“‘정화의 빛’.”

“뭐?”

“오늘부터 세상 곳곳에서 구제가 펼쳐진다. 나도 원래 전철에서 쓸 생각이었는데 어리석은 자가 어리석은 행위를 한 탓에 단념할 수밖에 없었다. 뭐, 여기라도 상관없지.”

남자가 손을 뿌리치려 했다. 나는 그 손을 계속 붙들었다.

"방해하지 마!"

이상한 분위기를 감지하고 사람들이 슬금슬금 뒷걸음질 치기 시작했다. 한 사람, 또 한 사람 일어선다. 누군가가 "파광교다"라고 중얼거렸다. 공포는 물결처럼 퍼져 나가 로비에 있는 사람들이 달아나려고 일제히 출구로 달려갔다. 엎치락뒤치락 소동이 벌어지더니 움직이지 못하는 환자와 보호자, 직원들만 남았다.

손목을 힘껏 붙잡고 있자 남자의 손이 힘없이 벌어졌다. 움켜쥐고 있던 시험관이 툭 떨어졌다. 내용물은 뭔지 모른다. 어쨌거나 깨지면 위험한 물건이다.

반사적으로 몸을 숙여 받아내는데 강렬한 무릎차기가 날아왔다. 방어도 못 하고 명치에 제대로 맞았다. 서 있을 수 없어 바닥에 손을 짚고 토악질을 했다. 이건 뭐야. 일반인의 발차기가 아니다. 그러고 보니 남자의 주먹이 울퉁불퉁했지. 뉴스에서도 교단에는 훈련을 받은 무술 집단이 있다고 했다. 정말 정신 나간 놈들이다.

한심하게 무릎을 꿇고 토하는 내게서 남자가 시험관을 빼앗으려 했다. 반사적으로 손을 몸 아래에 숨기고 거북이처럼 웅크렸다. 머리, 등, 가리지 않고 발길질이 날아들었다. 나 혼자라면 여기서 죽어도 상관없다. 하지만 시즈카와 그 아들이 있다.

"네가 가지고 있어도 가치가 없어. 그건 이 세상을 구원할 유일한 수단이다."

억지로 몸을 뒤집더니 남자가 위에 올라탔다. 정면에서 주먹이 내리꽂혔다. 묵직하다. 입안이 찢어져 피가 쏟아졌다. 되받아치려 해도 싸움질을 해야 할 손에 시험관을 쥐고 있어 주먹을 쥘 수가 없다. 시험관을 깨면 되는 남자에 비해 나는 오로지 방어만 해야 한다. 비겁한 녀석, 인생 최초로 그런 욕설이 떠올랐다.

"이…… 새끼가!"

복근을 이용해 몸을 일으켜 남자의 이마에 박치기를 했다. 뼈와 뼈가 부딪히는 둔중한 소리. 남자의 자세가 무너졌을 때 갑자기 아저씨 둘이 뒤에서 남자를 옭아맸다.

"지금이야, 해치워!"

갑작스러운 상황에 손에서 시험관을 놓쳤다. 그대로 몸싸움을 벌이는 아저씨들 발밑으로 굴러간다. 손을 뻗어 간발의 차이로 시험관을 다시 움켜쥐었다.

"멍청아, 깨질 뻔했잖아!"

이 상황에서 도움은 성가시기만 하다. 아저씨들이 그 자리에서 얼어붙었다.

시험관을 주머니에 넣는데 자세를 가다듬은 남자가 옆구리를 걷어찼다. 위가 요란하게 요동치고 순간 의식이 날아갈 뻔했다. 아아, 이건 안 되겠다. 이길 가망이 없다. 애초에 어제부터 한숨도 못 자고 히로시마에서 달려왔다. 이미 녹초다.

이렇게 된 바에야 녀석들만이라도 피신시켜야겠다 싶어 시선을 돌리자 시즈카가 아들에게 뭔가 속삭이고 있었다. 아들은 영문을 모르겠다는 듯이 고개를 갸웃거리다가 시즈카가 어깨를 힘껏 두드리자 입을 열었다.

"아, 아버지, 힘내요……."

기운 없고 나약한 목소리에 눈썹을 찌푸렸다. 무슨 소리를 하는 거야?

"그래서야 들리겠어? 유키, 크게 외쳐!"

시즈카의 고함 소리는 잘 들렸다.

"아, 아버지, 힘내요."

아까보다는 똑똑히 들렸다. 아버지? 정신을 파는 사이에 주먹이 날아왔다. 집중이 안 되니까 묘한 소리 하지 마라. 남자가 맹렬하게 달려들었다.

"아버지!"

다시 울려 퍼진 아들의 목소리에 벌떡 일어섰다. 체력은 바닥났고 패배를 거의 각오하고 있었는데 몸이 멋대로 움직여서 주먹을 피했다.

"아버지, 힘내요!"

아들의 옆에서 미소녀도 새된 소리로 외쳤다. 잠시 후

여기저기서 힘내라고 외치기 시작했다. 움직이지 못하는 환자, 그 환자를 두고 혼자만 달아날 수 없는 사람들.

"아버지, 힘내요!"

"지지 말아요, 아버지!"

천장이 높은 로비에 응원의 대합창이 울려 퍼졌다. 이 멍청이들아, 하고 내뱉었다. 아무리 위험한 상황이라고 해도 평소 업신여기던 쓰레기를 의지하다니 비위도 좋은 놈들이다.

"아버지, 힘내요! 지지 말아요, 아버지!"

아들이 외쳤다. 내게는 가족이 없다. 네 아버지는 나와 달리 훌륭한 남자다. 나는 겨우 며칠 사이에 두 사람이나 죽인, 보통 때 같으면 사형감인 범죄자다. 그런데 목소리는 점점 커져갔다.

― 이건 뭐야?

어렸을 때 종종 이런 꿈을 꾸곤 했다. 어떤 위험에 빠져도 나는 마지막에 반드시 승리하는 정의의 영웅이었다. 모두 내게 고마워하고 박수를 보낸다. 최고의 기분으로 잠에서 깨면 지저분한 집에서 축축한 담요 위에 드러누워 배를 긁고 있었다. 언제부턴가 그런 꿈도 꾸지 않게 되었다.

"아버지, 힘내요!"

함성 속에서 아들의 목소리만이 똑똑히 들려왔다.

아아, 시끄러워, 시끄러워! 어쩔 수 없으니 너희들만은 지켜주마. 그러모을 힘도 없어서 달려든 남자에게 체중을 실어 오른쪽 주먹을 내리꽂았다. 바닥에 쓰러진 남자의 가슴 위로 뛰어올라 낙하하면서 그대로 팔꿈치를 찔러 넣었다. 딱딱한 충격. 아마 갈비뼈가 부러졌을 것이다.

제발 일어나지 마라. 5초, 10초, 남자가 완전히 기절한 것을 확인하자 온몸에서 힘이 빠졌다. 이제 아무것도 남아 있지 않다. 그대로 뒤로 쓰러져서 대자로 뻗어 천장을 바라보는데 드문드문 박수 소리가 일었다.

"아버지, 고마워요."

"아버지, 잘했어요."

박수 소리는 점점 커졌고 나는 기가 막혀 말도 안 나왔다.

이 녀석들은 바보다. 지금 살아났어도 어차피 한 달 남은 목숨 아닌가? 그런데 살았다고 진심으로 기뻐하고 있다. 인간이란 어디까지 멍청한 생물이란 말인가?

"신지, 고생했어."

천장만 들어오던 시야에 시즈카의 얼굴이 들어왔다. 옆에 못나게 퉁퉁 부은 아들도 있다.

"아버지, 구해주셔서 고맙습니다."

"아……, 이제 됐다. 끝났으니까."

얼굴을 찌푸리고 대답했다. 이런 쓰레기라도 한순간이나마 아버지 기분을 맛보았다.

뭐, 그건, 뭐냐, 나쁘지 않았다.

"멍청이."

시즈카가 중얼거리더니 아들의 어깨를 붙잡아 떠밀었다.

"당신 아들이야."

"뭐?"

"유키는 진짜 당신 아들이야."

나는 멍하니 얼어붙었다.

"……그게 무슨 소리야?"

거짓말하지 마. 그렇다면 그때 어째서 내게서 달아났지? 아들도 어리둥절해하잖아. 웃기지 말라고 대꾸하려 했지만 말이 나오지 않았다. 시즈카의 표정이 너무 진지했기 때문이다.

급격히 시야가 흐려져서 손으로 눈가를 가렸다.

태어나서 처음으로, 나는 기쁨의 눈물을 흘리고 있다.

앞으로 한 달이면 죽는 이 마당에, 세상에 태어난 기쁨을 곱씹고 있다.

이런 막바지에, 어째서 내게 이런 일이 벌어진 걸까?

어째서? 어째서? 아무리 생각해도 모르겠다.

나는 여기에 있는 누구보다도 머리가 나쁘다.

엘도라도

에나 시즈카, 마흔 살. 세상은 죽은 사람과, 이제 곧 죽을 사람 두 종류로 나뉜다. 하지만 한 달 뒤에는 모두 평등하게 무덤 속이다. 아니, 무덤조차 없다. 거짓말 같지만 정말이다.

✳

유키가 반 친구와 조금 떨어진 곳에서 이야기를 나누고 있다.

"후지모리가 도쿄에 가겠다면 나도 따라갈 거야."

"안 돼. 에나는 집으로 돌아가. 아버지하고 어머니가 데리러 오셨잖아."

"아버지……."

유키는 뭐라 말하기 어려운 표정으로 고개를 갸웃거렸다. 그야 그렇겠지. 자기가 태어나기 전에 죽었다던 아버지가 사실은 살아 있었고, 현명하고 다정하고 성실하고 품위 있는 사람인 줄 알았는데 앞쪽에서 걸어오면 저도 모르게 피할 정도로 험상궂은 데다가 날아차기로 등장했으니까.

그런 아버지인 신지는 병원 로비 소파에서 정신을 잃고 곯아떨어졌다. 밤새 이동한 몸으로 파광교 간부와 사투를 벌였으니 아무리 망나니라도 기력이 다한 것 같았다.

나는 신지 옆에 앉아서 앞으로 어쩌나 고민했다.

수상이 회견을 한 나흘 전, 세상은 뒤집어졌고 내가 인생을 걸고 차곡차곡 쌓아올린 것들은 전부 무의미해졌다. 오랫동안 일한 회사는 멋대로 휴업했고, 퇴직금은 고등어 통조림으로 바뀌었으며, 아들은 하마터면 동급생을 죽일 뻔했고, 그것도 모자라 동급생에게 죽을 뻔했다.

내 앞에 나타난 18년 전에 헤어진 남자는 나약한 팔 하나로 지켜온 소박한 보금자리의 대문을 박살 내고 강간하려 들었다. 지금 생각해보면 전부 대수롭지 않은 일들이다. 어쨌거나 인류 멸망급 소혹성이 지구로 날아오고 있으니까. 우리는 이제 모두 죽을 팔자다.

멍하니 있는데 유키와 유키에가 다가왔다.

"어떻게 할지 정했어?"

"응. 후지모리도 우리하고 함께 히로시마로 돌아갈 거야."

"그거 다행이네, 라이브는 괜찮은 거니?"

"이런 상황에선 하지도 않을 테고 원래 제 목적은 라이브가 아니었어요."

유키에가 눈길을 떨어뜨리기에 더 묻지는 않았다. 누구나 말하기 싫은 비밀이 한두 가지 있다. 유키가 유키에를 염려하듯 바라봤다. 어쭈, 여자 걱정을 다 하네. 흐뭇하게 관찰하는데 유키가 이쪽을 쳐다보았다.

"왜 실실 웃는 거야?"

"그냥."

더 실실거리자 유키는 퉁명스러운 표정으로 피했다. 좋아하는 여자아이 앞이라고 폼 잡기는. 용케 저만큼이나 자랐구나. 나는 유키를 낳았을 때를 떠올렸다.

중학생 때 선배들에게 집단으로 구타당했을 때보다, 경찰이 출동할 정도로 신지와 싸웠을 때보다도 출산은 처참했다. 유키는 나를 죽일 기세로 이 세상에 태어나려 했다. 나는 이렇게 죽을까 보냐 하고 버텼다. 도중에 몇 번 정신을 잃을 뻔했지만 조산사는 순조롭다고 다독였다. 이게 순조롭다고? 생명을 낳는다는 것은 엄청난 일이었다.

그렇게 가까스로 태어난 개구리처럼 눈꺼풀이 부어오른 유키를 봤을 때, 이렇게 흐물흐물 연약한 생물이 나를 죽이려 들었던 건가 싶어 힘이 쭉 빠졌다.

어딘지 모를 장소로부터 유키를 이쪽 세상으로 불러냈을 때 나는 이미 목숨을 한 번 걸었다. 앞으로 이 아이를 살리기 위해서라면 나는 그 어떤 것이라도 죽일 수 있으리라. 도리를 모르는 짐승처럼 맹렬한 환희에 겨워서 유키의 축축한 작은 머리에 뺨을 맞댔다.

물장사는 그만두고 낮에 하는 일을 구했지만 고등학교를 중퇴한 내 벌이는 시원찮았다. 유키를 데리고 슈퍼에 가서 가격표를 노려보는 내 옆에서 남편과 함께 온 여자가 할인 대상이 아닌 고기 팩에 손을 뻗는다. 그것을 무심코 부러워한 적이 몇 번이나 있다.

그럴 때 신지를 떠올리는 것이 싫었다.

처음 임신 사실을 알았을 때 기쁨보다 걱정이 먼저 찾아왔다. 나는 신지를 좋아했고 얻어맞아도 되받아칠 수 있다. 하지만 갓난아기는 그럴 수 없다. 그렇지 않아도 작고 보드라운데, 신지의 강철 같은 주먹에 맞기라도 한다면 한 방에 저승길이다.

도저히 털어놓지 못하고 있는데 사소한 일로 신지와 다투었다. 평소 같으면 주저 없이 반격했겠지만 나는 무조건 배만 감싸느라 그대로 맞고 걷어차였다. 부어올라 반쯤 가려진 시야에 비친 신지의 귀신같은 형상을 보면서 이래서야 아이를 키우기란 불가능하다는 것을 깨달았다.

— 우리는 어째서 똑바로 살아갈 수 없는 걸까?

나는 부모에게 맞으며 자랐다. 신지도 그랬다. 거북이처럼 손발을 모으고 몸을 웅크린 채로, 어째서 맞는지도 모르는 채로, 잘못했다고 필사적으로 용서를 구했던 일을 평생 잊을 수 없으리라. 그 고통을 아는데 어째서 신지는 자기가 혐오하는 부모와 똑같은 짓을 하는 걸까?

아이는 앞으로 지을 신축 저택이나 다름없다. 나와 신지는 집을 지탱하는 기둥 하나하나에 폭력이라는 이름의 상처가 수도 없이 박혀 있다. 집이 완성됐을 때는 이미 그 부분만 도려내기란 불가능해서, 아무리 세월이 지나도 상처 입은 기둥이 여전히 그 자리에 서 있다.

나와 신지, 고약한 동료들을 지탱하는 기둥은 약해서 뭔가 일이 터질 때마다 집 전체가 불안하게 흔들렸다. 신지가 주먹으로 울리는 둔탁한 타격음은 어렸을 때 잔뜩 상처 입은 기둥이 삐걱거리는 소리였고, 차라리 뚝 부러뜨려서 자신이라는 집을 통째로 부숴버리고 싶어 하는 것처럼 보였다. 신지의 충동은 격렬했고 그것은 때때로 연인인 나를 향하기도 했다.

신지가 엄청난 멍청이라면 나는 멍청이였다. 같은 부류지만 조금 나은 만큼 신지보다도 신지의 전체를 볼 수 있었다. 이 녀석 괴롭구나, 쓸쓸하구나, 따뜻한 밥을 먹여주고 싶다. 해주고 싶은 일이 늘어날 때마다 좋아하는 마음이 커져갔다.

나는 한번 결정하면 바꾸기 싫어하는 성격이라, 임신하지 않았다면 신지의 곁을 떠나지 않았을 것이다. 그 마음만큼이나 강한 결심으로, 그토록 좋아한 남자의 아이를 반드시 낳고 싶었다. 그래서 도망쳤다. 아이를 위해서, 신지가 자기 아이를 죽이지 못하도록, 필사적으로.

달아난 곳에서 이따금 가슴이 술렁거릴 때가 있었다. 신지의 기척이다. 신지 안에서 폭력과 애정은 같은 크기로 존재한다. 그것을 느끼면 일을 하고 있었든 밥을 먹고 있었든 나는 유키를 품에 안고 달아났다. 직장도 집도 가재도구도 전부 내팽개쳤다. 그런 불안정한 생활이 오래도록 이어지던 어느 날, 장점이라고는 저렴한 월세뿐인 아파트 베란다에서 빨래를 널다가 깨달았다.

— 요즘 신지의 기척을 못 느꼈어.

신지에게서 달아나 2년 동안 집과 직장을 계속 옮겼다. 그런 불안한 나날과도 이별이다. 마침내 신지는 포기한 것이다. 앞으로는 안심하고 유키와 살 수 있다.

그렇게 생각하면서도 어째선지 눈물이 났다. 고작 2년 만에 신지는 나를 포기하고 말았다. 심장 위에 내 이름을 새겼으면서, 공포의 대왕이 내려올 때도 함께하자고 했으면서. 스스로 달아난 주제에 나는 엉뚱하게도 화가 났다.

빨래를 손에 들고 질질 울면서 아기 이불 위에서 잠든

유키를 보았다. 눈에 띄게 신지를 닮은 구석은 없다. 하지만 유키 안에는 틀림없이 신지의 피가 흐르고 있다.

나는 필사적으로 유키를 키웠다. 낳기 전에는 건강하기만을 바랐고, 무럭무럭 자란 뒤에는 현명하고 다정한 남자가 되기를 바랐고, 몸집이 퉁퉁해졌을 때는 나도 신지도 말랐는데 누구를 닮았나 당황했지만 성격이 다정하니 그게 최고라고 만족했고, 괴롭힘을 당하고 있다는 사실을 알았을 때는 격분했다. 유키를 괴롭히는 놈들을 짓밟아주고 잘못했다고 무릎 꿇고 싹싹 빌 때까지 몰아세울 생각도 했지만 간신히 참았다. 지금은 괴롭힘을 당하는 오리 새끼지만 어른이 되면 유키는 멋진 남자가 될 것이다. 두고 보라며 지켜보았다.

— 그런데 한 달 뒤에 모든 것이 끝난다니.

신지를 버리고 유키의 성장만 바라보며 버텨왔던 내 삶의 18년은 어쩌면 좋은가? 신이 있다면 하다못해 튀어나오란 말이다. 여자의 일생을 전부 담은 혼신의 일격을 날려줄 테다.

"……즈카."

불쑥 이름을 부르기에 돌아보았지만 신지는 깊이 잠들어 있었다.

— 내 이름?

신지를 만난 것은 중학교 때였는데 당시에는 그리 친

하지 않았다. 하지만 그 후에도 소문은 자주 들었다. 또 메지카라가 사고를 쳤다는 무용담과 함께 선배에게 이용 당하고 있다고 다들 한심해했다. 신지는 아껴주는 선배의 부탁이라면 뭐든 들어준다. 그 선배 본인이 그 녀석은 바보라고 비웃는 모습을 봤을 때는 불쾌했다.

— 당신, 조금은 성장했어?

마흔이라는 나이만큼 세월이 느껴지는 잠든 얼굴을 향해 물어보았다.

그날은 병원에서 나눠준 식사와 담요로 병원 로비에서 머물렀다.

신지는 식사도 하지 않고 계속 자고 있다. 옛날부터 그랬다. 어쩌다 감기에 걸려도 약도 먹지 않고 계속 잠만 자면서 자기 안에 있는 힘만으로 회복했다. 들개 같은 남자였다.

이튿날 점심, 겨우 유키가 치료받을 차례가 되었다. 코도 부러지지 않았고 여기저기 멍은 들었지만 건강했다. 마침 신지도 깨어났기에 다 함께 히로시마로 돌아가자고 신지에게 말했다.

"그럼 이동 수단을 구해올게."

신지는 병원에서 나눠준 비스킷을 먹이처럼 허겁지겁 먹어치우고 페트병의 생수를 단숨에 들이켜더니 훌쩍 병원을 나서서 한 시간쯤 지나 벤츠를 몰고 돌아왔다. 고전적인 낮은 차체에 창문은 짙은 선팅. 위험한 놈들이 즐기는 사양이다.

"이거 어디서 났어?"

"달라고 하니까 주던데."

귀찮다는 듯이 대답하는 신지의 셔츠에는 새로운 핏자국이 묻어 있었다. 실컷 자고 일어나 체력을 회복한 신지를 상대로 그놈들은 불쌍한 꼴을 당했을 것이다. 뭐, 이런 차를 타는 놈이 선량한 시민일 리 없으니 그러려니 하자. 하지만 유키와 유키에는 당혹스러워하고 있다.

"친절한 사람이 있어서 운이 좋았네. 자, 너희도 냉큼 타."

두 사람을 뒷좌석에 밀어 넣고 나는 조수석에 올라탔다.

"배고프면 뒤에 있는 것 마음대로 먹어."

신지가 말했다. 뒷좌석에는 식료품이 가득 든 비닐봉투가 몇 개나 있었다.

"어디서 구해온 거야?"

"슈퍼마켓 아저씨를 흠씬……."

백미러로 아이들이 얼어붙는 모습이 보였다.

"두들겨 패고 차에 식량을 실어가려는 놈들이 있기에 마침 잘됐다 싶어 통째로 달라고 부탁했어. 사례 대신 얼굴하고 배를 살짝 쓰다듬어줬더니 흔쾌히 주던데."

"아이 교육에 나쁜 짓은 하지 마."

하려면 몰래 숨어서 해. 마음속으로 덧붙였다.

"저는 괜찮아요. 어머니도 창고에서 고등어 통조림을 집어 왔잖아."

"저도 괜찮아요. 아주머니가 에나에게 식칼을 챙겨준 덕분에 살았거든요."

유키와 유키에가 끼어들자 신지가 얼굴을 찌푸리며 나를 쳐다보았다.

"너도 이제 늙었으니 조금은 자제해."

"누가 할 소린데?"

유키와 유키에가 재미있다는 듯이 웃었다.

신지가 운전하는 벤츠로 우리는 히로시마를 향해 출발했다. 아이들더러 식량을 확인하라고 하자 유통기한이 아슬아슬한 빵과 과자가 제법 있었다.

"삼각 김밥도 있는데 유통기한이 사흘이나 지났으니 못 먹겠지?"

"배탈이 나도 병원이 만원이니까. 빵이 나을 것 같아."

"그럼 이 멜론빵은 후지모리가 먹어. 좋아하지?"

"어떻게 알았어?"

"초등학교 때 말했잖아."

"그렇게 옛날 일을 용케 기억하고 있구나."

"아, 미안. 그냥, 저기, 그런 게 아니야."

나는 조수석에서 실실 웃었다. 좋아하는 감정이 훤히

보여서 재미있다.

"유키, 아버지한테도 아무거나 좀 줘."

유키와 신지가 동시에 외마디소리를 냈다. 차 안에 기묘한 긴장감이 흘렀다.

"저기, 으음, 그럼, 뭐가 좋아요?"

"……볶음면빵."

신지의 목소리는 평소보다 나직하고 위협적이었다. 두 사람 다 지나치게 의식하고 있다.

"없어요. 크림빵하고 단팥빵하고 초코소라빵은 있어요."

"……그럼 크림빵."

신지의 목소리에는 고뇌가 묻어 있었다. 나는 웃음을 터뜨렸다.

"유키, 아버지는 단 걸 못 먹어. 삼각 김밥이나 줘."

유키는 허둥지둥 봉투 속을 뒤져서 이건 어떠냐며 매실 장아찌가 든 삼각 김밥을 내밀었다. 신지는 말없이 받아들어 한 손으로 핸들을 쥔 채로 유통기한이 지난 삼각 김밥을 먹기 시작했다.

"저, 아저씨."

뒷좌석에서 조심스럽게 부르는 소리에 신지의 뺨이 실룩거렸다. 아무리 그래도 아저씨는 그렇지. 나는 무슨 일이 벌어질지 우려했다.

"아저씨는 정말 제 아버지예요?"

오호라. 나뿐만 아니라 신지에게도 확인하고 싶은 모양이다.

"글쎄다."

하지만 신지는 그렇게 대답할 수밖에 없다. 실제로 배속에서 키워서 낳은 여자와 달리, 검사라도 하지 않는 한 남자는 그 아이가 자기 아이인지 확인할 도리가 없다. 더군다나 탄생의 순간도 성장의 과정도 전부 뛰어넘어 갑자기 상봉한 아버지와 아들. 나는 양쪽의 압박에 눌려 대답했다.

"유키는 신지 아이가 틀림없어."

백미러 너머로 유키가 희미하게 뺨을 붉히는 모습이 보였다.

"나 같은 게 아빠라니 안됐구나."

잔뜩 얼굴을 찌푸린 신지의 속내는 민망함일까, 진심일까. 아마도 양쪽 다이리라.

길길이 날뛰는 모습과는 달리 신지는 몹시 자학적인 남자다. 자기를 멍청하고 주먹질밖에 모르는 사람이라고 생각한다. 실제로 그렇지만 그렇다고 가치가 없다는 뜻은 아니다. 애정은 그런 것과는 상관없이 생겨난다는 사실을 신지는 모른다. 어렸을 때 부모에게 애정을 받지 못했기 때문이다. 먹어본 적 없는 음식의 맛을 알지 못하는 사람처럼.

— 하지만 신지, 유키는 그 맛을 알아. 내가 그럭저럭 먹었거든.

"그렇구나, 역시 진짜구나."

유키는 쑥스러움과 자랑스러움이 묻어나는 목소리로 중얼거렸다. 살해당할 뻔했는데 날아차기로 구해준 데다가 병원에서는 사람들을 구하고 박수갈채를 받았다. 망나니 같은 행동을 감안하더라도 유키의 마음속에서는 영웅 같은 이미지가 더 크리라.

"에나는 좋겠다, 이런 아버지가 계셔서."

유키에가 부럽다는 듯이 한숨을 쉬었다.

"그러고 보니 네 부모님도 걱정하고 계실 텐데. 연락은 했니?"

"집을 나온 첫째 날 밤에 한 번 통화했어요."

"이런 시국이니 애타게 걱정하시겠네."

"아뇨, 별로."

목소리의 온도가 스윽 내려갔다. 백미러에 비친 유키에는 표정이 없었고, 옆에서 유키도 복잡한 표정을 짓고 있었다.

"어지간히 미움받나 보군. 앞으로 한 달이면 죽는다는데 걱정도 하지 않다니."

신지가 눈치 없는 소리를 하자 차 안에 묵직한 침묵이 깔렸다. 역시 신지는 멍청이다. 나는 내비게이션 화면을 오디오로 바꿨다. 방송이 나오는 라디오는 진행자가 운석 충돌에 대해 고함을 질러대는 프로그램뿐이다. 그래도 고요한 것보다는 낫겠지.

"저, Loco 들어도 될까요?"

괜찮다고 대답하자 유키에는 자기 스마트폰을 만지작거렸다. 곧이어 노랫소리가 흘러나왔다.

"이 곡 알아. 화장품 광고에 나왔지?"

"맞아요. Loco가 직접 출연했어요. 진짜 좋아하는 노래예요."

듣기 좋은 멜로디가 흘렀다. 나는 조금 더 활기찬 노래가 좋다. 하지만 유키에의 마음이 가벼워진다면 아무 노래나 상관없다.

"나른해서 사고 날 것 같은 노래군."

신지의 가차 없는 말에 유키에가 황급히 죄송하다며 음악을 껐다. 또다시 차 안에 침묵이 깔렸다. 이 울트라 멍청이가. 어색한 분위기를 떨쳐내듯 유키에가 신지에게 듣고 싶은 곡이 있는지 물었다. 신지보다 유키에가 몇 배는 더 어른이다.

"구독 서비스라 유명한 가수는 거의 다 있어요."

"잘 모르겠지만 그럼 포이즌."

"아, 저도 알아요. 호테이 도모야스란 사람이죠?"

"그쪽 말고."

"하지만 호테이란 가수는 그 사람뿐인데."

"그러니까 그쪽이 아니라니까."

세대 격차에 옥신각신하면서도 무사히 포이즌의 〈토크 더티 투 미〉가 흘러나왔다. 그 후로도 신지의 요청으로 머틀리 크루나 스키드 로의 노래가 흘렀다. 전부 우리 윗세대에서 유행한 밴드지만 당시에는 그런 것이 전문가처럼 멋져 보였다.

"흐음, 어머니도 젊었을 때 음악을 들었구나."

"당연하지. 옛날엔 우리도 열일곱 살이었어."

"그걸 못 믿겠단 말이야."

"부모님이나 선생님은 태어날 때부터 부모님이고 선생님 같은 이미지가 있지?"

아이들이 즐겁게 떠들었다. 왠지 소풍이라도 가는 기분이지만 여전히 길은 엄청나게 막혀서 중간부터 유키가 스마트폰으로 샛길을 찾기 시작했다.

"다음 신호에서 오른쪽으로 꺾으세요. 고갯길이지만 이쪽이 빠를 거예요."

유키는 내비게이션보다 지도를 잘 봤고, 신지는 고갯길이라는 말을 듣고 눈을 빛냈다. 평소에는 동네 말썽꾼들이 시합 삼아 달릴 법한 좁고 가파른 산길을 신지는 속도도 줄이지 않고 달렸다. 그때마다 뒷좌석에서 비명 소리가 들렸다. 꺄악! 하는 소리는 유키에고 우와! 하는 소리는 유키다.

유키는 무서워하는 게 아니라 흥분한 모습이었다. 격렬한 진동에 번쩍번쩍 빛나는 눈. 작은 짐승 같은 포효를 들으며 이 녀석은 틀림없이 신지의 피를 물려받았다고 확신했다.

한밤중에 잠이 깼다. 계속 자동차와 오토바이를 타고 차에서 자다 보니 여기저기 삭신이 쑤셨다. 순조롭게 나이를 먹고 있다는 사실을 자각했다.

기지개를 켜고 싶어 밖으로 나갔다. 짓다 말아서 기둥만 어중간하게 서 있는 주택가 공터에 차를 세워뒀다. 너무 북적거려도 위험하고, 너무 인기척이 없어도 위험하다. 딱 알맞은 장소였다. 밤하늘을 향해 기지개를 켜는데 집터에 걸터앉은 사람 그림자가 보였다.

"잠이 안 오니?"

어둠 속에서 유키에는 유령처럼 보였다. 가녀린 실루엣이 가련해서 무섭다기보다 쓸쓸해 보였다. 나는 옆에 걸터앉았다.

"부모님께 전화하려 했는데, 할 수가 없어서."

유키에는 두 손으로 스마트폰을 움켜쥐고 고개를 숙이고 있었다.

"아껴주셨는데, 전 은혜도 모르는 아이예요."

"부모에게 은혜를 따질 필요 없어."

"저, 양녀예요."

조금 놀랐다. 아아, 그런가. 그렇구나.

"저를 입양한 뒤에 마미코라는 여동생이 태어났는데, 진짜 아이라는 뜻의 한자를 써요."

"그건 힘들겠구나."

"차별은 받지 않았어요. 공평한 대우를 받으며 자랐어요."

정말 그렇다면 '공평한 대우를 받았다'는 표현은 쓰지 않으리라. 누구에게나 보이는 단순한 형태가 아니라 본인 밖에 모르는 미묘한 차별이 있었으리라.

"제 진짜 부모님은 도쿄에 계세요. 계속 만나보고 싶어 하다 이제 정말 마지막이니 가출한 거예요. 하지만 정말 그렇게까지 만나고 싶은 건지 이제는 잘 모르겠어요. 애초에 이름도 주소도 모르니 어차피 만나지 못하리라는 건 알고 있었는데, 그저 그 집에 있기 싫었던 걸지도 몰라요."

"자기 마음을 알 수 있었으니 다행이네."

결국 그것을 아는 게 가장 중요하고도 어려운 일이다.

"에나를 끌어들여서 죄송해요."

"사과할 필요 없어. 유키가 스스로 정한 일이야."

아무리 영리한 사람이라도 해보지 않으면 모르는 일이

있다. 유키는 직접 결단하고 움직임으로써 부모가 줄 수 없는 다양한 경험을 했으리라.

"제 마음 같은 건 알고 싶지 않았어요. 부모님을 솔직하게 대할 수 없으니 진짜 부모님을 만나고 싶다고 변명했을 뿐이에요. 알고는 있지만 어쩔 수가 없어요."

"세상은 어쩔 수 없는 일로 가득하니까."

"첫째 날 한 번 통화했고, 실은 LINE 메시지도 한 번 보냈어요. 요코하마에 있다고. 어머니가 걱정되니까 빨리 돌아오라고 했어요. LINE으로. 상관은 없지만 왠지 서운해서."

유키에는 말을 흐렸다.

"지금까지 키워주셨는데 그렇게 생각하는 제가 은혜도 모르는 아이 같아서."

"그런 식으로 자기를 탓하는 너는 충분히 착한 아이야."

애초에 정말 걱정된다면 부모가 먼저 전화를 걸 것이다. 무사한지, 위험한 일은 당하지 않았는지, 지금 어디 있는지, 언제 돌아올 건지, 애타게 질문할 것이다.

"전 혼자 죽을 줄 알았어요."

유키에의 실루엣이 밤하늘을 올려다보았다. 누구나 죽을 때는 혼자다. 그래도 마지막 순간에 누구와 함께 있을지는 중요한 문제다. 이 아이는 가족과 있어도 혼자라고 느끼는 것이다.

"우리 집으로 와."

불쑥 목소리가 날아왔다. 열린 차창으로 유키가 고개를 내밀고 있었다.

"우리 집으로 와."

다시 한번, 유키가 말했다. 말투가 남자답다. 너는 내가 지키겠다는 말로 들린다. 유키에는 어떻게 대답할까? 부모 입장에서 노심초사하고 있는데 유키에의 스마트폰이 울렸다. 부모인가 기대했지만 Loco의 공식 팬클럽 인스타그램 알림이라고 했다.

"역시 Loco의 도쿄 돔 라이브는 취소인가 봐요."

"이런 때에도 소식을 알려주다니 성실하네."

"어라? 그런데 한 달 뒤에 오사카에서 마지막 라이브를 한다고 적혀 있어요."

"한 달 뒤면 이미 소혹성이 떨어지지 않았을까?"

유키가 자동차에서 내려왔다.

"응, 그날 라이브를 할 테니 한가한 녀석은 오라고 적혀 있어. 이거 진짜일까? 왠지 Loco답지 않아. Loco는 이런 말투 쓰지 않는데, 사진도 이상한 남자하고 함께 찍었어."

나와 유키는 유키에의 스마트폰을 들여다보았다. Loco가 젊은 남자와 함께 어깨동무를 하고 환하게 웃으며 브이 사인을 하고 있었다. 텔레비전에서 봤을 때와 상당히 인상이 달랐다.

"이 사람 애인일까? 일반인 같은데. 우와, 댓글이 엄청나!"

순식간에 팬들의 댓글이 달렸다. '업데이트 고마워', '꼭 같게', '오사카?', 'Loco와 함께 죽고 싶어', '무슨 곡을 부를지 알려줘'. 다들 젊은 사람들이겠지만 죽음을 눈앞에 두고도 라이브에 가려는 열정이 대단하다. 불쾌한 댓글도 많았다. '애인 촌스러워', '분위기 파악 좀 해라', '마지막까지 자아도취녀', '죽어', 호의와 악의가 엉망진창으로 뒤섞여 있다.

"……가고 싶어."

유키에가 말했다. 한 달 뒤면 거리는 이미 지옥일 것이다.

"그럼 나도 갈래."

서슴없이 말하는 유키를 보며 나는 한숨을 푹 쉬었다.

"그럼 나도 갈까."

두 사람이 이쪽을 쳐다보기에 당연하지 않느냐고 말했다.

"모두 평등하게 한 달밖에 안 남았어. 유키에는 라이브에 가고 싶지. 유키는 유키에를 지키고 싶지. 나는 유키와 함께 있고 싶어. 각자 원하는 대로 움직이면 돼."

젊은 두 사람을 방해해서 미안하다고 속으로 사과했다. 이런 세상만 아니면 아들의 연애에 끼어들 생각은 없다. 하지만 지금은 비상시국이다. 용서해라, 아들아.

"어머니, 고마워요."

"아주머니, 고마워요."

두 사람의 하모니에 나는 활짝 웃었다. 유키는 좋아하는 아이를 지키고, 부모도 소중히 여길 줄 아는 씩씩하고 다정한 아이로 자랐다. 그리고 마찬가지로 사람의 마음을 헤아려줄 줄 아는 아이를 좋아한다.

"유키, 유키에, 고맙다."

나는 나머지는 둘이서 정하라고 하고 일어나서 차로 물러났다. 신지는 아까와 똑같은 자세로 쿨쿨 자고 있다. 옛날부터 한번 잠들면 어지간한 일로는 깨지 않는 남자였다.

"즈카……."

신지가 잠꼬대를 했다. 내 꿈을 꾸는 걸까?

"그럼 나도 갈까."

이튿날, 신지도 그렇게 말했다. 짓다 만 집터에 걸터앉아 신지가 빼앗아온 식빵에 잼과 버터를 발라 다 함께 아침을 먹고 있을 때였다.

"괜찮아? 마지막 한 달이 될지도 몰라."

"한 달이든 일 년이든 나한테 신경 쓰는 인간은 없어."

그것은 떨어져 있는 동안 신지가 여전히 고독 속에 있었다는 뜻이기도 했다.

"너희들이야말로 오사카를 우습게 보면 큰코다쳐. 그렇지 않아도 거친 놈들이 많은데 한 달밖에 안 남았으니 어떤 상황인지 알 수 없어. 일단 술하고 경마 신문하고 빨간 펜을 들고 벌건 얼굴로 휘청거리면 아무도 건드리지 않는다고는 하던데."

"미성년자라 술은 못 마셔요."

유키가 진지하게 반론했다.

"그러니까 내가 같이 가주겠다잖아."

신지가 귀찮다는 듯이 말하자 유키의 표정이 밝아졌다.

"아저씨가 계시면 안심되겠다."

유키에의 말에 유키가 뿌듯한 표정으로 고개를 끄덕였다. 신지는 얼굴을 찌푸리고 그 모습을 바라보고 있다. 신뢰받는 게 기쁜 주제에 서툰 남자다.

"하지만 라이브까지 한 달이나 남았어. 그때까지 어쩌지? 어디든 다 같이 묵을 수 있는 곳이 있다면 좋을 텐데 호텔도 PC방도 문을 닫았을 테고, 식량도 필요해."

"일단 히로시마로 돌아가서 라이브가 가까워지면 오사카로 갈까?"

"그건 불가능해. 지금은 아직 정체 정도지만 앞으로 점점 더 사고가 늘어날 거야. 사고 차량도 시체도 그대로 굴러다닐 텐데, 썩어 문드러진 시체 위로 달려도 된다면 그러든지."

신지가 케첩을 바른 식빵을 물어뜯자 아이들은 손으로 입을 막았다. 서툰 점이 귀엽고, 눈치 없는 점이 짜증스러운 남자다. 나는 18년 만에 내 남자를 보고 있다. 그리고 깨달았다. 어느 쪽의 신지든 여전히 좋아한다는 사실을.

"오사카에는 연줄이 있으니 거기로 가볼까."

신지의 말에 일단 방침이 결정됐다.

정체는 시시각각 심각해졌다. 무모하게 달리는 차량이나 오토바이에 부딪힐 뻔하면서도 간신히 신지가 말하는 '연줄'에 도착한 것은 이튿날 오후였다.

"여기야?"

앞유리창 너머로 바로 나흘 전에 살인이 벌어졌던 국숫집을 바라봤다. 연줄이라기에 친구라도 있는 줄 알았는데 역시나 신지, 예상을 뛰어넘는 남자다. 하고 싶은 말은 산더미처럼 많았지만 확실히 지금은 빈집인 데다가 누가 털어가지 않았다면 식재료도 있을 것이다.

"잠깐 살펴보고 올 테니 너희는 차 안에서 기다려."

처참하게 변했을 살인 현장을 아이들에게 보여줄 수는 없다. 신지와 함께 가게로 가서 미닫이문을 조심스레 열어봤다. 고약한 냄새가 코를 찔렀다.

피와 살이 썩어서 나는 묵직한 악취를 헤치고 안으로 들어갔다. 나흘 전에 봤던 모습 그대로 노부부가 쓰러져 있었다. 두 사람 다 이미 인간의 빛깔이 아니었다. 피부는 점토처럼 탄력이 없었고 몸에서 흘러나온 피도 수분을 잃고 시커멓게 변해 눌어붙어 있었다.

"가을이라 다행이었네. 한여름이었으면 눈 뜨고 못 봤을 텐데."

신지가 쭈그리고 앉아서 시체를 굽어보았다. 노파의 백발에 바글거리는 날파리를 손으로 휘휘 쳐냈다. 신지의 고요한 옆얼굴에서 나는 희미한 감정을 읽었다.

"당신, 사람 죽인 적 있어?"

"얼마 전에 강에 내던졌어."

"그것 말고."

"있어."

"왜?"

"고토 씨가 부탁했어."

반사적으로 눈썹을 찌푸렸다. 나는 고토가 싫었다. 위험한 일을 시켜놓고 상처 입고 돌아온 신지에게 붕대를 감아주듯 다정하게 굴며 정으로 슬그머니 속박한다. 사람의 마음을 휘어잡는 데 능숙하다. 나쁜 의미로 똑똑한 남자였다. 신지도 어렴풋이 눈치채고 있었을 텐데.

"아들도 살인자 아버지는 싫겠지."

"유키라는 이름이 있어."

신지는 가만히 노파의 시체를 굽어보고 있었다. 버림받

으리라는 사실을 아는 개의 표정이다. 나는 신지가 이따금 보이는 이런 체념 어린 옆얼굴에 약했다.

"당신을 싫어한다면 나도 싫어하겠지."

쭈그리고 앉은 신지의 옆에 나란히 쭈그리고 앉았다.

"넌 상관없어. 내가 한 짓이야."

이런 무거운 짐을 내게 지우지 않으려고 신지는 도움을 거부했던 것이다. 배려는 고맙다. 하지만 답답했다. 잠자코 있으려니 유키가 부르는 소리가 들렸다. 말릴 새도 없이 미닫이문이 열렸다. 유키와 유키에가 한 걸음 안으로 들어오다가 움찔 얼어붙었다.

"어, 이게 뭐야?"

유키가 쭈뼛거리며 시체를 봤다.

"······죽였어?"

"우리 말고 다른 놈이."

"너희를 데리러 가는 길에 들른 국숫집 주인 노부부다. 가게에서 나와서 잊은 물건을 가지러 돌아갔는데 그 사이에 강도에게 살해당했어. 그래서 지금은 빈집이니 신세 좀 져야지."

신지가 설명했다. 강도의 말로를 생략한 것은 훌륭했다.

"사람이 죽어 있는 집에서 살아요?"

"시체는 치워야지. 시즈카, 저 녀석들 데리고 차에 돌아가 있어."

"나도 도울 거야."

"넌 저 녀석들 곁에 있어."

신지는 일어나서 귀찮다는 듯이 내게 턱짓했다. 어디까지나 혼자서 짊어질 작정이다. 신지를 한번 쏘아보고 유키와 유키에의 어깨를 떠밀어 가게 밖으로 나갔다.

"……정말로 아버지가 죽인 거 아니야?"

차로 돌아가자 유키가 조심스레 물었다.

"안 죽였어."

그 두 사람은. 마음속으로 그렇게 덧붙였다. 뒷좌석에서 대답은 돌아오지 않았다.

두 아이는 두려워하고 있다. 폭력이라는 카드에도 앞면과 뒷면이 있다. 악당을 쳐부수는 건 괜찮지만 노부부 살해는 받아들일 수 없다. 그야 그렇겠지. 하지만 그것은 선악이 아니라 자기가 용서할 수 있는가 없는가, 받아들일 수 있는가 없는가에 따른 판단일 뿐 공정함과는 거리가 멀다.

모두 제멋대로다. 그렇게 생각하면서도 유키가 무서워서 신지와 함께 살기 싫다고 한다면 나는 또다시 아이들을 데리고 달아날 것이다. 저 외로운 남자를 마지막 순간에 또다시 저버릴 것이다. 나는 엄마고, 내게 가장 소중한 존재는 아이고, 가장 제멋대로인 것도 나다.

한참 지나서 스마트폰이 울렸다. 신지였다.

"꽃 좀 찾아와. 아무거나 상관없어."

그 말만 하고 끊어버렸다.

"유키, 유키에."

뒷좌석을 돌아보니 아이들이 움찔 떨었다.

"꽃을 찾으러 가자."

"꽃? 왜?"

말없이 차에서 내리자 두 사람도 슬금슬금 따라왔다.

셋이서 주택가를 정처 없이 걸었다. 역 주변에 작은 상점가가 있었지만 거의 셔터가 닫혀 있었다. 소혹성 소동 때문인지, 원래 그랬는지는 알 길이 없다. 생명이 꺼진 상점가를 빠져나와 주택가를 흐르는 용수로를 따라 걷다 보니 갑자기 경치가 탁 트였다.

"저기, 노란 꽃이 잔뜩 피어 있어."

유키가 강가를 가리켰다. 양미역취 군생지다.

"저걸로 할까?"

셋이서 둑을 내려갔다. 전에 유키에게 췄던 식칼로 줄기를 자르는데 유키에가 갑자기 비명을 지르며 양미역취를 내던졌다. 벌레, 벌레, 하고 외치고 있다. 자세히 보니 줄기에 작은 벌레가 잔뜩 들러붙어 있었다. 빨갛고 날개가 있다. 유키에는 겁을 집어먹고 눈물을 글썽거렸다.

"내가 들게."

유키에가 내던진 다발을 유키가 주웠다. 유키의 팔에

빨간 벌레가 몇 마리 들러붙자 유키에는 황급히 자기 팔을 확인했다. 꺄악거리며 벌레를 털고 둑 위로 달아났다. 나와 유키는 웃으며 둘이서 품에 한가득히 양미역취를 수확했다.

둑을 올라갈 때 나는 몰래 뒤를 돌아보았다. 이 강줄기 아래쪽에 노부부를 죽인 남자를 던진 다리가 있다. 그 남자는 어떻게 됐을까? 살았을까? 아니면……. 왜 그러냐고 어리둥절한 얼굴로 돌아보는 유키에게 아무 일도 아니라고 대답하며 둑을 뒤로했다.

"아주머니, 저거, 꽃집 아니에요?"

왔을 때와 다른 길로 돌아가는데 유키에가 꽃가게를 발견했다. 양동이가 가게 앞에 굴러다니고 있어 장사를 하는 분위기는 아니었지만 유리 케이스 안에 있는 꽃들은 아직 충분히 아름다웠다. 실례합니다, 하고 외치자 거주 공간인지 안쪽에서 누가 성급하게 달려왔다. 밖으로 나온 아주머니는 어째선지 필사적인 얼굴로 우리를 보았다.

"이 꽃 살 수 있을까요?"

유리 케이스를 쳐다보는데 아주머니가 기운을 잃고 어깨를 축 늘어뜨렸다. 마음껏 가져가라고 퉁명스럽게 말하기에 우리는 고맙다고 대답하고 유리 케이스를 열었다.

"손님들 혹시."

아주머니는 집으로 이어지는 문지방에 걸터앉았다.

"우리 아들 못 봤어요?"

나는 아주머니를 쳐다보았다.

"나흘 전에 나가서 안 돌아와. 텔레비전에서 운석 뉴스를 보고 나서 나도 좀 정신이 나가서, 아들이 밥은 언제 주냐고 물었는데 지금 그럴 때가 아니라고 버럭 소리를 질렀지 뭐야. 그랬더니 그놈이 꽃 양동이를 걷어차고 나가버리더니 그 길로 돌아오지를 않아."

"그거참 성미 급한 아들이네요."

"그 아이는 잘못한 게 없어. 스무 살 때 우울증에 걸려서 계속 병원에 다녔거든. 평소에는 얌전한데 뭔가 마음에 거슬리면 날뛰어서, 그럴 때는 아무도 못 말려. 서른셋이나 되어서는 노란 머리에 하트 모양 피어스나 달고."

조용히 핏기가 빠져나갔다.

"흥분하면 손을 쓸 수 없는 애라 걱정이야."

나는 고개를 돌려 유리 케이스 안에서 장미를 꺼내는 두 사람을 말렸다.

"제자리에 돌려놔."

"어, 왜?"

"됐으니까 돌려놔."

꽃을 전부 돌려놓고 나는 실례했다고 고개를 숙이고 가게에서 나왔다.

"괜히 사양할 필요 없는데."

아주머니는 고개를 갸웃거렸다. 나는 아무 말도 할 수 없었다.

"여봐요, 손님들, 우리 아들을 보면 엄마가 걱정하고 있다고 전해줘요. 이제 점점 더 험해질 텐데 그 아이가 안심하고 지낼 수 있는 곳은 집뿐이니까."

등 뒤로 아주머니의 목소리를 들으며 나는 고개를 숙이고 길을 걸었다. 그 사람의 꽃을 받을 수는 없다. 납처럼 무거운 응어리가 뱃속에 가라앉았다.

"어머니, 괜찮아요? 안색이 나쁜데."

"잠깐 쉴까요?"

두 사람이 걱정스럽게 쳐다봤다. 나는 괜찮다고 대답했다. 노부부를 살해한 남자와, 그 남자를 강에 집어던진 신지와 나. 노부부에게 남자는 무정한 강도였지만 어머니에게는 사랑스러운 아들이다. 상반되는 두 사실을 받아들이기가 이렇게나 버겁다.

저녁 무렵이 되자 신지가 다 치웠다고 연락했다. 셋이서 가게로 돌아가서 일단 나만 먼저 안으로 들어갔다. 노부부의 시체는 사라졌고 핏자국도 씻어냈는지 검은 돌바닥은 물에 젖어서 빛나고 있었다. 환기도 마쳤다.

"깨끗해졌으니 들어와."

두 사람이 쭈뼛쭈뼛 들어왔다.

"다들 이리로 와."

신지가 안쪽에서 불렀다. 우리는 주방을 지나 뒷문을 통해 밖으로 나갔다.

뒤뜰에는 꽃과 나무가 자라고 있어 화사한 향기가 코를 간질였다. 작은 주황색 꽃이 피어 있는 금목서 아래쪽이 봉긋하게 솟아 있고 이웃집과 경계를 이루는 담벼락에 삽이 세워져 있다. 신지의 셔츠도 바지도 진흙투성이였다.

"꽃."

신지가 재촉하자 유키가 한아름은 되는 양미역취를 내밀었다.

"잡초잖아. 좀 더 괜찮은 건 없었어?"

신지는 그렇게 투덜거리더니 어쩔 수 없다며 봉긋한 흙더미를 감싸듯 노란 꽃을 살포시 내려놓았다. 쭈그리고 앉아서 두 사람이 잠든 곳에 손을 모은다.

"조화弔花였구나."

유키가 중얼거렸다. 이렇게 세심한 남자였나? 나도 의아했다.

거친 외모와는 반대로 외로움을 타는 남자였다. 본인은 자각하지 못하겠지만 애정을 어떻게 다루어야 할지 몰라, 깊은 정이 화근이 되어 타인을 향한 폭력에 스스로도 상처 입고 있었다. 어쨌거나 성질이 사납고 한 치 앞도 내다보지 못하는 들개 같은 남자다. 그것은 지금도 변함없지만……

주방으로 돌아가 식재료를 확인했다. 메밀가루, 우동, 쌀, 고기, 건조식품, 장사하는 곳이라 잔뜩 갖추고 있었다. 이거라면 한 달은 너끈하게 버틸 수 있으리라.

상한 음식은 처분하고 저녁 식사로 밥을 짓고 영감님이 마지막으로 빚어놓은 국수를 삶았다. 내일부터 직접 빚어야 하나 고민하는데 아이들이 다가왔다.

"아버지 말인데."

가슴이 철렁했다.

"많이 도와줬는데 이상한 의심을 해서 미안."

"저도 겁내서 죄송했어요."

미안해하는 두 사람을 보고 나는 안도한 나머지 주저앉을 뻔했다.

"괜찮아. 그 현장을 보면 오해해도 어쩔 수 없지."

"그렇긴 해. 시체하고 아버지가 영화의 한 장면처럼 인상적이었거든."

"방금 전까진 오들오들 떨었으면서 정리됐다고 태연한 척하긴."

과장스럽게 황당해하자 유키의 표정이 싹 바뀌었다.

"앞으로 점점 더 그러지 않으면 헤쳐나갈 수 없는 세상이 될 테니까."

묘하게 차분하게 구는 유키의 옆에서 유키에도 진지한

얼굴로 입술을 굳게 다물었다. 요 며칠 사이 가혹한 경험을 했으리라. 그것이 아직 십 대인 두 사람을 어른스러워 보이게 했다.

"그럼 이거 아버지 갖다 드려. 수고하셨어요, 하고."

냉장고에서 병맥주와 잔을 꺼내 유키에게 건넸다.

"아아, 그리고 꽃집 아주머니 얘기는 하지 마."

가급적 자연스럽게 말했다.

"왜?"

"됐으니까 하지 마."

신지는 홀로 피어싱 남자를 강에 집어던졌고, 홀로 노부부의 시체를 묻었다. 나도 짊어졌어야 할 짐을 혼자 들었다. 그렇다면 이건 나의 짐이다. 나는 시체의 무게나 무덤 구멍의 깊이를 모르는 대신 그런 피어싱 남자에게도 안위를 걱정하는 가족이 있다는 무거운 현실을 짊어졌다.

가게 마룻바닥에 드러누워 있는 신지에게 유키가 맥주를 가져갔다. 같이 가서 쉬다 오라고 말했지만 유키에는 방해하지 않겠다고 웃으며 마루 쪽을 보았다.

"저기, 아버지."

신지는 움찔 몸을 떨더니 위협하는 건지 두려워하는 건지 모를 눈으로 유키를 쳐다봤다. 그럴 만도 하다. 병원에서 사투를 벌인 이래로 처음 아버지라는 말을 들었으니. 과연 저 인간은 '아버지' 역할을 제대로 해낼 수 있을까?

나는 마른침을 삼키고 지켜보았다.

"아버지, 수고하셨어요."

유키는 다시 아버지라고 부르며 긴장한 표정으로 맥주가 담긴 쟁반을 테이블에 내려놓았다. 신지도 어색하게 몸을 일으켰다. 유키가 뚜껑을 따고 서툰 솜씨로 잔에 맥주를 따랐다. 신지는 한 모금 마시더니 너도 마시라며 유키의 잔에 맥주를 따랐다.

"아, 저는 미성년자라."

"어차피 성인도 못 되는데 무슨 상관이야."

어떻게 저런 말을. 어디까지나 눈치 없는 남자다. 유키는 당혹스러워하면서도 한 모금 마시더니 바로 얼굴을 찌푸렸다. 열일곱 살의 혀에는 쓴 모양이다. 신지가 그 모습을 가만히 지켜보고 있다.

"그래, 뭐냐. 유키라고 했냐."

"네."

"고등학교 2학년?"

"네."

"그래, 2학년인가. 좋구나."

대화가 끊겼다. 신지, 그래서야 유키가 어떻게 대답하겠어? 조금 더 받아치기 쉬운 공을 던지란 말이야. 공부는 좋아하는지, 동아리 활동은 하는지, 학교는 즐거운지.

"학교, 즐겁니?"

바로 그거야. 나는 안도했다.

"네, 아, 아니, 별로 즐겁지 않은가."

"그러고 보니 시즈카가 괴롭힘을 당하고 있다고 하던데."

유키가 나를 쳐다보았다. 어째서 그런 망신스러운 이야기를 했느냐고 눈으로 따지고 있다. 아아, 미안, 미안. 그때는 설마 일이 이렇게 될 줄 몰랐지.

"이름하고 집 주소 대. 내가 콱 죽여주마."

신지가 아버지의 위엄을 이상한 쪽으로 발휘했다.

"아버지, 벌써 해치워주셨어요. 시나가와역에서."

"그놈이었어? 힘껏 찼으니 정말 죽었을지도 몰라."

"그래도 전 동정하지 않아요."

유키는 담담하게 대답했고, 나는 이상한 기분이었다. 조금 과할 정도로 얌전하다고 생각했는데 그건 내가 신지의 피가 폭발하지 않도록 한껏 억누르며 키웠기 때문일지도 모른다. 그 제어를 풀면 유키는 어떤 남자가 될까?

"에나, 인상이 바뀌었네요."

대충 국물을 내는 내 옆에서 유키에가 중얼거렸다.

"어떤 인상이었어?"

"얌전하고 항상 못된 애들 말을 따르지만 가끔 대담한 행동을 했어요."

"유키하고는 사이가 좋았니?"

유키에는 고개를 가로저었다.

"제대로 얘기해본 건 초등학교 때 한 번뿐이었어요. 전날 여동생 때문에 이런저런 일이 있어서 친부모님을 만나러 갈 결심을 했는데, 그때 에나가 말을 걸어줬어요."

마음에 여유가 없었던 유키에는 유키에게 새침하게 굴었고, 유키는 주눅이 들어 바로 돌아가려 했지만 그때 유키에에게 손난로를 줬다고 했다.

"굉장히 따뜻해서 그만 울고 말았어요. 남 앞에서 울기는 정말 싫었는데, 하지만 에나는 모르는 척해줘서 굉장히 마음이 놓였어요."

나도 마음이 놓였다. 유키는 신지에게 눈치 없는 성격은 물려받지 않은 모양이다.

"그런데 전 에나에게 못된 짓을 했어요."

유키에의 목소리가 가라앉았다.

"새 학기가 시작됐을 때 다른 아이들 앞에서 에나를 무시했어요. 함께 도쿄에 가기로 약속해서 에나는 이것저것 조사했는지 들떠서 말을 걸어줬는데, 전 그때의 제가 부끄러워서 계속 잊고 싶었어요."

"친하지 않은 상대라서 약한 모습을 보일 수 있을 때도 있으니까."

나도 그런 경험이 있다. 아이나 어른이나 다 똑같다.

"전 집단 괴롭힘이 정말 싫어요. 하지만 저도 에나를 상처 입혔고, 에나가 상처 입었을 때 입 다물고 지켜보기만 했고, 에나를 괴롭히던 애를 이용해서 도쿄에 가려 했어요. 하지만 결국 그 녀석들이 절 덮쳤을 때 또 에나가 도와줬어요. 저는 정말……."

죄송해요, 하고 유키에가 작은 목소리로 사과했다.

"고마워."

"네?"

"자기가 누군가를 상처 입혔다는 사실은 잊고 싶은 법인데. 계속 기억했다가 사과해줬잖니."

실수하지 않는 사람은 없다. 그것을 너무 용서해도, 너무 용서하지 않아도 안 된다. 이 아이는 스스로를 부끄러워하고 있다. 당찬 겉모습과는 달리 섬세하다. 유키는 착한 아이에게 반했다. 정작 유키는 어쩌고 있나 마루 쪽을 보니 어색하게나마 신지와 이야기를 나누고 있었다.

저녁 식사는 계란 노른자를 얹은 국수와 주먹밥. 인스턴트 육수가 보이지 않아 인생 최초로 다시마와 가다랑어포로 육수를 냈다. 제대로 했는지 자신은 없지만 아이들은 며칠 만에 먹는 따뜻한 식사를 기뻐했다. 뒷정리는 아이들이 했고 나는 잠자리를 준비했다.

가게 2층이 주거 공간이었는데 계단을 올라가면 바로 거실이 있고 그곳에서 이어지는 다다미방이 노부부의 침실이었다. 남은 방은 아이 방이었는지 책상이 있었고 오래된 야구선수 포스터가 붙어 있다. 이 집의 아이는 지금 어쩌고 있을까? 혹시나 돌아오면 노부부의 마지막 순간을 이야기해주고 고마움과 미안함을 표하고 떠나자.

— 그때까지 잠시 빌리겠습니다.

야구선수 포스터에 두 손을 모으고 다시 잠자리를 준비했다. 노부부가 사용하던 침실의 벽장에 이불이 있었고 수납함에는 침구와 옷이 담겨 있었다. 나와 유키에는 할머니의 잠옷을, 신지와 유키는 할아버지의 잠옷을 빌렸다. 유키야 어쨌든 190센티미터에 가까운 신지에게는 옷이 짧았다.

"갑갑해. 속옷 한 장이면 되잖아."

"멍청아. 한 지붕 아래 유키에가 있어."

"뭘 신경 써. 너희도 속옷 바람으로 자."

"반대!"

나보다 유키가 먼저 손을 들었다. 신지는 눈썹을 찌푸렸지만 이것만큼은 양보할 수 없다는 유키의 기백에 눌려 마지못해 짤막한 잠옷을 입기로 했다. 옷을 갈아입고 두 방에 이부자리를 깔고 신지와 유키, 나와 유키에가 나눠서 잘 거라고 말했다.

"뭐?"

유키와 신지가 한목소리로 되물었다.

"어른은 어른끼리, 아이는 아이끼리 자면 되잖아."

"유키하고 유키에를 함께 재울 수는 없잖아."

신지가 얼굴을 잔뜩 찌푸렸다.

"아까부터 밥맛 떨어지는 선생처럼 굴고 있네. 이 녀석들 사귀잖아. 열일곱 살이면 한창 왕성할 때야. 마음대로 뒹굴게……."

정강이를 걷어차서 입을 막았다.

"유키, 아버지를 부탁한다."

유키에게 신지를 떠맡기고 나는 유키에와 아이 방으로 갔다.

"눈치 없는 남자라 정말 미안하구나."

머리를 숙이자 유키에는 웃으며 고개를 가로저었다.

"아저씨는 저하고 에나가 문제가 아니라, 에나하고 함께 자려니 긴장되어서 그러는 게 다 보여요. 얼굴은 저렇게 무서운데 초보 아빠 티가 나서 귀여우시네요."

여고생도 훤히 꿰뚫어 보고 있다는 사실에 나는 쓴웃음을 흘렸다.

"둘이서 무슨 얘기를 할까요?"

"엿들으러 갈래?"

"엿듣다니 그런……, 가시죠."

우리는 짓궂은 미소를 주고받았다. 몰래 문을 열고 깨금발로 두 사람이 있는 방으로 갔다. 이가 잘 맞지 않아 살짝 열린 장지문 틈새로 이야기 소리가 새어 나왔다.

"유키에하고는 정말 사귀는 게 아니냐?"

무뚝뚝하게 묻는 목소리가 들렸다.

"후지모리가 저 같은 애하고 사귈 리 없잖아요."

웅얼웅얼 대답하는 목소리가 들렸다.

"유키에는 예쁘니까."

"응, 우리 고등학교에서도 인기 최고예요."

어두운 복도에서 유키에가 쑥스러운 듯이 고개를 숙였다.

"시즈카도 옛날에는 인기 많았어."

"거짓말."

유키 이 녀석. 나는 주먹을 불끈 쥐었다.

"두 분은 왜 헤어졌어요?"

멍청한 대화 덕분인지 유키가 편안한 말투로 물었다.

"시즈카는 뭐라고 해?"

"아무 말도. 제가 태어나기 전에 죽었다고 했어요."

"그렇게 말할 수밖에 없었겠지. 뭐, 원인은 내가 쓰레기였기 때문이야. 밑바닥 양아치에 하나부터 열까지 엉망이라, 시즈카는 정나미가 떨어져서 떠난 거야."

"어머니는 아버지가 다정하고 똑똑하고 강한 사람이라고 했어요."

"실망했지?"

"아니요."

유키가 단호하게 부정했다.

"아버지는 절 알고 있었어요?"

알면서 내버려뒀냐고 묻는 것처럼 들렸다.

"몰랐어."

"정말?"

"정말이야. 오랫동안 내버려둬서 미안했다."

신지는 유키의 질문을 똑바로 이해하고 대답했다.

"몰랐으니 어쩔 수 없죠."

유키의 목소리에는 숨길 수 없는 안도가 가득해서, 나는 마음속으로 미안하다고 사과했다.

하루하루 사는 것만으로도 빠듯해서, 끼니는 영양가보다 굶기지 않는 게 무엇보다 중요했고, 다른 아이가 당연하게 다니는 학원비보다도 내일 쥐여줄 급식비를 우선했다.

내가 인연을 끊은 탓에 유키에게는 외할아버지도 외할머니도 없다. 여름방학도 겨울방학도 유키는 작은 아파트에서 빈집을 지키며 지내는 수밖에 없었다. 아무 특징 없는 유키의 여름방학 그림일기를 볼 때마다 내가 엄청난 실수를 저지르는 것만 같았다.

나는 그럭저럭 열심히 살았다. 그건 사실이다.

그래도 최소한의 일밖에 해주지 못한 것도 사실이다.

내가 도망치지 않았다면 나와 신지, 유키, 셋이서 평온하게 살 수 있었을까? 따스하고 밝은 미래와 가정폭력의 폭풍이 휘몰아치는 지옥, 양쪽을 상상해본다.

그러고 보니 가정폭력이라는 말에 나는 늘 위화감을 느꼈다. 폭력은 언제 어디서 휘둘러도 그저 폭력일 뿐, 의미도 이유도 없다. 그 사실을 나는 경험으로 알고 있다.

어머니에게 뺨을 맞고 아버지에게 머리채를 붙잡혀 끌려다니다가 결국에는 한겨울 문밖으로 쫓겨났다. 같은 실수를 해도 맞지 않는 날과 맞는 날이 있다는 게 이상했지만 어느 쪽으로 굴러갈지는 부모의 기분에 따라 정해졌고, 거기에 대단한 이유는 없다는 것을 깨달았을 때는 경악했다.

나는 한 핏줄인 유키를 무엇보다 아끼는 한편으로 핏줄로 성립되는 가정이라는 존재를 차마 믿을 수가 없었다. 내가 정말 두려웠던 것은 유키가 폭력에 노출되는 것이 아니라 내 안에 들러붙어서 지워지지 않는 끔찍한 가정의 이미지였는지도 모른다.

그래서 문제가 생기기도 전에 겁먹어 부모의 눈치를 보는 아이처럼 달아났던 걸까? 폭력이라는 조잡한 돌멩이로 이어진 목걸이를 끊은 줄 알았는데, 사실은 내가 겁쟁이였던 탓에 유키에게서 아버지를 빼앗고, 신지에게서는 아들을 빼앗고 말았던 걸까? 내 일인데도 어째서 이렇게 모르는 일투성이일까?

"아버지는 계속 어머니를 좋아했어요?"

"그럴 리 있냐. 18년 전에 달아난 여자야."

"그럼 어째서 만나러 왔어요?"

그때 멀리서 유리가 깨지는 소리가 났다. 소리는 계속 이어졌고 조금씩 가까워지고 있었다.

반사적으로 유키에를 끌어안자마자 날카로운 소리와 함께 유리창이 깨졌다. 유키에가 비명을 질렀다. 신지와 유키가 뛰쳐나와서 깨진 창문 밖으로 몸을 내밀고 바깥을 둘러보았다. 사람 그림자는 보이지 않는지 신지는 혀를 찼다. 유키가 다치지 않았냐고 물었다. 나도 유키에도 괜찮다.

"다행이야. 그런데 두 사람은 왜 이런 곳에 있어?"

초보 아빠와 아들의 대화를 엿듣고 있었다고 말할 수는 없었다.

"누가 노리고 던진 거야."

신지가 유리 파편 속에서 돌을 주워들었다.

"이래서야 느긋하게 잠도 못 자겠군. 내가 밖에서 망을 볼 테니 너희는 셋이 같이 자."

"안 돼요. 후지모리하고 같은 방은."

"무슨 일이 생겼을 때 모여 있어야 지키기 쉬워."

반박을 허락하지 않는 말투였다. 신지는 1층으로 내려

갔고 나는 깨진 유리를 치웠다. 유키는 자기 이불을 들고 고개를 푹 숙인 채로 우리 방으로 왔다. 귀가 새빨갰다.

"저기, 난, 구석에서 잘게."

"그냥 나란히 자자."

유키에의 말에 유키가 겁을 먹은 것처럼 상체를 젖혔다.

"내가 가운데야."

두 사람 사이에 끼어들자 유키는 안도의 한숨을 쉬었다. 정말 성실한 녀석이다. 유키에도 그걸 아니까 나란히 자자고 한 거겠지. 여자아이가 안심할 수 있도록 해주는 건 좋은 남자다.

비정상적인 상황에서도 나는 숙면을 취했고, 잠에서 깨니 이미 사방이 훤했다.

양옆에서 유키와 유키에가 새근새근 자고 있었다.

여자를 안심할 수 있도록 해주는 건 좋은 남자고, 아이를 안심할 수 있도록 해주는 건 좋은 부모다.

조용히 이부자리에서 빠져나와 1층으로 내려갔는데 신지의 모습이 보이지 않는다. 가게 미닫이문을 열자 신지는 이쪽을 등지고 책상다리로 앉아 팔짱을 낀 채로 꾸벅꾸벅 졸고 있었다.

"……여, 아침인가?"

신지가 하품 섞인 목소리로 말하며 돌아보았다.

"밤새 고생했어."

"아이들은?"

"푹 자고 있어."

"그래."

아침햇살이 눈부신지 신지가 실눈을 떴다.

"이제 아침이니 당신도 이불 덮고 편히 자."

"그 전에 밥. 배고파."

"금방 차릴게. 뭐가 먹고 싶어?"

"먹을 수만 있으면 뭐든 상관없어."

가게로 돌아가 세면실에서 얼굴을 씻고 할머니가 사용했을 국산 화장품을 빌렸다. 아무리 그래도 남의 칫솔을 쓸 수는 없어서 치약을 손가락에 묻혀 대충 문질렀다. 어제 지어놓은 밥이 남아 있어 유부를 넣고 된장국을 끓이는데 아이들도 내려왔다. 노부부가 대량으로 구매해놓은 계란으로 계란말이를 만들었다. 아이들이 가게 마루로 날랐다.

"잘 먹겠습니다."

다 함께 입을 모았다. 유키와 유키에가 평범한 아침밥이라며 환하게 웃었다. 신지는 눈 깜짝할 새에 한 그릇을 비우고 더 달라며 밥그릇을 내밀었다.

낯선 동네, 참살당한 노부부의 집에서 18년 전에 헤어진 남자와, 아들과, 아들이 좋아하는 여자아이라는 조합으로 인류 멸망을 3주 앞둔 아침에 느긋하게 식탁에 둘러 앉아 있다. 이상한 상황이라고 생각하면서도 묘하게 편안한 이유는 무엇일까?

뒷정리는 아이들에게 맡기고 신지와 함께 오늘 계획을 세웠다. 신지는 팔베개를 하고 마루에 드러누워 있다. 배가 부르니 졸리는지 눈꺼풀이 축 내려와 있다.

"신지, 한숨 자고 나서 같이 장 좀 보러 가."

"약탈이야?"

"그렇다고도 할 수 있지. 배부른 소리 할 때는 아니지만 칫솔하고 속옷만큼은 필요해. 그리고 건전지나 부탄가스도. 가스나 전기도 언제 끊길지 모르니."

"우리도 가고 싶어요."

아이들이 마루로 다가왔다.

"안 돼. 무슨 일이 있을지 모르니 너희는 집에 있어."

"아버지하고 같이 있으면 괜찮아요."

그때 요란한 소리가 나더니 가게 미닫이문 유리가 깨졌다. 병이 바닥으로 굴러왔다. 병 주둥이에 구겨진 종이 다발이 꽂혀 있고 종이 끝에는 불이 붙어 있었다. 이건 설마 그건가? 모두 얼어붙어 있는데 신지가 마루에서 뛰어내려가 병을 붙잡더니 그대로 맨발로 밖으로 달려갔다. 몇 초 뒤, 엄청난 폭발음과 함께 건물 전체가 부르르 흔들렸다.

"아버지!"

유키가 용수철처럼 벌떡 일어나 신지를 따라 가게 밖으로 나갔다. 나도 뒤를 쫓으려 했지만 유키에가 힘이 풀렸는지 주저앉아 있었다.

"유키에, 괜찮니?"

어깨를 살짝 흔들자 커다란 눈을 부릅뜬 채로 몇 차례 끄덕였다. 입을 떼지 못하는 유키에의 가녀린 손을 괜찮아, 괜찮아, 하고 쓰다듬었다.

"저, 저보다, 아저씨는?"

"죽여버린다!"

신지의 고함 소리가 문밖에서 들려왔다.

"팔팔해."

"다행이에요."

둘이서 가슴을 쓸어내렸다.

신지의 신발을 들고 가게 밖으로 나가자 큰길 저편에서 신지가 한 남자를 두들겨 패고 있었다. 유리조각이 흩어진 아스팔트는 검게 그을었고 여기저기에 작은 불길이 타오르고 있었다. 남자의 옷도 무참하게 불에 탔고 이마에서 턱까지 얼굴 절반에 새빨갛게 화상을 입었다. 신지가 도로 던진 화염병이 명중했다면 저 정도로는 끝나지 않았을 것이다.

"신지, 그만해. 그 이상 때리면 죽어."

"상관없어. 그 종교 놈들이야."

신지가 남자의 멱살을 잡았다. 자세히 보니 남자가 입은 스탠더드 칼라 셔츠는 뉴스에서 자주 봤던 파광교 유니폼이었다. 병원에서 있었던 소동이 떠올라 오싹했다.

"너도 이상한 약을 뿌리려는 거냐?"

"'정화의 빛'을 가진 건 간부뿐이다. 우리는 일반 신자다."

"일반 신자가 남의 집에 화염병을 던져? 잠꼬대하지 마. 너희 교주님은 정신 나간 쓰레기야. 그런 멍청이가 뭘 가르친다는 거야?"

"교주님을 모욕하지 마!"

신지가 남자를 가차 없이 후려쳤다. 화상을 입은 뺨의 살갗이 홀렁 벗겨져 남자가 비명을 질렀다.

"어제 한밤중에 돌을 던진 것도 네놈이지?"

"나만 있는 게 아니야. 다른 신자도 있었어. 너희 집을 부순 건 그 녀석들이야."

변명 같지도 않은 소리라며 신지가 나를 쳐다보았다.

"들었지? 여기서 봐주면 이놈들은 또 그럴 거야."

"그럴지도 모르지."

"그렇다면 여기서 죽여버려야지."

신지의 눈에 핏발이 서려 있다. 아아, 또 저런다. 머리에 피가 쏠리면 이성을 잃는다. 제어하고 싶지만 그러지 못하는 충동이 신지의 안에 있다. 그 모순에 잡아먹히지 않으려고, 혹은 빨리 잡아먹어달라고 애원하듯 신지는 날뛰는 것이다.

"신지, 그냥 봐줘."

"내가 눈감아줘도 이 녀석은 얼마 못 가서 죽어."

"그래. 그러니까 굳이 당신이 죽일 필요 없잖아."

신지는 나까지 위협하듯 노려보았다.

"그 녀석을 위해서 하는 말이 아니야."

전해지지 않아도 상관없다고 생각했지만 그래도 나는 말하고 싶었다.

폭력은 그저 폭력일 뿐, 상황마다 각각의 의미가 있을 것 같지만 사실은 없다. 나나 신지가 부모에게 받은 폭력, 그 피어싱 남자가 노부부에게 휘두른 폭력, 파광교가 정화라고 부르는 폭력, 눈앞에서 신지가 휘두르고 있는 폭력. 전부 그저 폭력일 뿐, 정의도 악도 없다. 그런 모습들과 이미 살해당한 아들을 걱정하는 꽃집 아주머니의 얼굴이 내 안에서 회전문처럼 빙글빙글 돌아갔다.

"응? 이제 이런 짓은 그만두자."

그런 감정을 어떻게 전해야 할지 몰라 그저 애원하는 수밖에 없었다.

"어차피 죽을 거라면 괜히 짐을 늘리지 말자."

우리가 맞은 만큼 누군가를 때려도 우리가 맛본 고통

은 상쇄되지 않는다. 그것을 젊었을 때 이해했다면 조금 더 다른 삶을 살 수 있었을지도 모른다. 하지만 그것을 이해하려면 어느 정도 인생 경험이 필요해서, 이해했을 때에는 지나간 실수를 되돌아보는 처지일 때가 흔하다. 그러니 하다못해 더는 나빠지지 않도록 뒤늦게나마 막아보려고 노력하는 수밖에 없다. 부조리해도 우리에게는 그것이 성장이다.

"응? 부탁이야."

무력한 마음으로 바라보자 신지는 남자를 힘껏 밀쳐 냈다.

"또 그러면 죽여버린다."

인도 위에 쓰러진 남자는 겨우 일어나서 넘어질 기세로 달아났다. 신지는 손목 안쪽을 할짝 핥았다. 자세히 보니 화상을 입었다. 가슴이 욱신거렸다.

신지가 움직이지 않았다면 우리는 모두 죽었을지도 모른다. 그런데 그 범인의 목숨을 구걸했다. 미안하다고 사과하자 신지는 나를 힐끔 쳐다보았다.

"지금은 네가 옳았어."

눈이 살짝 휘둥그레졌다. 신지는 퉁명스럽게 고개를 돌렸다.

"뭐, 잘은 모르겠지만. 어차피 나는 머리가 나쁘니까."

신지는 불에 탄 아스팔트에 침을 뱉고 주머니에 손을

찔러 넣고는 가게로 돌아갔다. 치켜든 주먹을 도중에 내리는 신지는 처음 보았다.

화염병 소동이 있고 나서 신지는 혼자 약탈에 나섰다.

어른들은 물자를 보급하고 아이들은 집을 지킬 계획이었는데 대낮에 화염병이 날아오는 상황에서 아이들만 집에 남겨두기가 위험하다고 판단한 것이다. 유리문은 아이들더러 고쳐보라고 하고 나는 필요한 물품을 메모해서 신지에게 건넸다. 그게 점심때였는데.

"늦으면 연락하라고 했잖아. 전화도 받지 않고 뭘 했어?"

신지가 돌아온 것은 밤 8시가 지나서였다.

"배터리가 나갔어. 아직 8시밖에 안 됐잖아."

"지금은 비상시국이야. 아이들도 걱정하느라 저녁도 먹지 않고 기다렸단 말이야."

신지는 유키와 유키에를 쳐다보았다. 두 사람의 배는 아까부터 계속 꼬르륵 소리를 내고 있다.

"그래? 얼른 밥상 차려."

누구 탓인데? 씩씩거리며 주방으로 들어가 가스 불을 켰다.

"사냥감을 갖고 돌아왔는데, 저러니까 귀신보다 마누라가 무섭다고들 하지."

마루 쪽에서 신지가 투덜거리는 소리가 들려왔다.

"어머니가 많이 걱정했어요."

"쓸데없는 소리 마!"

버럭 고함을 지르자 유키가 어깨를 움츠렸다. 유키와 유키에는 신지가 지는 모습을 보지 못했기 때문에 태평했지만 신지는 누가 의지하면 무리한 일도 무릅쓰는 남자라, 그런 줄 알면서 의지하고 마는 나 자신에게도 짜증이 났던 것이다.

"이만큼 있으면 어떻게든 되겠지."

신지는 마루에서 전리품을 펼쳤다. 건전지, 칫솔, 속옷, 초콜릿까지 있다. 쓸 만한 대형 슈퍼는 이미 다 털렸을 텐데 대체 어디까지 다녀온 건지, 무리를 한 건 아닌지, 셔츠에 새로운 핏자국은 없는지 살펴보는데 굉장하다며 달콤한 과자에 넋을 잃은 아이들을 뒤로하고 신지가 조용히 마루에서 내려왔다.

돌아왔을 때 카운터에 툭 내려놓았던 신문지로 둘둘 만 물건을 옆구리에 끼고 뒷문을 지나 뒤뜰로 나갔다. 작은 창으로 내다보니 신지는 금목서 옆에 쭈그리고 앉아 신문지를 펼치더니 시든 장미를 노부부가 잠든 땅 위에 내려놓고 있었다. 눈을 감고 손을 모으고 있다.

눈에 익은 장미였다.

식사를 마치고 신지는 목욕을 하더니 냉큼 혼자 잠들

어버렸다. 아이들은 가게 마루에서 신지가 가지고 돌아온 간식을 즐기고 있었다. 오랜만에 먹는 초콜릿에 달콤하다고 들썩이더니 스마트폰을 손에 들자마자 진지한 표정이 되었다.

— 이런 상황에서는 정보 수집이 중요해.

유키는 늘 그렇게 말했다. 커다란 재해가 있었을 때도 SNS가 대활약했다고 한다. 하지만 최근에는 인터넷 자체가 자주 끊긴다고 한다. 접속이 몰려서 서버가 다운됐다느니, 이쪽은 복구됐지만 언제까지 버틸 수 있을까 하고 유키에와 심각한 표정으로 이야기하고 있다. 인터넷에 관해서만큼은 신지도, 나도 까막눈이다.

"이쪽도 끊긴 것 같아. 저녁때까지는 괜찮았는데."

"엔지니어가 어디까지 힘써줄지에 달렸네. 이런 시국이라 다들 자기 문제로 정신없을 텐데 복구 작업을 해주는 것만으로도 고맙지."

"에나, NHK 뉴스 시작해."

유키에가 텔레비전을 틀었다. 수상의 기자회견으로부터 여드레째 밤, 텔레비전은 NHK가 가까스로 낮과 밤에 뉴스를 방송할 뿐이다. 아나운서가 아닌 아마추어 방송국 직원이 정부와 대책실의 발표를 더듬더듬 낭독할 뿐, 내용은 어제와 다름없었다.

테러로 보이는 사건과 폭동이 전국에서 발생하고 있습

니다. 이동 시에는 충분히 주의합시다. 집단자살이 발생하고 있는데 마음을 강하게, 희망을 갖고 서로 도웁시다. 뉴스라기보다 격려에 가까운 내용이다. 종말을 앞두고 전 인류가 힘없는 아이로 돌아갔다.

"너희들 그런 것만 보면 우울해진다."

쌀을 씻으며 마루를 향해 외치자 유키가 이쪽을 돌아보았다.

"어두운 뉴스만 있는 건 아니에요. 유튜버가 재미있는 동영상을 올리거나, 아티스트가 인스타 라이브를 하거나, 일반인들도 오픈 채팅으로 서로 격려해요. 트위터는 특히나 유용해요. 지역별 최신 정보를 알 수 있거든요. 가짜도 많지만."

"부탁이니 일본어로 말해줘."

"어머니는 정말 아무것도 모르는구나. 정보 파악이 얼마나 중요한데."

"파악해봤자 대책을 세울 수가 없는데 무슨 소용이야."

"그러는 어머니는 뭐 하는 거예요?"

"보면 몰라? 내일 아침밥 준비한다."

유키가 고개를 절레절레 저었다. 요 며칠 사이 아주 되바라지게 변했다. 노력으로 피할 수 없는 천재지변을 눈앞에 두고 우리가 할 수 있는 일은 어쨌거나 살아남는 일뿐이다. 살기 위해서는 먹어야 하고, 나는 누구를 희생하더라도 아이들을 절대 굶기지 않겠노라 결심했다.

아이들이 인터넷을 보는 사이 이부자리를 깔러 2층으로 올라갔다. 자고 있는 신지를 깨우지 않으려고 조용히 이부자리를 까는데 신지가 몸을 뒤척였다.

"……너희도 잘 거야?"

그렇다고 대답하자 신지는 몸을 일으켰다. 짤막한 잠옷을 벗고 셔츠와 바지로 갈아입기 시작했다. 외출할 거냐고 묻자 불침번이라고 했다.

"약탈하는 김에 근처를 둘러봤는데 걸어갈 수 있는 위치에 파광교 지부가 있었어."

나는 점심때 소동을 떠올렸다.

"얕보면 안 돼. 앞으로 점점 심각해질 거야."

국도는 그대로 방치된 사고 차량이 눈에 띄기 시작했다. 차들이 그런 차량을 피하며 가느라 정체는 점점 더 심해졌다. 차에 깔린 시체도 있었다. 역 주변은 거친 패거리가 어슬렁거렸고 짐을 잔뜩 진 피난 가족들이 집단폭행을 당하고 식량을 빼앗기고 있다. 신지는 평범한 주택가인 이 부근도 점점 무법지대로 변할 거라고 했다.

그날 밤 유키는 복도 건너편 다다미방에서, 나와 유키에는 아이방에서 잤다. 유키에가 잠들기를 기다려 이불 속에서 빠져나왔다.

주방 냉장고에서 맥주를 꺼내고 두 개의 잔을 쟁반에

담았다. 미닫이문을 열자 땅바닥에 책상다리로 주저앉은 신지의 뒷모습이 보였다. 성을 지키는 무장 같아서 웃음이 나왔다.

"무슨 일 있어?"

신지가 고개를 돌렸다. 아무 일 없다고 대답하고 무릎을 세우고 옆에 앉았다. 맥주와 유리잔을 본 신지가 슬그머니 웃었다. 우리는 딱히 건배도 하지 않고 맥주를 마셨다. 환한 밤이었다. 맑고 깨끗한 밤하늘에 하얀 달이 타원 모양으로 둥실 떠 있었다.

"그 장미, 어디서 가져왔어?"

갑작스러운 질문에 신지는 망설이지 않고 "그거" 하더니 얼굴을 찌푸렸다.

"근처 꽃집에서. 가게를 들여다보니 케이스 안에 쓸 만한 꽃이 있어서. 멋대로 집어 오려 했는데 안에서 할망구가 나와서 자기 아들을 못 봤냐고 묻더군."

나는 한숨을 쉬었다.

"그놈이겠지? 강에 던진 녀석."

"아마도."

"어제도 꽃을 받으러 온 가족이 있었다던데."

이번에는 내가 얼굴을 찌푸렸다. 뭐라고 대답하지?

"그래서 낮에 더는 죽이지 말라고 한 거야?"

나는 고개를 숙였다. 정말 모르겠다.

신지는 깊이 캐묻지 않았고 우리는 말없이 맥주를 마셨다.

"오늘 사실은 먹을 게 더 있었어. 하지만 꽃집에 두고 왔어. 그랬더니 할망구가 어찌나 기뻐하던지, 유리 케이스 안에 든 꽃을 전부 주더군. 필요 없는데. 하지만 뭐, 아들이 죽인 노인네들 무덤에 어머니가 꽃을 바치는 셈이니 아들의 죄도 조금은 가벼워질지 모르지."

"당신도 선행을 한 셈인가?"

"설마. 아들을 죽인 범인에게 사례를 했다는 걸 알면 할망구도 콱 죽어버릴걸."

그렇지 않다고 말할 수가 없었다.

"게다가 선행이라니, 아무리 해봤자 내게는 언 발에 오줌 누기야."

"신지, 그건……."

"어쨌거나 둘이나 죽였으니."

신지는 책상다리를 한 발 아래로 시선을 떨어뜨렸다.

"그날은 그놈 딸 생일이었어."

그날이 어느 날이냐고 묻지는 않았다.

"잠복했다가 공원 화장실에서 그놈을 죽이고 나오는데 그놈 애인하고 딸이 기다리고 있더군. 초등학생 딸이 '아빠는?' 하고 어리둥절한 표정으로 나를 쳐다봤어. 꽃집 할망구하고 조금 닮았는데, 아니, 전혀 닮지 않았지만 뭔가 묘하게 겹쳐 보여서."

이상한 일이라며 신지는 눈썹을 찌푸렸다. 정말 모르는 거겠지. 하지만 신지의 본능은 알아차렸다. 닮지 않은 두 사람의 어떤 공통점을. 그것은 신지 자신의 죄의식이다. 자각하지 못한 채로 그것은 분명 앞으로도 표정을 바꾸어 신지를 계속 괴롭히리라.

그마저도 앞으로 한 달도 안 남았지만⋯⋯.

"나는 멍청해서 몰라. 많은 것들을."

"나도 멍청해."

"나보단 낫잖아."

"그런 줄 알았는데 그렇지도 않더라."

나는 유리잔에 남은 맥주를 들이켰다.

"나는 아버지에게서 아들을 빼앗았고, 아들에게서 아버지를 빼앗았어."

"어쩔 수 없지. 나 같은 망나니가 아버지니."

"그렇지 않아. 내가 달아난 건 당신 탓이 아니라 내가 약했기 때문이라는 걸 최근에야 깨달았어. 난 지금도 부모에게 맞은 기억이 떠올라."

평소에는 잊고 지내지만 이따금 뱃속에서 거품처럼 떠오르는 기억. 지금의 내 부족함과 어리석음도 잔뜩 더해져서 살아 있는 동안에는 끝나지 않을 것 같다.

"당연하잖아."

신지는 책상다리를 한 채로 뒤로 팔을 뻗어 바닥을 짚고 밤하늘을 올려다봤다.

"행복하게 자란 놈들이 어렸을 때 즐거웠던 추억을 말하는 것과 마찬가지야. 그 녀석들도 잊지 못해. 행복도 불행도 그저 기억일 뿐이야. 떠올렸을 때 기쁜가 화가 나는가, 그 차이일 뿐이야. 나도, 너도, 다른 놈들도 평생 잊지 못해."

불공평하지만 이제 와서 말해봤자 과거는 바뀌지 않는다. 우리가 할 수 있는 일은 우리가 강에 던진 남자를, 그 어머니를, 우리를 마구 때렸던 부모를, 그 전부를 짊어지고 가는 일, 그저 그뿐이다. 필사적으로 헤엄치고 또 헤엄쳐서 도달할 마지막 물가까지.

"유키하고 유키에는 이런 기분 모르면 좋겠어."

"모르겠지, 녀석들은."

"글쎄. 유키한테는 옛날부터 오래 붙어 있어주지 못했고, 유키에도 낳아준 부모와 길러준 부모 사이에서 고민이 많아. 어렸을 때부터 둘 다 가여울 정도로 많은 짐을 졌어."

"짐이라."

신지가 쓴웃음을 흘렸다.

"그럼 우리가 대신 들어줄까?"

"그게 가능할까?"

"글쎄. 하지만 일단은 부모니까."

놀랐다. 신지의 입에서 그런 말이 나올 줄은 꿈에도 몰랐다. 하얗게 빛나는 달을 나란히 올려다보며, 우리가 저도 모르는 사이에 꽤나 먼 곳까지 왔다는 사실이 기뻤다.

비정상적인 날들도 계속되면 습관이나 리듬이 생긴다.

나는 한밤중에 잠든 아이들 몰래 이불 속에서 빠져나와 낮에 아이들이 어땠는지, 옛날에 무슨 일이 있었는지, 아무래도 좋은 이야기를 신지와 나눈다. 세 끼 식사는 다 함께 하고, 나는 짬짬이 집안일을 하고, 신지는 물자를 조달하고, 아이들은 정보를 수집한다.

오늘도 두 아이는 점심을 먹은 뒤 마루에 철퍼덕 앉아 인터넷을 보고 있다. 전 세계에서 매일 폭동이 일어나고 있고 파광교의 테러도 단순히 그중 하나가 되었다.

"이 사람들이 말하는 '정화의 빛'은 아무것도 못 구하잖아."

"그런데 구체적으로 무엇이 신의 구제라는 걸까? 파괴일까?"

"형태 있는 존재는 반드시 부서진다는 말이 있지 않았어?"

"그래, 불교에서 말하는 '제행무상'이지."

"그럼 역시 파광교는 옳은 거야?"

"옳지 않다고 생각해. 하지만 제행무상의 변이 버전이

라고 해석할 수는 있을지도."

지상파는 이제 한 군데도 나오지 않았다. 인터넷도 뚝뚝 끊겨서 불안정하고, 쓸 수 있는 스마트폰이나 컴퓨터는 이제 사람을 죽여서라도 빼앗을 가치가 있는 물건이 되었다. 여기에는 건전지와 태양광 충전이 가능한 배터리가 있지만 아이들에게는 절약을 염두에 두고 인터넷을 하라고 말했다. 그러고 보니 어제 도쿄에서 고등학생들이 혁명을 일으켰다고 한다. 유키와 유키에는 굉장하다고 흥분했다. 한밤중의 맥주 타임에 신지에게 그 이야기를 했다.

"혁명이라니, 쓰러뜨릴 정부도 이미 없는데 뭘 하겠다는 거야?"

"우리도 젊었을 때는 의미 없는 짓만 했잖아."

"그렇다기보다 해서는 안 될 짓만 했지."

신지와 둘이서 웃었다. 아이들은 이럴 때에도 뭔가를 바꾸려 한다. 왠지 기분이 좋아서, 하루 한 병으로 정한 귀중한 맥주를 두 병이나 마시고 말았다.

이튿날 낮, 유키는 노부부의 무덤 주변에 난 잡초를 뽑는 데 열을 올렸고 나와 유키에는 저녁 식사용 국수를 반죽하면서 신지가 구해온 시들한 사과를 꿀과 설탕으로 졸이고 있었다.

"어머니, 후지모리, 이것 봐요. 매미예요."

뒤뜰에서 유키가 달려오자 유키에가 비명을 지르며 마루로 달아났다.

"주방에 벌레 가져오지 마."

"잘못했어요. 신기해서. 좀 봐요, 매미라니까요, 벌써 가을인데."

"안 보여줘도 돼. 벌레는 전부 바퀴벌레 친척이잖아."

유키에가 가게 마루 쪽에서 귀를 막고 아아아 하고 큰 소리를 냈다. 바퀴벌레라는 이름도 듣기 싫은 모양이다. 유키는 불만스럽게 입을 비죽이더니 주머니 속에 매미를 넣었다. 그런 곳에 넣다니 한마디 하고 싶었다. 깜빡 잊고 꺼내지 않아서 빨래할 때 나오면 어쩌려고.

"어머니, 뭘 만드는 거예요? 뒤뜰까지 새콤달콤한 냄새가 나던데."

"사과조림."

"한 입만."

주머니 속에 매미가 있는 게 마음에 걸렸지만 숟가락으로 떠서 입에 넣어주었다.

"맛있다. 과자 맛이 나요."

"오후 간식으로 내줄게. 비축용 크래커에 바르면 맛있지 않을까?"

그렇게 말하자 유키가 환하게 웃었다.

"왠지 요즘 어머니는 정말 '어머니' 같아."

"응?"

"오후 간식이라니."

유키는 재미있다는 듯이 웃으며 뒤뜰로 나갔다. 열일곱 살 유키의 뒷모습을 바라보며 갓난아기였을 때, 어린아이였을 때, 초등학생이었을 때, 중학생이었을 때의 유키를 떠올렸다.

— '어머니' 같아.

그러게, 이제 와서 말이지. 서글픈 웃음이 나왔다. 나는 언제나 일 때문에 바빠서 유키의 곁에 거의 있어주지 못했다. 유키는 언제나 아무도 없는 아파트에 돌아와서 내가 돌아오기를 기다렸다. 오후 간식은 한 번도 만들어준 적이 없었다.

— 늦었지만 기회를 얻어서 다행이야.

보글보글 끓는 과육을 휘휘 저으며 단맛을 북돋아주는 소금을 한 꼬집 넣었다.

저녁에 신지가 돌아왔다. 꽁꽁 얼어붙은 소고기 덩어리를 둘러메고 있다. 자주 만나는 약탈 동료들로부터 동네 외곽에 있는 육류관리창고 정보를 얻었다고 했다.

"굉장해, 바비큐 같아요!"

유키와 유키에가 대번에 흥분했다. 사십 대 어른들과 달리 이쪽은 한창 식욕이 왕성할 십 대. 국수나 주먹밥만으로는 부족했으리라. 이런 세상에 음식 걱정을 하지 않는 것만으로도 고맙지만 역시 고깃덩어리를 보니 흥분된다.

"아버지, 봐요. 내 전리품은 이거예요."

유키가 뭔가 작은 접시를 신지에게 내밀었다. 접시는 유리컵으로 덮여 있고 그 안에 매미가 들어 있었다. 유키에가 또다시 꺄악 비명을 지르며 달아났다.

"이렇게 엉뚱한 계절에."

신지가 유리컵에 갇힌 매미를 흥미진진하게 들여다보았다. 나는 뭐가 재미있는지 모르겠다. 기분 나쁘니 벌레는 냉큼 풀어주라고 했다.

"이래서 여자는."

신지가 별수 없다는 듯 고개를 저었고 유키가 "벌레가 얼마나 멋진지 모르다니"라고 거들었다. 떨고 있는 갈색 매미에게서 애써 눈길을 돌렸다. 그러는 옆에서 벌레 이야기로 실컷 꽃을 피운 뒤에, 신지가 그만 풀어주자고 하자 유키가 엇, 하고 불만스러운 소리를 냈다.

"어쩔 수 없잖아. 이놈들도 한 달밖에 안 남았어."

신지가 매미가 갇힌 작은 접시를 손에 들고 일어나자 유키도 그도 그런가, 하며 뒤를 따라갔다.

"두 사람 다 이해가 안 가요. 우리 아버지하고 전혀 달라."

마루에 숨어 있던 유키에가 쭈뼛거리며 중얼거렸다.

나는 낮에 만든 사과조림과 차를 들고 마루로 갔다.

"아버지가 의사 선생님이랬니?"

"네. 할아버지도, 증조할아버지도 의사였대요."

"그러니 전혀 다르지."

그런가? 하고 유키에는 불만스럽게 달콤한 사과조림을 먹었다.

"그 후로 부모님하고 연락해봤어?"

"네, LINE으로."

아버지하고 어머니, 그리고 진짜 아이라는 뜻의 이름을 가진 여동생. 세 사람과 대화를 나누었다는 모양이다. 어머니는 왜 돌아오지 않는지 물었고, 아버지는 언제 돌아올 거냐고 야단쳤고, 여동생은 빨리 돌아오라며 우는 얼굴의 이모티콘을 보냈다고 유키에는 시선을 떨어뜨린 채로 알려주었다.

"글로만 보면 정말 기뻐요. 아버지도 어머니도 마미코도 정말 나를 사랑해주는 것 같으니까. 진짜 가족 같아서 굉장히 기뻐요."

그래서 유키에는 목소리도 듣고 싶지 않고 얼굴도 보고 싶지 않다고 한다. 실제로 목소리를 들으면, 얼굴을 보면, 괜한 정보가 들어오니까. 나는 말없이 듣고 있었다.

애정에도 적당한 거리가 있다. 다가갈수록 깊어지는 애정도 있거니와 떨어져 있는 편이 나은 애정도 있어, 증오

할 바에야 체념하는 편이 나을 때도 있다.

"에나하고 아저씨, 아주머니가 있어서 정말 다행이에요."

유키에는 뺨을 괴고 미소를 지었다.

"다들 없었다면 전 정말 혼자였어요."

미소를 머금은 표정은 변함없는데 긴 속눈썹에 감싸인 눈동자에서 테이블 위로 물방울이 툭 떨어졌다.

나는 유키에의 검은 머리카락을 살며시 쓰다듬었다. 사랑하는 아들이 사랑하는 소녀. 유키와는 달리 매끈한 머리카락의 감촉이 손바닥에 느껴진다. 유키에가 흐느낄 때마다 물방울이 뚝뚝 계속해서 떨어졌다. 뒷문이 열리더니 두 사람이 마루로 돌아왔다.

"어, 후지모리, 왜 울고 있어?"

"시집살이라도 시켰어?"

테이블에 있던 행주를 신지에게 집어던졌다.

"후지모리, 괜찮아? 정말 어머니가 괴롭혔어? 어머니는 거칠지만 나쁜 사람은 아닌데, 그래도 난 후지모리 편이야."

유키가 필사적으로 묻자 유키에는 그런 게 아니라고 눈가를 훔치며 웃었다.

소혹성 충돌까지 앞으로 열흘.

세상은 혼란과 파괴를 향해 일직선으로 추락하고 있다.

최근 바깥에서 고약한 냄새가 난다. 수거하는 사람이 없어 길거리에 쓰레기가 넘쳐나는 것이다. 음식물 찌꺼기나 국물은 그렇다 쳐도 시체 썩는 냄새를 견디기가 힘들다. 유키와 유키에는 외출할 때 스카프를 마스크 대신 두르기 시작했다. 신지는 태연하게 맨얼굴로 돌아다닌다.

살인도 자살도 일상생활이 되었다. 이 부근은 아직 필수 시설이 작동하고 있다. 한 번 끊겼지만 복구되었다. 이런 세상에서도 아직 일하는 직원이 있다니 놀라웠지만 필수 시설만큼은 자동으로 복구되도록 전환되는 시스템이라고 했다.

"마지막에 믿을 수 있는 건 기계란 뜻인가?"

"그래도 전봇대나 수도관 같은 현장 설비가 고장 나면 끝이에요. 게다가 인터넷 서버다운은 엔지니어가 아니면 복구하지 못하니까 그 점은 우리도 정말 고맙게 생각하고 있어요."

유키와 유키에가 스마트폰을 신처럼 받드는 시늉을 했다.

저 아이들 세대에게 인터넷은 현실에 필적하는 또 하나의 세상인 것 같았다. 인터넷에서는 현실의 지위는 상관이 없다. 만난 적도 없는 유명인을 상대로 SNS에서 거들먹거릴 수 있고, 멋대로 시비를 걸어 논쟁이라는 형태로 자기과시욕을 충족시킨다.

"그런 걸 악플이라고 해요."

"하지만 현실 세계가 이러니 가상 세계에서라도 정보를 보낼 수 있어 다행이에요."

인스타그램이라는 SNS로 유키에가 좋아하는 Loco도 파이널 투어 준비 상황을 방송하고 있다. Loco뿐만 아니라 전 세계의 아티스트나 로마 교황까지 방송을 한다는 이야기를 듣고 교황은 무슨 노래를 하는 거냐고 물었다가 웃음을 샀다.

긍정적인 활동도 있는가 하면 부정적인 활동도 있다. 비율로 따지면 후자가 많아서, 자기가 죽는 순간을 방송하는 멍청이가 줄을 잇고 있다고 한다. 투신자살은 그나마 나은 편이고 차로 다른 사람을 치고 전봇대까지 박아 주변 일대의 전기 공급까지 망가뜨리는 민폐 인간도 있다는 모양이다.

오늘은 다 함께 근처로 산책을 나섰다. 노부부의 무덤에 바치기 위해 강둑에 핀 양미역취를 따러 가자 조금 전까지 사람이었던 존재가 키 큰 풀 사이에 쓰러져 있었다. 서로 손목을 묶은 젊은 남녀였다. 잿빛으로 변색된 피부에 파리가 꼬여 있었다.

신지는 양미역취를 휘적휘적 헤쳤다. 유키와 유키에는 겁을 먹은 듯 눈썹을 찌푸렸지만 그래도 법석을 떨지는 않고 말없이 신지의 뒤를 따라갔다. 모두 좋든 싫든 상황에 익숙해져가고 있다. 어쩌면 둔해진 건지도 모른다.

"후지모리, 여긴 벌레가 많으니 가까이 오지 마. 거기서 신문지 좀 펴줘."

"응, 아, 에나, 거기보다 조금 더 오른쪽에 핀 꽃이 예뻐."

유키가 지시하고 유키에가 움직인다. 유키에가 지시하고 유키가 움직인다. 호흡이 잘 맞는 두 사람을 대견하게 바라보고 있으려니 누가 엉덩이를 찰싹 때렸다. 신지가 이쪽으로 오라고 턱짓을 했다. 나는 신지를 따라가면서도 두 사람에게서 너무 멀리 떨어지면 안 된다고 했다.

"반대야. 떨어져야지. 눈치 좀 챙겨."

신지가 짜증스러운 눈빛으로 나를 돌아보았다.

"낮에는 네가 집에 찰싹 붙어 있지, 밤이면 다른 방에서 자라고 하지."

"그게 왜? 함께 재울 수는 없잖아."

신지가 혀를 차더니 잘 들으라며 입을 열었다. 며칠 전 물자를 조달하고 돌아올 때 근처 공원에서 두 사람을 보았다고 한다. 받침대가 용수철로 된 판다 놀이기구에 나란히 앉아서 귀에 이어폰을 한쪽씩 끼고 스마트폰으로 음악을 들으며 즐겁게 몸을 흔들고 있었다고 한다.

"얼빠진 모습이었지만 뭐랄까, 계속 지켜보고 싶은 광경이었어. 언제까지나 그렇게 어린아이처럼 흔들흔들 놀이기구를 태워주고 싶었어."

그건 사랑스럽다는 감정이야. 나는 그런 생각을 했다.

"멍하니 쳐다보고 있자니 조금 지나 녀석들이 반대쪽 출구로 나갔는데 유키가 걸어가면서 뭔가 묘한 동작을 하는 거야. 손을 내밀었다가 움츠렸다가. 딱 감이 와서 가라, 지금이다, 하고 애를 태웠지. 뭐, 마지막에는 가까스로 유키에의 손을 잡긴 하더라."

나는 눈을 휘둥그레 떴다. 손을 잡았다고? 그래서?

"유키에도 뿌리치지 않았고 그대로 둘이서 나란히 걸어갔어."

진짜야? 나는 철부지처럼 두 뺨을 손으로 감쌌다. 신지도 드물게 실실거리고 있다.

"딸이 생긴 것 같아 기뻤는데 이거 며느리 코스겠어."

"딸을 원했어?"

유키 하나 키우는 것도 빠듯했는데 아들에 딸까지 있는 생활은 어땠을까 상상해보았다. 나와 신지와 아들과 딸, 네 가족. 이제는 전부 꿈이다.

저녁 식사를 짓는데 유키가 주방에 들어왔다.

"저기, 어머니."

어째서인지 우물쭈물거린다.

"저기, 그게, 오늘부터 침실 바꾸면 안 돼?"

이거 또 어지간히 돌직구다.

"유키에는 괜찮대?"

노파심에 확인했다. 유키가 앞서나갔을 가능성도 있다.

"응. 애초에 후지모리가 제안한 거라."

의외로 대담하네. 놀랐지만 이제 와서 반대할 이유도 없다.

"알았어. 그럼 오늘 밤부터 침실을 바꾸자. 신지한테는 내가 말할게."

"저, 뭐하면 우린 아래층 마루에서 자도 되니까."

"멍청한 소리. 아무리 그래도 처음인데 마루라니. 유키에의 기분도 헤아려야지."

"후지모리의 기분?"

"너하고 유키에가 사귀게 됐다는 거 아니야?"

유키가 눈알이 튀어나올 것처럼 놀랐다.

"아니야. 어머니하고 아버지 얘기야."

"무슨 소리야?"

"매일 밤 방에서 빠져나가서 아버지하고 사이좋게 이야기하고 있잖아. 아까도 강둑에서 분위기가 좋기에 우리가 눈치껏 둘만 있게 해준 거야."

서로 당황하고 있는데 2층에서 신지가 내려왔다.

"유키, 슬슬 훈련할까?"

"아, 네. 어머니, 그런 거니까 이상한 오해는 하지 말아요."

"그건 내가 할 말이야. 그보다 훈련이라니?"

"아버지한테 싸우는 법을 배우려고."

"왜?"

"강해질 거야."

이제 열흘밖에 안 남았는데. 해도 소용없는 말은 집어삼켰다.

"후지모리가 요새 굉장히 불안정해. 조금 전까지 평범하게 대화하다가도 갑자기 울음을 터뜨리기도 하고. 그래서 난 절대로 겁을 먹지 않기로 결심했어. 앞으로 열흘, 후지모리를 지켜주기 위해서 난 강해져야 해. 뭐, 끝까지 지켜주지는 못하겠지만."

"너는 안 무서워?"

"당연히 무섭지. 하지만 세상이 이렇게 되기 전보다 나는 내가 훨씬 좋아졌어. 예전 세상은 평화로웠지만 언제나 어렴풋이 죽고 싶다고 생각했거든."

태연하게 내뱉는 말의 무게에 가슴이 막혔다.

"지금은 죽고 싶지 않아. 하지만 앞으로 열흘밖에 없어. 슬프고, 무섭고, 최악이지만, 그래도 나는 조금 괜찮게 변한 것 같아. 세상이 그대로였다면 오래 살 수 있었을지 모르지만 이런 마음은 모른 채로 죽었겠지."

유키는 쑥스러운 듯 집게손가락으로 콧등을 만지작거렸다.

"어느 쪽이 나은 걸까?"

나는 대답할 수 없었고, 유키도 대답을 원하는 것 같지 않았다.

"이제 곧 죽을 테니 어머니도 눈치 보지 말고 아버지하고 붙어 지내."

활달한 걸음걸이로 가게 밖으로 나가는 유키를 지켜보고 있으려니 유키에가 "아주머니" 하고 뒷문을 열고 고개를 내밀었다. 뒤뜰 비질을 마치고 새로 바친 양미역취 대신 메마른 장미가 든 쓰레기봉투를 손에 들고 있다.

"두 분 사이, 저도 응원하고 있어요."

그렇게 말하며 웃기에 나는 두 손을 가슴께로 치켜들고 항복 표시를 했다.

앞으로 열흘이든, 일 초든, 그 순간까지 미래를 바라볼 수 있는 두 사람이 눈부셨다. 자랑스러웠다. 유키와 유키에는 나와 신지의 태양이다.

인류 멸망을 나흘 앞으로 남겨두고 Loco 라이브에 가기 위해 우리는 출발 준비를 했다.

차로 갈 예정이었지만 얼마 전에 누가 불을 지르는 바람에 휘발유에 불이 옮겨붙어 폭발했다. 이미 제대로 달릴 수 있는 길도 없어 차가 있어도 소용없었을 것이다. 큰길은 사고 차량으로 꽉 막혔고 방치된 시체가 넘쳐나다

못해 지금은 주택가에도 굴러다닌다.

그 꽃집도 얼마 전에 불에 타서 기둥만 남았다. 방화인지 스스로 불을 지른 건지는 알 길이 없다. 불탄 자리에 사람 모양의 숯덩어리가 있었다. 아이들에게 집을 맡기고 신지와 함께 꽃집 아주머니일지도 모를 검은 숯덩어리를 돗자리로 감싸서 아들을 집어던졌던 강에 흘려보냈다. 우리는 명복을 빌 자격이 없으니 시야에서 사라질 때까지 가만히 지켜보았다.

어젯밤 신지는 고향집에 전화를 걸었다. 연결되지 않았다고 한다. 우리 집도 마찬가지다. 스마트폰 배터리가 다 닳았는지, 혹은 죽었는지, 어쩌면 그저 술을 마시고 자고 있는 걸지도 모른다.

나는 평소처럼 아침밥을 지었고 다 함께 두 손 모아 잘 먹겠다고 기도했다. 따뜻한 식사는 이것으로 마지막이다. 그리고 다 함께 집을 청소했다. 계단부터 기둥 하나까지 마른걸레질을 하고 마지막으로 근처에서 한아름 따온 잡초를 노부부의 무덤에 바쳤다.

"영감, 할망구, 오랫동안 신세 졌어."

"할아버님, 할머님, 덕분에 아이들에게 밥을 먹일 수 있었어요."

"국수도 쌀밥도 맛있었어요. 잘 먹었습니다."

"편안한 집이었어요. 고맙습니다."

신지, 나, 유키, 유키에, 차례대로 손을 모으고 인사를 했다.

그렇게 마루에 챙겨둔 네 개의 류색을 크기 순서대로 신지, 유키, 나, 유키에가 어깨에 멨다. 안에는 나흘치 식량과 일용품이 담겨 있다. 라이브 공연장은 옆 동네라 거리는 멀지 않지만 예기치 못한 사고에 대비해 이동 시간을 넉넉하게 잡기로 했다.

"그럼, 다녀오겠습니다."

나갈 때 유키가 그렇게 말했다. 안녕보다 좋은 말이다.

황폐한 거리를 걸었다. 건물이 통째로 부서져 실내가 훤히 드러나 있는 집. 화재로 나란히 붙은 몇 채가 전부 타버린 구획도 있다. 불에 타다 남은 목재는 다시 취사에 쓴다. 여기저기 쓰레기가 가득했고 진흙이 묻은 채로 말라버린 비닐봉투가 바람에 날리고 있다.

— 겨우 한 달 만에 이렇게 되는구나.

수도가 끊겨 변기 물이 내려가지 않아 오물 냄새가 거리를 뒤덮고 있었다. 목욕도 할 수 없어 체취와 시체 썩은 냄새가 뒤범벅이 되었다. 다들 셔츠를 마스크 대신 두르고 있는데 신지는 태연히 맨얼굴로 걷고 있다.

불에 탄 집 앞에 어린 소녀가 혼자 앉아 있었다. 옷도, 얼굴도 검댕으로 엉망이었고 근처에 부모로 보이는 어른의 모습도 없었다. 우리를 올려다보며 두 손을 내밀었다.

"밥."

소녀의 눈은 초점이 없었다.

"어머니, 뭐 좀 줘도 돼요?"

유키가 걸음을 멈추었다. 나는 입술을 깨물었다.

"배를 곯는 아이는 사방에 널렸어."

신지가 말했다. 그런 아이들 모두에게 식량을 나눠줄
수는 없다.

"내 몫이니까."

유키는 류색에서 도시락을 꺼냈다. 소녀는 낚아챌 기
세로 도시락을 열었다. 매실장아찌와 가다랑어포를 넣은
주먹밥이 세 개. 시커먼 손으로 주먹밥을 움켜쥐고 말도
없이 집어삼킨다. 어린아이다운 귀여운 모습은 없다. 짐승
같았다.

우리는 전진했다. 신지의 말대로 사방에 허기를 호소하
는 사람들이 있었다. 중간부터 유키와 유키에는 고개를
숙이고 발밑만 보며 걸었다. 그들이 아무리 매달려도 우리
가 가진 것만으로는 턱도 없다는 사실을 이해한 것이다.

신지는 잔뜩 눈썹을 찌푸리고 항상 주변을 살폈다. 구
걸하는 아이들이라 해도 내쫓아가며 위험으로부터 우리
를 지키고 있다. 물자를 조달하려고 빈번히 마을로 나갔
던 신지는 이런 광경을 줄곧 봐왔으리라. 그런데 아이들

앞에서는 늘 우스꽝스러운 이야기만 했다.

나는 아이들을 절대 굶기지 않겠노라 맹세했다. 세상이 이렇게 되기 전부터 그렇게 다짐하고 살아왔다. 그런데 내 아이를 지키고 싶다고 바랄수록 다른 것들을 버리는 선택을 강요받는다.

붕괴된 거리를 걸어가며 평화로운 세상에서 그토록 고귀하게 여겼던 애정이란 대체 뭐였을까 생각한다. 그런 불완전한 것으로는 세상을 바꿀 수 없다. 그것은 신의 역할이다. 그러라고 받들어 모신 것 아닌가? 그런데 정작 신은 도시도 사람도 전부 저버리고 말았다.

아니, 그건 책임 전가일까? 멋대로 기대하고 받들다가 이제 와서 소용없다고 손바닥 뒤집듯 매도하다니. 이기적인 나는 륙색 어깨끈을 단단히 붙잡고 각오를 굳혔다.

마지막 순간까지, 나는 신에게도 버림받은 내 아이들을 지킬 것이다.

한낮, 인적 없는 곳을 골라 도시락을 꺼냈다. 유키의 도시락은 아이들에게 나눠줬으니 세 사람 몫을 넷이서 나누었다. 신지가 주먹밥을 한 손에 들고 스마트폰 지도를 유키에게 보여주었다.

"정말 여기가 공연장 맞아? 오사카 안에서도 치안이 나쁜 곳이야."

"틀림없어요. 팬 사이에서는 유명하거든요."

Loco는 본명도 프로필도 공개하지 않아 미스터리한 이미지가 인기에 박차를 가했다. 하지만 인터넷으로 조사하면 정보는 나온다. 예전에 Loco가 사쿠라바 미사키라는 이름으로 아이돌 활동을 했다는 이야기를 듣고 깜짝 놀랐다. 팬티가 다 보이는 의상을 입고 춤을 추었다고 한다.

"Loco는 늘 무표정하고 안색도 나쁜데 아이돌을 어떻게 해?"

유키가 그렇게 말하자 유키에가 노래할 때는 파워풀하다고 반박했다.

"아이돌 시절의 동영상을 봤는데 잘 웃던데. 의상도 하늘하늘하고 귀여운 느낌이었고."

"와, 정말? 어느 쪽이 진짜 모습일까?"

앞으로 나흘 뒤면 세상이 끝난다는데 두 사람은 태평하게 좋아하는 가수 이야기나 하고 있다. 하지만 우리도 별반 다르지 않았다. 1999년, 공포의 대왕이 하늘에서 내려오는 7월.

— 내일 세상이 끝난다면 난 좋아하는 남자하고 함께 있을 거야.

— 술을 마시고, 맛있는 걸 먹고, 너하고 잘 거야.

그때, 우리도 젊었다. 신지는 싸움밖에 할 줄 모르는 양아치였고 나는 싸구려 호스티스. 그로부터 긴 시간이 흘렀고 이번에야말로 정말 세상의 종말이 찾아왔다. 나는 곁눈질로 신지를 훔쳐보았다. 당연하지만 늦었다. 나는 궁금해졌다.

"신지, 마지막 순간에는 뭘 하고 싶어?"

"술을 마시고, 맛있는 걸 먹고, 너하고 유키하고 유키에 곁에 있을 거야."

아무래도 좋다는 듯 대답하는 신지는 변함이 없었다. 나는 웃었다. 이루어질 거야. 류색 안에는 마지막 순간을 위해 고이 간직해둔 맥주와 안주가 들어 있다.

"너는?"

되묻는 말에 비슷하다고 대답했다. 좋아하는 남자와 아이들과 함께 있고 싶다.

실컷 고생했는데 결국 한 바퀴 돌아서 원래 장소로 돌아온 기분이다. 왠지 바보 같다. 하지만 그 한 바퀴에서 뭔가 하나라도 잘못되었다면 '지금'은 없었으리라. 아이러니하면서도 애틋한 기분에 잠겨 있는데 큰길 쪽에서 남자가 걸어왔다.

셔츠로 얼굴 전체를 감싸고 있다. 이쪽으로 다가올수록 점점 걸음이 빨라지더니 급기야 뛰기 시작했다. 나는 반사적으로 아이들을 감쌌고 신지가 달려든 남자를 걷어찼다. 감싸고 있던 셔츠가 벗겨지면서 뺨부터 목덜미까지 화상으로 문드러진 갈색 피부가 겨우 붙어 있는 얼굴이 드러났다.

"눈감아줬더니 인사라도 하러 왔냐?"

가게에 화염병을 던진 파광교 신자였다.

"교주님을 모욕한 네놈들을 신은 절대 용서치 않을 것이다!"

남자는 바닥에 엎드려서 실핏줄이 터진 벌건 눈으로 신지를 노려보았다.

"용서해주지 않아도 어차피 나흘 뒤면 모두 끝장이야."

"닥쳐! 너희처럼 멍청한 놈들이 행복한 가족으로 죽을 수 있는 게 누구 덕분인 줄 알아? 교주님이 죄 많은 너희 인간의 업을 전부 짊어지시고⋯⋯."

"행복한 가족?"

무심코 되묻고 말았다.

"당신, 우리가 행복한 가족으로 보여?"

나는 쭈그리고 앉아서 바닥에 엎드린 남자의 앞머리를 붙잡아 고개를 들어 올렸다.

"이, 이제 와서 용서를 구해도 늦었어!"

"필요 없어. 그보다 당신, 우리가 행복한 가족으로 보인다는 거지?"

재차 묻자 남자는 영문을 모르겠다는 듯이 눈을 껌뻑거렸다.

나는 얼굴이 썩어 문드러진 남자를 응시했다. 뱃속에서

뭔가가 치밀어 올랐다.

살아가는 것만으로도 빠듯해서 온통 후회 속에서 키운 아들. 그 아들이 사랑하는 소녀. 18년이나 옛날에 헤어진 망나니. 공통점이라고는 하나 없는 우리가 이 남자에게는 행복한 가족으로 보이는 것이다. 더군다나 남자는 신의 사도라고 한다. 유쾌할 정도였다.

어렸을 때 내게는 꿈이 있었다. 어른이 되면 쓰레기장 같은 집에서 나와 좋아하는 남자와 결혼해서 휴일에는 가족끼리 동물원이나 수족관에 놀러 간다. 여름방학 그림일기의 한 페이지에 담길 법한 흔한 꿈. 나와는 인연이 없을 거라고, 한번도 써보지 않고 장난감 상자에 넣어버린 꿈. 지금 이 순간까지 까맣게 잊고 있던 꿈을 선명하게 떠올린 나는 맑고 푸른 하늘을 올려다보았다.

이제 곧 저 위에서 거대한 돌이 떨어져서 우리는 모두 죽는다.

하지만 마지막 순간, 내 곁에는 좋아하는 남자와 아이들이 있다.

— 어느 쪽이 나은 걸까?

유키의 질문에 나는 지금도 대답할 수 없다. 나도 죽음은 두렵다. 이런 결말은 최악이다. 지금도 핏줄이라는 인연을 어딘가 미심쩍게 생각한다.

그런데, 그래도, 지금 나는 더없이 행복하다.

올바르고 평화로운 세상에서 가장 원했고 가장 증오했던 꿈이 모든 것이 미쳐버린 세상 속에서 겨우 뒤섞여서 하나가 되었다. 신이 창조한 세상에서는 이루어지지 않았던 꿈이 신이 망가뜨리려는 세상에서 이루어지고 말았다. 신이라고 했나, 당신 정말 모순덩어리야.

이렇게 마지막 순간에야 아슬아슬하게 이루어주다니, 그것은 자비일까, 벌일까? 모르겠다. 하지만 웃음이 나올 만큼 기쁘다. 실제로 나는 웃고 있다. 환희에 감싸여 소리 내어 크게 웃었다. 나는 남자를 향해 말했다.

"신에게 고맙다고 전해."

썩은 얼굴의 천사는 겁먹은 눈으로 나를 바라보았다.

마지막 순간

야마다 미치코, 스물아홉 살. 애인을 죽였다.

이 사람은 정말 내 애인이었을까? 이제 와서는 잘 모르겠다. 나는 모든 것을 손에 넣은 가희다. 그런데 왜 이렇게 추운 걸까?

※

나는 오사카에서도 별로 치안이 좋지 않은 동네에서 태어났다. 유복하지 않은 집안이라 일곱 살 생일에 피아노가 갖고 싶다고 부모님께 졸랐더니 멜로디언을 받았다. 이런 건 피아노가 아니라고 떼를 쓰며 울었지만 부모님도 없는 사정에 사줄 수는 없는 노릇이라, 어쩔 수 없이 멜로디언을 후후 부는 사이에 기분이 좋아졌다. 단순했던 것이다.

선술집 고용 점장이었던 아버지, 식당에서 아르바이트를 하던 어머니, 양아치였던 다쿠 오빠, 양아치 예비군이었던 나, 마찬가지로 양아치 예비군인 여동생 아사코로 이루어진 다섯 가족. 모두 목소리가 크고 나서길 좋아해서 가족끼리 도란거릴 때도 말다툼인가 싶을 정도로 시끄러웠다. 결점에 가까운 그런 면을 장점으로 크게 승화시킨 것이 나였다. 어느 날, 소꿉친구였던 포치가 이렇게 제안했던 것이다.

"밴드 하자. 미치코는 보컬을 맡아. 기가 막히게 목청이 크니까."

중학생이 된 나는 전설의 양아치였던 다쿠 오빠를 본받아 양아치 코스에 입문하기 직전이었다. 다쿠 오빠의 영향으로 록 음악은 귀에 익숙했고 나서길 좋아하는 성격이라 흔쾌히 승낙했다.

내가 보컬, 포치가 기타, 나오가 베이스, 요칭이 드럼. 어렸을 때부터 친했고 다들 귀가 얇고 꾸준한 노력은 체질에 맞지 않아 연주 실력은 엉망이었지만, 중학생인 우리는 동네 록페스티벌에서 가장 큰 인기를 끌었다. 미국의 고전 하드록 밴드를 흉내 낸 흥겹고 요란한 퍼포먼스가 새침하게 젠체하는 밴드보다 호감을 샀던 것이다. 황당무계한 해학을 좋아하는 오사카 풍조에 어울리는 흥취의 승리이기도 했다.

고등학생이 되어서도 연주는 서툴렀지만 큰 소리로 노래하고 조명을 받는 순간은 최고였다. 기타리스트 포치와 베이시스트 나오는 어깨끈을 늘리는 데 목숨을 걸었고(길면 길수록 멋지다), 드러머 요청은 스틱을 요란하게 돌리는 연습만 해댔다.

2학년 여름방학 전에는 전국 규모로 열리는 중고생 한정 밴드 콘테스트에 오사카 B지구 대표로 뽑혀서 우리 무적 아냐? 하고 하늘 높은 줄 몰랐다. 세상은 그리 녹록치 않아서 우리는 입상 구경도 못 했지만 연습 부족을 반성하지는 않고 처음 가는 도쿄 여행에 흥분했다. 그때 수상한 아저씨가 다가왔다.

"너는 목소리에 힘이 있네. 배짱도 두둑하고 무대에서 빛이 나."

"팬이야? 사인해줄까?"

아저씨는 쓴웃음을 짓더니 자기는 이런 사람이라며 명함을 내밀었다. 세상에나, 그 아저씨는 음악사무소 스카우트 담당자였다. 모두 흥분했지만 아저씨가 눈독을 들인 건 나뿐이었다.

다카토라는 이름의 아저씨는 삼십 대 후반으로 말투가 빨랐고 쉴 새 없이 손수건으로 땀을 훔쳐댔다. 미래의 스타를 발굴하는 스카우트 담당자라기보다 무명 아이돌 라이브에서 야광봉을 흔들 것처럼 생겨서 우리는 스타로 향하는 길 대신 잠자리를 요구받는 상상을 했다.

"다카토 씨, 미치코한테 얼마나 줄 수 있어?"

포치가 물었다. 그랬다. 우선 계약금을 묻는 게 먼저다. 흔히 어린 연예인 지망생에게서 돈을 갈취하는 악덕 사무소일지도 모른다. 다카토는 그 점은 사장과 의논하기 전에는 대답할 수 없지만 계약금이 아니라 급여 형태가 될 거라고 했다.

"급여라니 얼마나 줄 건데?"

포치가 거듭 캐물었다. 돈 문제는 확실하게 따지는 오사카 상인 정신이 작렬했다.

다카토 씨는 우물쭈물하면서도 설명해주었다. 요즘은 이름 있는 오디션에서 우승한 초대형 신인이라도 계약금을 거의 주지 않는다. 레슨과 의상, 그 밖의 잡다한 비용은 사무소에서 내지만 급여액은 매출에 달렸다고 했다. 쩨쩨한 조건이었지만 다카토 씨는 너는 재능이 있으니 반드시 스타가 될 거라고 역설했다. 그런 말을 들으면 성격이 단순한 나는 점점 믿게 된다. 하지만 그 대상은 나 한 사람이었고 다른 멤버에게는 상관없는 이야기였다.

"동료가 연예인이 되다니 굉장하잖아."

가장 먼저 축복해준 사람은 포치였다.

"그래. 미치코, 떡하니 스타가 되는 거야!"

"그래그래, 잔뜩 벌어서 우리한테 고기나 사줘."

나오와 요칭도 그렇게 말해줬다.

"신치*에 있는 최고급 가게에서 프리미엄 갈비 무제한."

당시 우리가 생각할 수 있는 최고의 사치가 신치에서 먹는 고기였다. 이런 경우에 흔히 찾아오는 어색한 분위기를 날려버리고 어째선지 다 같이 손뼉을 치며 고기를 외쳐댔다.

"좋아, 신치든 긴자든, 어디든 내가 데려가주마!"

맡겨만 두라고 가슴을 펴자 모두 번개라도 맞은 것처럼 얼어붙더니 "긴자!" 하고 두 주먹을 하늘로 치켜들었다. 다카토 씨는 유치한 우리 모습을 웃으며 쳐다보고 있었다.

다카토 씨는 오사카까지 부모님을 만나러 왔다. 우리 가족은 그렇다면 믿고 미치코를 맡기겠다고 대답했고 맹세의 술잔이라며 바로 잔치를 벌였다. 우리 가족은 아무하고나 금세 친해진다.

"그렇게 됐으니 고등학교는 그만둘게."

그렇게 말했을 때도 1년만 있으면 졸업인데, 하고 어머니가 불만스럽게 말했을 뿐 가족들은 대충 "뭐 어때"로 끝났다. 다쿠 오빠도 고등학교를 중퇴했지만 선배의 소

---

* 오사카 기타 구의 번화가.

개로 동네 목공소에 취직해 장래에는 수입이 탄탄할 예비 목수 코스를 밟고 있다.

"미치코, 텔레비전에 나올 때는 꼭 전화해. 엄마가 사방에 홍보할 테니."

"출세해서 커다란 집을 지어줘. 미치코 대궐, 어때?"

"그때는 우리 회사에 맡겨라. 삐까번쩍하게 만들어줄게."

"언니, 드림솔라의 엔도 슌 사인 좀 받아줘."

출발하는 날, 배웅하러 온 플랫폼에서도 우리 가족은 자기 하고 싶은 말만 와자지껄 외쳐댔다. 플랫폼에 있던 사람들이 전부 쳐다보았지만 나는 옛날부터 익숙했다.

"텔레비전에 나오든 안 나오든 전화는 할 거야. 미치코 대궐도 맡겨만 둬. 다쿠 오빠, 삐까번쩍이 뭐야, 흉하게. 아사코는 사인이랬지? 좋아, 백 장은 받아주지!"

차례로 대답해주고 가족 뒤에 있는 밴드 멤버들을 쳐다보았다. 그렇게 신치에 고기를 먹으러 가자는 이야기로 들떴으면서 다들 눈물을 글썽이고 있었고 포치는 벌써 콧물까지 흘리고 있었다.

"미치코, 힘들면 언제든 돌아와. 우리 보컬은 너뿐이야."

포치는 옛날부터 나를 좋아했다. 하지만 내게는 마음 맞는 소꿉친구일 뿐이었고 그것을 다른 친구들도, 포치도 알고 있다. 나는 엄지손가락을 힘껏 세웠다.

"고마워. 그럼 한몫 벌고 올게."

나는 고속열차 창문 너머로 손을 흔들며 나고 자란 오사카의 거리에 이별을 고했다.

— 제1장 야마다 미치코 시절, 끝

그리고 제2장, 아이돌 사쿠라바 미사키라는 암흑기가 시작되었다.

"우와, 뭐야, 이 괴상한 모습은?"

거울에 비친 모습을 보고 나는 폭소를 터뜨렸다. 풍선 같은 반소매, 파니에로 잔뜩 띄운 미니스커트, 결정타로 무릎 가까이 올라오는 긴 양말. 롤리타 요소로 가득한 의상에 웃으며 사무소 피팅룸에서 나오자 기다리고 있던 다카토 씨가 놀라면서 눈을 휘둥그레 떴다.

"정말 귀여워, 미사키."

다카토 씨는 눈을 빛내며 테이블에 놓여 있던 커다란 장미 머리띠를 내 머리에 씌웠다. 한 걸음 물러나 팔짱을 끼고 좋아, 좋아, 하며 연방 고개를 끄덕인다.

"어, 이거, 진심이야?"

그렇게 묻기가 무섭게 그렇다는 대답이 돌아왔다.

"왜? 난 하드록을 하고 싶다고 했잖아."

"물론 록 음악을 할 거야. 겉보기는 귀여운 롤리타 아이돌이 본격적인 메탈이나 펑크 음악을 한다는 점이 좋은 거지. 물론 그룹으로."

"하드록, 록, 메탈, 펑크는 전부 달라. 설정도 표절이잖아."

한 번은커녕 백 번도 더 베껴서 닳아빠졌을 정도다. 하지만 사무소의 방침으로 결정된 일이라고 다카토 씨가 말했다. 삼인조 그룹으로 다른 멤버도 이미 결정되었다. 사라와 마나미는 현재 열두 살 중학생이고 나는 리더로 열다섯 살이라고 했다.

"중학생하고 한다고? 그보다 나 열여덟 살인데."

"미사키는 귀여우니까 열다섯 살이라고 해도 충분히 통해."

"나는 당연히 귀엽지만 동네 친구들한테는 바로 들킬 거야."

"그건 공공연한 비밀이라는 거야."

"꼴사나워, 절대 싫어."

하지만 계약이란 그런 것이었다. 즐겁게 앞으로의 계획을 설명하는 다카토 씨를 무시하고 나는 하늘거리는 미니스커트를 손끝으로 붙잡았다. 이런 촌스러운 모습으로 중학생과 나란히 노래하고 춤추는 자칭 열다섯 살의 나. 그 모습을 텔레비전으로 보는 가족과 친구들. 한숨이 나왔다.

— 역시 첫인상은 틀리는 법이 없어.

다카토 씨를 만났을 때 무명 아이돌 라이브에서 야광봉을 흔들 것 같다고 생각했던 일이 떠올랐다. 지금 내 매니저가 된 다카토 씨에게 물어보자, 젊었을 때부터 아이돌 마니아였는데 자기 손으로 최고의 아이돌을 키워보겠다는 꿈을 이루려고 업계에 뛰어들었다고 했다. 하지만 나는 그런 꿈을 꾸는 사람치고 성공하는 꼴을 보지 못했다.

예상대로 그룹 '래빗★라비린스'는 전혀 뜨지 못했다.

일단 이름부터 촌스럽다. 기호가 들어간 것도 한 물 가다 못해 몇십 년 전 향기가 풍겼다. 바로 그런 촌스러우면서도 깜찍한 노선을 노리는 거라고 다카토 씨는 의기양양하게 말했지만 나와 사라, 마나미의 눈에는 촌스럽기만 할 뿐이었다. 세상 사람들 눈에도 그렇게 보였으리라.

동네 친구들과 나눈 약속을 나는 무엇 하나 지키지 못했다. 텔레비전쯤이야 금방 나갈 수 있을 줄 알았는데, 다카토 씨는 안일하다고 꾸짖었다. 밤하늘의 별만큼 많은 아이돌이 한정된 지상파 방송에서 자리를 따내기 위해 치열하게 경쟁하고 있다. 아무도 모를 거라고 우습게 여겼던 심야 방송의 성인 취향 아이돌이 우리보다 훨씬 유명했다.

오봉이나 정월 명절에 고향에 가면 친구들은 "고생이 많아"라는 말을 끝으로 바로 화제를 바꾸었고, 얼굴만 겨우 아는 녀석들은 나를 얕잡아봤다. 가족과 포치를 비롯한 밴드 친구들만 "그렇게 인기 없기도 힘들겠다"라며 시원하게 웃어넘겼다. 나는 가족과 밴드 친구들이 좋았다.

"미사키, 신곡 의상이야."

암울한 나날을 보내는 사이, 의상의 천 조각이 점점 작아졌다. 상하 분리형 스커트는 아무리 애를 써도 팬티가 보이는 길이였고 상의는 비키니 스타일로 가슴만 겨우 가릴 수 있었다.

"사라하고 마나미는 진짜 고등학생이니 섹시함으로 밀고 나갈 수 없고, 미사키가 리더니까 힘내줘야지. 이래도 안 되면 계약 종료야. 지금이 기로야."

솔직히 잘리면 좋겠다 싶었지만 다카토 씨의 필사적인 모습에 졌다. 교과서 같은 아이돌 노선을 신봉하는 다카토 씨도 섹시 노선은 원하지 않겠지만 그래도 우리를 홍보하려 애쓰고 있다. 의리에는 의리로 답하는 게 도리다. 그렇게 팬티를 내보이고 웃음을 뿌리며 노력했지만 결과는 나오지 않았고, 나는 마침내 깨달았다.

첫째, 노력이 반드시 보답 받지는 못한다.

둘째, 연예계는 아수라의 세계다.

셋째, 믿어서는 안 될 아수라 같은 인간이 들끓는다.

'래빗★라비린스'의 재계약이 무산된 뒤에 어째선지 사라 혼자만 개인으로 계약을 갱신했다. 우리 셋 중에서는

마나미가 가장 인기가 많았는데 뜻밖이었다. 래빗★라비
린스로 마지막 일을 마친 후 대기실에서 분하다는 듯 우
는 마나미를 달래주는데 빽 소리를 질렀다.

"몸이나 파는 사라 같은 애를!"

어리둥절해하는 나를 마나미가 얄밉다는 듯이 노려보
았다.

"미사키 언니, 너무 태평한 것 아니에요? 사라 그 애, 다
카토 씨를 몸으로 유혹한 거라고요!"

설마. 우리 셋 중에 가장 세상 물정 모르던 사라가? 아
직 중학생인데?

"미사키 언니는 나이에 비해 순진하네요."

"아직 열아홉인데."

"그 나이면 할머니예요."

너무하네. 마나미가 눈물을 쏟으며 사납게 사라를 매
도하는데 대기실 문이 벌컥 열리더니 사라가 들어왔다.
뒤에는 창백하게 질린 다카토 씨도 있었다.

"복도까지 다 들려. 누가 몸을 팔았다고?"

"너 말고 누가 있어?"

말도 끝나기 전에 사라가 마나미의 따귀를 때렸고 엎
치락뒤치락 몸싸움이 벌어졌다. 다카토 씨가 말리려 했
지만 마나미가 "변태 자식, 손대지 마!"라고 고함치자 움찔
뒤로 물러났다. 나는 다카토 씨에게 경멸 어린 시선을 던

졌다. 롤리타 콤플렉스라거나, 공사를 혼동했다거나, 미성년자에게 손을 댔다는 정당한 이유가 아니라 훨씬 원초적인 이유로 화가 났다.

— 자기 여자는 지키고 내 옷을 벗겼다 이거지?

센스도 없고 영업 소질도 없었지만 나는 내게 기대하고 스카우트해준 다카토 씨에게 은혜를 갚고 싶어 노력했다. 그런 마음을 엉망으로 짓밟은 것이다. 마나미가 연예계에서는 이런 일은 일상다반사고 다카토 씨는 그래도 나은 편이라고 했다. 나는 어렴풋이 눈치채고 있던 것을 이 촌극의 마지막 장면과 함께 받아들이고 어른이 되어야만 했다.

— 제2장 사쿠라바 미사키 시절, 끝

그리고 제3장, 빛의 홍수라 할 Loco 시대의 막이 열렸다.

신화란 모름지기 본인도 의식하지 못한 곳에서 시작되는 법이다.

사쿠라바 미사키로 끝난 뒤에도 나는 미련스럽게 도쿄 한구석에서 버티고 있었다. 인생 최초의 참패를 만끽하고 이대로 패배자로 면목 없이 돌아갈 수는 없었다. 재기는 못 하더라도 하다못해 체면을 세울 만한 무언가, 성공이라고 해도 좋을 성과를 움켜쥐고 싶었다.

사쿠라바 미사키 시절의 연줄로 성인 잡지 모델, 지방 행사나 맞선 파티의 위장 참석자 일을 하며 연예계 사람들이 드나드는 고급 클럽에서 아르바이트를 했다. 나는 쾌활한 성격 덕분에 호스티스로는 인기가 있어서 그날 밤도 인기 상승 중인 신인 밴드가 손님으로 온 테이블에 불려갔다.

도호쿠 인디즈신에서 혜성처럼 나타났다는 소문인데, 실제로는 음악사무소가 괜찮은 얼굴과 연주력을 가진 밴드를 찾아 본인들이 만든 곡을 요즘 스타일로 편곡하고 레코드 회사가 후원해서 대대적으로 밀어주는, 소위 말하는 기획형 밴드였다.

외모도 세련되었고 매너 좋은 멤버들과는 달리 주위를 에워싼 어른들의 행동은 몹시 추했다. 가슴과 엉덩이를 주물거리는 그들에게 여자들은 웃으면서도 학을 떼고 있었다.

"너, 그래, 래빗★라비린스의 사쿠라바 미사키 맞지?"

얼굴이 벌겋게 달아오른 남자가 나를 들여다보았다. 그게 누구냐고 시치미를 뗐다.

"팬티까지 내보이며 애썼는데 아무도 안 알아주고 비참했지? 뭐, 그래도 업계 사람들이 오는 가게에서 일하는 걸

보니 연예계에 미련이 잔뜩 남았나 보군. 연예계는 한번 발을 들여놓으면 좀처럼 빠져나가기 힘들지. 알다마다."

허리와 엉덩이 사이를 만지작대며 남자가 다 안다는 듯이 말했다.

"친구 중에 래빗★라비린스를 좋아하는 녀석이 있는데 괜찮으면 일 좀 소개해줄까?"

"정말인가요?"

순간 흥분했지만 성인 동영상인데 괜찮으냐는 말에 테이블에 폭소가 쏟아졌다. 나는 화를 내지는 않고 "아이 참, 그래도 그건" 하고 아양을 부렸다.

"아니, 잘나갈 것 같은데?"

"남자들이 좋아할 얼굴이야."

그게 어떤 얼굴인데? 죽여버린다? 마음속으로 욕지거리를 하며 웃었다. 이런 일로 화를 내면 물장사는 할 수 없다. 그중에 한 사람, 줄곧 지루한 듯 스마트폰을 만지작거리던 손님이 "그런가" 하고 중얼거렸다. 테이블에 있던 사내들이 웃음을 뚝 그치고 남자를 쳐다보았다.

"그래, 맞아. 어디서 봤다 했더니 래빗★라비린스 멤버였군."

상석에 앉아 있으니 지위가 있는 사람이리라.

"소재는 좋았는데 프로모션이 서툴렀어. 사무소 운이 없었지."

남자가 그렇게 말하며 일어섰다. 거물 같은 태도와는 달리 키는 아담하니 작았다.

"잠깐 나갈까? 근처에 맛있는 초밥집이 있거든."

다른 손님들도 허둥지둥 일어서려 했다. 마치 임금님처럼 그들을 손으로 제지하며 남자는 내 손을 잡고 공주님을 에스코트하듯 가게 밖으로 데리고 나갔다. 다른 손님들은 곤혹스러워했고 특히나 나를 모욕한 남자는 어쩔 줄 모르는 눈치였다. 꼴좋다. 나는 기분이 좋아서, 고작 그 이유 하나로 그날 밤 남자와 잤다. 그것이 신화의 시작이 되리라고는 꿈에도 모른 채.

남자의 이름은 이즈미 마사히로라고 했다. 거물 음악 프로듀서로 인기 아이돌 그룹이나 밴드를 몇 개나 기획했다. 그날 밤 가게에 왔던 밴드도 성공이 보장되어 있으리라.

"글쎄, 들인 돈에 비해 인기를 끌지 못한 사람들도 많아."

"그래?"

"대박이 0.001퍼센트, 평타가 10퍼센트, 나머지는 실패, 돈 낭비."

"치열하네."

"당연하지. 하지만 연예계의 대박은 급이 다르니까."

이즈미는 호쾌하게 웃었다. 호텔의 사치스러운 스파 욕조에서 나는 이즈미의 품에 기대어 있었다. 내가 사는 원룸과 비슷한 크기의 대리석 욕실. 발이 달린 욕조는 처음 보았다. 향기 좋은 새하얀 거품을 우아한 기분으로 후 불어서 날렸다.

"나도 대박 터뜨리고 싶어."

"그러도록 노력하자."

"꼭 그러겠다고 약속해줘."

나는 장난을 가장해 진지하게 요구했다. 클럽에서의 만남을 경계로 내 운명은 극적으로 변하기 시작했다. 거물 프로듀서로 차고 넘칠 만큼 많은 미녀들에게 둘러싸여 있는 이즈미가 뭘 잘못 먹었는지 내게 푹 빠진 것이다.

"내게 사랑받고 싶다면 나를 꼭 유명하게 만들어줘야 해."

내년, 이즈미의 프로듀스로 나는 Loco로 다시 데뷔한다.

"Loco는 유명해질 거야. 그런 예감이 들어."

건조한 음성에 뒤를 돌아보자 이즈미는 김이 서린 천장을 바라보고 있었다. 미래를 꿰뚫어보려는 프로듀서의 눈빛은 남자로서 보증해주는 것보다 훨씬 든든했다.

"엄청 멋진 록을 만들어줘."

"록 같은 걸 좋아해?"

"록 같은 거라니 뭐야. 나는 오사카에서는 줄곧 밴드로 활동했어. 스카우트될 때도 록을 할 수 있다고 해서 상경했는데, 실제로는 그따위였고."

"밴드에서는 어떤 음악을 했어?"

"포이즌이나 머틀리, 그쪽 음악을 흉내 낸 오리지널 곡이나."

그렇게 말하자 이즈미가 별안간 폭소를 터뜨려서 기분이 상했다.

"너무 고전인데. 애초에 Loco 세대의 밴드가 아니잖아."

"고전이 더 전문가처럼 보이잖아. 당신이야 록 음악은 촌스럽다고 생각하겠지만."

"그렇지도 않아. 젊을 때 록 밴드로 메이저 데뷔도 했고."

"그래?"

기뻐서 되물었지만.

"뭐, 요즘 세상에 하드록은 촌스럽지."

이즈미는 평소의 희미한 미소로 바로 화제를 접었다. 무슨 일에나 열의가 없는 사람이니 분명 차갑고 아니꼬운 밴드였으리라.

데뷔를 앞두고 나는 그때까지의 인생을 삭제당했다.

오사카의 별로 치안이 좋지 못한 동네에서 태어났다는 사실도, 동네에서 태평한 밴드를 했던 사실도, 아이돌 사쿠라바 미사키로 하늘거리는 의상을 입고 팬티를 내보이며 춤을 추었던 사실도 전부 없었던 일이 되었고 나는 비밀에 싸인 디바 Loco로 다시 태어났다. 본명인 미치코路子

의 한자 읽는 방식을 바꾸었을 뿐. 그런 가벼운 발상 자체가 '사쿠라바 미사키'보다 멋졌다.

"하지만 인터넷을 보면 과거는 금방 들키잖아. 숨겨도 소용없는 거 아니야?"

"그렇게 따진다면 그야 전부 들키겠지. 애초에 인터넷에 졸업 앨범이 올라오는 세상이니까. 그걸 보면 대충 지금과 눈 크기나 코 모양이 다르다는 것까지 탄로 나."

"그래서 더 두들겨 맞는 거야. 차라리 처음부터 솔직하게 말하는 게 낫잖아."

"들켜도 인터넷 속에서만 그런 거니 참아."

"요즘은 그런 일로 자살하는 사람도 있잖아. 뭐가 열받는지 알아? 인터넷으로 악플을 다는 녀석들일수록 현실에서는 으스댄다니까. 부끄러운 줄을 몰라."

이제 그만하라며 이즈미가 나를 다독거렸다.

"가령 ○○가 성형수술을 했다는 걸 모두 알고는 있지만 굳이 말로 하는 사람은 적어. 말하지 않아도 다들 아니까 '아, 그래'로 끝나는 거야. 악플이 잠깐 들끓어도 별영향 없어. 그러는 게 당연한 세상이야. 애초에 요즘은 일반인도 SNS에는 애플리케이션으로 가공한 사진만 올리는데, 얼굴이 다르다고 하면 제 얼굴에 침 뱉기 아니겠어?"

이즈미는 정치가도 서민도 불리한 진실은 숨기고 싶어

한다며 웃었다. 거짓말을 감추려면 상대도 거짓말쟁이로 만드는 게 빠르다. 공범 작전이다.

그런 대화를 나눈 뒤에 나는 이즈미의 소개로 들어간 음악사무소의 매니저와 함께 성형외과에 갔다. 나는 원래 귀엽다. 하지만 조금만 손을 대면 훨씬 세련된 얼굴이 될 거라는 의사의 설명에 눈시울을 트고 콧대를 손보았다. 정말 엄청난 미인이 되었다.

"너 누구야?"

성형 후 처음 영상 통화를 했을 때 포치는 겁을 냈다.

"예쁘지?"

"나는 예전의 미치코가 더 좋아."

성형 수술을 후회하지는 않지만 예전 모습이 더 좋았다는 남자가 이 세상에 한 명은 있다는 사실에 왠지 안심이 되었다.

"그보다 정월에 안 돌아와? 아주머니도, 아저씨도 쓸쓸해하시는데."

"어쩔 수 없어. 해가 밝으면 데뷔야. 지금이 중요한걸."

사쿠라바 미사키로 좌절한 나는 고향에 돌아갈 때는 뭐든 하나라도 자랑할 거리를 들고 돌아가고 싶었다. 팬티를 내보이며 활동했을 때도 가족과 밴드 친구들은 "미치코는 노력하고 있어. 미치코가 제일 귀여워. 올해야말로 연말 음악방송에 나갈 거야"라고 신곡이 나올 때마다 CD

를 여러 장 사주었다.

"포치, 기다려. 내년에야말로 신치에서 제일 비싼 고기를 사줄게."

데뷔곡은 이즈미가 만들었고, 이즈미의 전면 프로듀서로 프로젝트 팀을 짜서 미스터리하고 화려하면서도 눈동자 속에 연약함을 감춘 고고한 디바로 홍보한다. 이 정도로 밥상을 차려줬는데도 실패하면 가망이 없다. 나는 최선을 다할 수밖에 없었다.

아이돌 시절의 버릇으로 카메라가 향하면 반사적으로 웃어버려, 웃지 말고 수심에 젖은 표정을 지으라는 말을 많이 들었다. 나와는 궁합이 나쁜 표현이지만 어떻게든 노력했다. 그보다 힘든 것은 다이어트였다. 나는 뚱보는 아니지만 연약함이나 수심을 표현하려면 지금보다 10킬로그램은 빼라는 지시에 24시간 허기에 시달렸다.

"평범한 행복을 전부 악마에게 팔 각오가 아니면 대성공은 불가능해."

나는 이즈미의 말을 이해했다. 한 가지를 원한다면 한 가지를 내놓고, 백 가지를 원한다면 백 가지를 내놓는다. 아무것도 희생하지 않고 단물만 빨아먹으려는 생각은 안일하다. 대기실에서 몸싸움을 벌였던 마나미와 사라를 떠올리고 맛없는 영양죽을 먹으며 10킬로그램을 뺐다.

"그리고 오늘부터 오사카 사투리도 금지야."

하나를 극복해도 아직 끝이 아니었다.

"왜?"

"너무 구수해서 미스터리하지 않으니까."

그런가, 그러면 어쩔 수 없지. 나는 잠자코 수긍했다. 무심코 튀어나오려는 오사카 사투리를 집어삼키기 위해 어쩔 수 없이 말수 자체를 줄였고, 항상 허기가 져서 불가항력적으로 무기력한 분위기가 감돌았다. 정신을 차리고 보니 나는 팀이 만들어낸 'Loco'라는 그릇에 쏙 들어가는 여자가 되어 있었다. 거울에 비친 Loco에게는 야마다 미치코의 그림자만 겨우 남아 있었다.

"아아, 그래, 앞으로는 '나'라고 하지 말고 '저'라고 해."

그렇게 마지막에는 '나'도 사라졌다.

"더 화려하게 팍 터뜨릴 줄 알았는데."

호텔 욕조에서 턱 끝까지 거품 속에 담근 채로 투덜거렸다.

"충분히 화려하잖아."

룸서비스로 주문한 샴페인과 과일을 들고 가운을 입은 이즈미가 다가왔다. 길고 가느다란 글라스 바닥에서 솟아오르는 황금색 거품을 바라보다가 한 모금 마셨다.

"신인치고는 그런 거겠지."

"실제로 Loco는 신인이잖아."

이즈미는 기분 풀라며 내 글라스에 딸기를 한 알 떨어뜨렸다.

홍보에 돈을 잔뜩 들였지만 그 사실을 들키지 않도록, Loco는 어디까지나 일반인들의 입소문에서 불이 붙은 진짜 스타로 위장해서 홍보했다. 성량이 풍부해 본격파니 실력파니 하는 평가가 붙었고 내 데뷔곡은 '신인치고는' 파격적인 히트를 기록했다.

래빗★라비린스 시절에는 그토록 아득했던 텔레비전 출연은 대번에 이루어졌다. 거물 연예인이 사회를 보는 황금시간대 음악방송에 출연했을 때는 트위터 트렌드 1위에 올랐다. 굉장히 기뻤는데 사무소가 돈으로 고용한 계정도 많았다는 사실을 알고 기운이 빠졌다.

"Loco는 나이에 비해 순진하네."

마나미가 했던 말과 같은 소리를 듣고 조금 상처를 받았다.

"예를 들어 지금 트위터로 'Loco'라고 검색하면 함께 '예쁘다', '귀엽다', '오리콘 차트'라는 말이 나오지? 그런 조합으로 검색하는 사람이 많기 때문인데, 미리 플러스 이미지의 단어로 검색해달라고 아르바이트 계정들을 쓰는 거야."

반대로 라이벌은 '못됐다'라거나 '싫다'라는 단어로 검색하도록 지시한다고 했다.

"다들 그래?"

"전부는 아니지만 요즘 시대라 가능한 홍보 방법이랄까."

"하지만 이즈미가 SNS는 신경 쓰지 말라고 했잖아."

"그래. 조작하는 쪽은 아무것도 신경 쓸 필요 없어. 이건 조작당해 낚이는 사람들을 대상으로 하는 홍보야. 세상은 지배하는 쪽과 지배당하는 쪽, 조작하는 쪽과 속는 쪽으로 이루어져 있다는 뜻이지."

이즈미가 내 콧등에 하얀 거품을 톡 얹었다. 나는 눈을 감았다. 이즈미가 주는 것을 그저 받아들이면 된다. 나는 사랑받고 있다. 불안할 일은 전혀 없다.

— 내가 어렴풋이 믿었던 세상은 거짓말투성이였어.

— 이즈미가 가르쳐준 세상이 진짜 세상이야.

신과 같은 이즈미의 지원을 받아 이번에야말로 성공하리라 기대했는데, 두 번째 곡으로도 오리콘 차트 1위는 거머쥐지 못했다. 히트는 쳤지만 '신인치고는'이라는 단서가 떨어지지 않았다. 베테랑 밴드나 국민 아이돌 그룹의 신곡과 겹치지 않도록 했다면 1위를 차지할 수 있었을 텐데.

"아직 시기상조야."

"시기가 뭔데? 어디나 신인을 잔뜩 내놓고 있는데."

"맞아. 마음은 이해해. Loco도, 팬도 좀 더 초조해해야 해."

싸울 기세로 따지는 내게 이즈미는 싱긋 미소를 지었다. 무슨 뜻인지 몰라 나는 옅은 핑크색 샴페인을 짜증스럽게 들이켰다. 이름을 제대로 읽기도 힘든 한 병에 몇만 엔짜리 고급술을 마셔도 이미 아무 감흥도 없다. 나는 좀 더, 좀 더, 맛있는 것을 맛보고 싶다.

데뷔 1년 후 세 번째 곡으로 염원하던 오리콘 1위를 거머쥐었다. 이번에는 강력한 대항마와 발매일이 겹치지 않도록 피했기 때문에 내가 1위를 차지할 것이라 예상되고 있었다. 기뻤지만 실컷 기다린 끝에 겨우 넘겨받은 왕좌는 빛이 바래 보였다.

— 이제야 겨우.

그것이 솔직한 기분이었다. 지금까지 줄곧 인기에 비해 미디어 노출을 자제했다. 텔레비전에서 더 많이 보고 싶다는 팬들의 한탄을 SNS에서 볼 때마다 나도 그러고 싶다고 분한 마음이 솟구쳤다. 나보다 인기 없는 아티스트의 노래가 광고 음악으로 텔레비전에서 나올 때마다 이즈미나 팀에 대한 불신감이 부풀어갔다. 하지만 그것도 다 작전이었다.

이즈미 쪽 사람들은 나와 팬의 갈망이 폭발하기 직전에 오리콘 1위를 쥐여주고 지금까지 한껏 억누르고 있던 프로모션을 단숨에 터뜨릴 계획을 세우고 있었다.

폭발이었다.

터져 나오는 빛의 양은 엄청났다.

내가 곧 빛이자 홍수가 되어 세상을 눈부신 소용돌이로 집어삼켰다.

그 후 몇 년 동안 내 기억은 모호하다.

본명도 사생활도 밝히지 않는 미스터리한 가희. 식상한 이미지도 Loco가 두르면 단숨에 생명을 되찾는다. 신곡은 나오기만 하면 오리콘 1위가 당연했고 투어 라이브 티켓은 팬클럽 회원도 구하지 못한다. 레코드 대상 2년 연속 수상, 올해의 아티스트 3년 연속 수상, CD가 팔리지 않는 시대에 연달아 밀리언 히트. 정상의 지위를 다진 뒤로는 다시 미디어 노출을 줄여 팬들의 아쉬움을 부추기는 방법으로 아티스트로서의 가치를 높였다.

— 여왕님 노릇도 의외로 피곤하네.

매일 24시간 핀힐을 신고 있는 기분이다. 처음에는 주위의 시선이 쾌감이었다. 하지만 걸을 때마다 고통은 커져 갔고 발끝이 잔뜩 옥죄여 서서히 뼈의 모양까지 일그러졌다. 그래도 사람들이 동경하는 디바 행세는 기분이 좋았다. 이십 대의 젊은 여자에게는 마약이나 다름없는 습관성이 있어 점점 익숙해졌고 더 큰 자극을 원하게 되었다.

그러다가 직접 작사를 시작했다. 받은 멜로디에 가사를 붙여 스마트폰으로 녹음하면 프로 편곡가가 다듬어준다. Loco는 센스가 뛰어나다고 프로도 절찬했다. 빈말인 줄 알면서도 그것을 부끄러워할 여유조차 없었다.

써도 써도 돈이 들어온다. 거품처럼 사라지는 사치를 누리면서 한편으로 부모님께 커다란 집을 선물했다. 물론 다쿠 오빠의 회사에 의뢰했고 아사코에게는 아이돌 사인은 물론이고 LINE을 통해 직접 메시지를 보내주었다. 포치와 밴드 친구들에게도 신치에서 고기를 사주었다.

이름과 얼굴이 일치하지 않는 친구가 잔뜩 생겼고 나는 부탁받는 대로 돈을 냈다. 많은 사람들이 스타는 세세한 일에 일일이 신경 쓰지 않는 법이라고 했다.

유명인은 사치뿐만 아니라 사회공헌을 해야 한다고 해서 재해 지역이나 자선단체에 기부했다. 겨우 돈을 올바르게 쓰게 되어 기뻤는데 위선이라고 말하는 사람이 생겼다. '트집 잡는 사람들은 기부를 해봤을까?'라고 SNS에 올리자 이튿날에는 그것이 뉴스가 되었고 어느새 나는 논란의 여왕이라고 불리게 되었다.

모든 것이 과했고 모든 것이 부족했다. 그것이 무엇인지 멈춰 서서 생각하기란 불가능했다. 많은 문제들을 거의 처리하지 못하고 그저 급류에 휩쓸려 간다.

신기하게도 발의 통증이 사라졌다. 핀힐 모양에 맞아떨어지도록 뼈가 변한 걸까? 아니면 통증을 인식하지 못하게 된 걸까? 나는 웃지도 않게 되었다. 새침을 떤다고들

했지만 단순히 재미있는 일이 없어서였다. 그래서 기를 쓰고 놀러다녔다.

나는 스타니까, 더 즐거운 일이 있을 것이다.

하루하루가 하나도 즐겁지 않다니 그럴 리가 없다.

매일 밤 즐거운 일을 찾고 또 찾았고, 그러는 사이 눈밑의 다크서클이 만성이 되었다.

올해도 전국 돔 투어가 시작되었다. 팬클럽에 가입해도 추첨에서 떨어지는 귀한 티켓으로 형식적으로 판매한 일반 티켓은 순식간에 매진되었다. 나를 증오하고 저주하는 사람이 있다. 나를 더없이 사랑하는 사람이 있다. 나는 그 어느 쪽도 만나본 적이 없다.

"미치코, 오사카 공연 고생했어. 티켓 고마워. 엄청 좋았어."

"와줘서 고마워. 다른 애들한테도 인사 전해줘."

지난 주 오사카 공연을 마치고 나는 파이널 공연인 도쿄 돔 라이브를 향해 도쿄의 자택으로 돌아왔다. 지쳐서 놀러갈 기력도 없어 포치에게 전화를 걸었다. 옛날 밴드 친구들 중에 지금도 연락하는 사람은 포치뿐이다. 요청과 나오는 취직한 뒤로 소원해졌다.

"나미는 감동해서 울더라. 평생 Loco를 따르겠대."

나미는 포치의 부인이다. 직장에 파견 나온 나미의 고

백으로 사귀기 시작해서 임신을 계기로 혼인신고를 했다. 굉장히 귀엽고 성격 좋은 사람이다.

"너 또 살 빠진 것 아니야?"

"반대야. 너무 먹어서 1킬로그램이나 쪘어."

"그 정도는 괜찮잖아."

"안 괜찮아."

"난 빼빼 마른 거 싫어."

"포치 취향하곤 상관없어."

"새침 떠는 말투도 못 봐주겠어."

"그만 익숙해져."

"익숙해지지 않아. 미치코는 오사카 사투리를 쓰는 게 더 멋져."

그런 이야기를 나누며 나는 창밖으로 시선을 돌렸다. 이곳에서는 붉게 빛나는 도쿄 타워가 보인다. 도심이라 야경이 무척 아름답다. 월세는 60만 엔. 지금의 내게는 아무렇지도 않은 금액이다. 넓고 호화로운 맨션 거실에 오도카니 앉아 무릎을 감쌌다.

"있지, 포치, 너만은 변하지 말아줄래?"

"당연하지. 나하고 미치코는 평생 친구야."

"그런데 왜 날 주간지에 팔았어?"

"어?"

푹신한 카펫 위에 흩어져 있는 흑백 프린트를 집어 들

었다. 다음 주에 발매되는 주간지 기사 견본으로, 나와 인기 배우가 키스하는 모습이 찍혀 있다. 이것뿐이라면 흔한 열애 보도겠지만 문제는 상대가 유부남이라는 점이다. 요즘 연예인의 불륜은 최악의 스캔들이다.

"그 사람하고 사귀는 걸 아는 사람은 포치뿐이야."

"잠깐만. 내가 아니야. 상대 남자가 흘린 것 아니야?"

"그럴 리 없잖아. 부인이 있는걸. 나보다 신중한 사람이야. 게다가 주간지 기자가 그랬어. 내 오랜 지인이 제보했다고."

"난 아니야."

"이제 됐어. 마지막으로 얘기해보려고 했던 것뿐이니까."

집어 든 흑백 프린트를 바닥에 휙 내던졌다.

"그럼 잘 있어. 이제 전화 안 할 거야."

전화를 끊었다. 그대로 포치의 번호를 삭제하려 했지만 도저히 지울 수 없었다. 어쩔 수 없이 수신 거부로 설정했다. 이 작업은 익숙하다.

친한 관계자들만 모였던 뒤풀이 때 사진이 인터넷에 나돌았을 때부터 나는 사람을 쉽게 믿지 못하게 되었다. 유출한 인간에게 명확한 악의는 없을지도 모른다. 단순히 그날 술값, 유흥비가 필요해 사진을 팔았을 뿐인지도 모른다. 겨우 그런 이유로, 나라는 존재가 그 정도의 가치밖에 없다는 사실을 몇 번이나 깨닫게 된다. 사람을 믿는 마음이 힘없는 잔가지처럼 뚝뚝 부러져간다. 인간의 혀는 두 개다. 뭐, 상관없다. 하지만 포치까지 그랬다니.

— 누군가와 이야기하고 싶어.

스마트폰 화면을 넘겼다. 수없이 등록된 전화번호. 그런데 정말 외로울 때 전화할 수 있는 친구가 없다. 어쩔 수 없이 고향집에 걸었다.

"오, 미치코, 오랜만이구나. 어쩐 일이냐?"

변함없이 걸걸한 아버지의 목소리 뒤로 북적북적한 소리가 들렸다. 건강하니, 밥은 먹었니 하는 평소와 똑같은 질문에 괜찮아, 잘 먹고 있어, 하고 대답했다.

"장사는 잘돼?"

승승장구라고 했다. 목소리로 보건대 사실이리라.

작년, 부모님은 고향집 1층에서 오랜 꿈이었던 오코노미야키 가게를 열었다. 리모델링과 인테리어, 그 밖의 자금은 내가 냈다. 고향집을 새로 지었을 때처럼 다쿠 오빠의 회사에 의뢰했다. 다쿠 오빠는 독립해서 회사를 세웠다. 그 자금도 내가 냈다. 여동생 아사코의 대학 진학 자금도, 잘 모르는 친척의 빚, 그 밖의 이런저런 돈, 이제는 일일이 기억도 못 하는 돈들이 줄줄이 나간다. 그래도 딱히 주머니에는 영향이 없다. 들어오는 게 더 많다. 그래서 나는 더 이상 깊이 생각하지 않는다.

"아버지가 만드는 오코노미야키는 최고니까. 도쿄에도

가게를 내면 좋을 텐데. 돈은 내가 낼 테니 괜찮아. 아버지도 어머니도 도쿄로 와서 함께 살아요."

나 외로워, 그렇게 말하기도 전에 어리석은 소리 말라는 대답이 돌아왔다.

"진짜 맛있는 오코노미야키는 오사카 사람들밖에 몰라. 도쿄에서 파는 그 뭐냐, 질척하니 토사물 같은 음식, 그런 걸 좋아하는 놈들이 내 오코노미야키 맛을 어찌 알겠어? 게다가 네 엄마도 나도 여기에 친구들이 많아. 친구는 평생 가는 보물이니 소중히 여겨야지."

나는 방금 전 가장 소중한 친구를 잃었다.

"그런가. 그러네. 아, 다음 주 파이널 공연 티켓 받았어?"

"받았다. 도쿄 돔에서 콘서트를 다 하다니."

"라이브라고 말해. 그날은 호텔 스위트룸 예약해뒀어."

"고맙구나. 하지만 못 가."

"왜?"

"음식 장사 하는 사람이 어떻게 토요일을 쉬어?"

"하루쯤 어때서."

그러자 아버지의 태도가 바뀌었다. 미치코, 하고 나지막한 목소리로 이름을 불렀다.

"너, 그런 어중간한 근성으로 일하고 있는 거냐?"

"아니야. 매일 노력하고 있어."

"잘 들어라, 미치코, 지금의 네가 있는 건 주위 사람들 덕분이야. 미치코의 노래를 사랑해주는 팬들 덕분이야. 그걸 잊고 으스대면 안 돼. 매일 감사하며 열심히 일해야지. 아버지도 그런 마음으로 매일 주방에 선다. 콘서트 날은 마음속으로 미치코를 응원하마."

"아버지, 하지만 저는."

뒷말을 잇기 전에 아버지가 큰소리로 어서 옵쇼, 하고 외쳤다. 단체 손님이 왔는지 그럼 힘내라, 하고 황급히 전화를 끊었다.

죽어버린 스마트폰을 손에 든 채 나는 무릎을 세우고 고개를 묻었다.

나는 스타다. 유명인이다. 모든 것을 손에 넣은 이 시대의 가희다. 나를 동경해서 흉내 내는 여자들이 전국에 넘쳐난다. 모두 나를 필요로 한다. 그런데.

─ 나는 어째서 이렇게 외로운 거지?

이를 악물었다. 내부에서 밀려 나온 눈물이 무릎을 촉촉하게 적셨다. 자존심만이 나를 지탱해주고 있다. 그 자존심마저 내 것이 아닌 것 같다. 이건 Loco의 자존심이다. 그리고 Loco는 이즈미가 만들었다. 그렇다면 지금의 나는 대체 누구일까?

손안에서 스마트폰이 울렸다.

'이따가 가도 돼?'

이즈미의 메시지를 멍하니 바라보았다. 다음 주, 내 불륜 기사가 주간지에 실린다. 이미 이즈미의 귀에도 들어갔겠지. 나와 이즈미의 관계는 업계가 다 알고 있다. 체면에 먹칠을 당한 이즈미는 어떤 태도로 나올까? 나는 버림받게 될까?

쾌적한 온도를 유지하는 방에서 몸이 부르르 떨렸다. 너무 불안해서 포치에게서 연락 온 게 없는지 확인했다. 그런 식으로 끊었으니 분명 사과하려고 연락했을 것이다. 하지만, 없었다.

수신 거부를 해두어도 걸려온 이력은 남는다. 혹시 몰라 수신 거부를 해제하고 전화가 오기를 기다렸다. 하지만 포치에게서도, 다른 누구에게서도 연락은 오지 않았다.

그러는 사이 화면이 자동으로 잠겨서 까맣게 변했다.

이즈미를 기다리는 동안 레스토랑에서 케이터링 요리가 도착했다. 이즈미가 주문한 모양이다. 샴페인과 장미꽃다발까지 있어, 이제부터 불륜을 단죄하는 분위기는 아니었다.

"왜 그래? 눈이 빨갛잖아."

도착한 이즈미는 평소와 다름없는 모습으로 내 뺨을 어루만졌다. 나는 아무 말도 하지 않고 요리를 차리고 샴페인 마개를 땄다. 축하할 일이 없으니 건배도 하지 않았다.

이즈미가 냉큼 텔레비전을 켰다. 이즈미는 텔레비전을 좋아한다. 이면을 아니까 표면을 보는 게 즐겁다며 웃는다. 반대로 이면을 모르는 일반인들이 무슨 재미로 텔레비전을 보는지 모르겠다며 고개를 갸웃거린다. 화면을 보는 이즈미의 눈은 싸늘하다. 이즈미는 사실 텔레비전에 나오는 연예인도, 방송을 만드는 업계 관계자도 싫어하는 게 아닐까.

"웬일이지. 구지라야."

진지한 심야 뉴스 방송에서 구지라 특집을 하고 있었다. 〈시대를 읽다〉라는 코너로 나는 출연한 적이 없다. 구지라는 최근 인기를 끌고 있는 여성 싱어송라이터로 이름은 고래라는 뜻이고, 스타일은 반듯하게 자른 길고 검은 생머리에 촌스러운 청바지, 얼굴은 어안렌즈로 보는 것처럼 밋밋하다.

"고상하고 마이너한 분위기였는데 슬슬 본격적으로 프로듀싱에 나선 걸까?"

"저 애는 그럴 타입이 아니야. 남들 앞에 나서는 걸 정말 어려워하는 것 같고, 데뷔 전에도 혼자 기타를 연주하며 노래하는 모습을 동영상으로 올리는 스타일이라 라이브도 해본 적 없다던데. 지인 말로는 메이저 무대로 부르느라 애를 먹었다고 하더군."

나도 안다. 겉모습은 촌스럽고 성격도 어둡지만, 작사

도 작곡도 한다면서 사실 편곡가에게 의존하는 나와 달리 구지라는 전부 직접 만든다. 조금 건조한 나지막한 목소리도 구지라가 만드는 R&B 스타일의 서정적인 멜로디에 어울렸고 기타 연주 실력도 굉장히 뛰어나다.

나는 구지라가 싫다. 그렇다, 구지라뿐만이 아니다. Loco를 위협하는 모든 신인 아티스트가 싫다. 나는 바보가 아니라서 이 부귀영화가 영원히 이어지리라고 생각하지 않는다. 언젠가는 왕관을 다음 가희에게 넘겨줄 날이 오리라. 그때까지 아직 몇 년은 더 남아 있을 줄 알았다.

하지만 구지라는 예상보다 빠른 속도로 치고 올라왔다. 나는 초조했지만 구지라는 여전히 미디어 노출을 자제하며 인터뷰를 할 때도 얼굴이 뚜렷이 드러나는 사진은 찍지 못하게 한다. 모처럼 인기가 붙었는데 어리석다고 한심해하면서도 안도했다. 하지만 그런 구지라가 일부 계층에서 열렬한 지지를 받는 상황을 불안한 마음으로 지켜보고 있었다.

사람이 무섭고 대화가 서툴고 노래만이 자기 표현수단이라고 하는 인터뷰를 읽었다. 인스타그램에 올리는 사진도 편의점 디저트나 산책 풍경 등, 꾸미고 싶은 여성의 마음을 자극하는 내 인스타그램과는 정반대로 수수하기만 하다.

지금은 구지라처럼 표리일체 타입이 인기를 끄는 시대

로 디바 계열은 이미 시대에 뒤처졌다고 팀 사람들이 이야기하는 소리를 듣고 말았다. 표리일체? 원래 내가 갖고 있던 그것을 팀의 방침으로 버리라고 하지 않았나? 미치코가 뭔가 하나를 잃을 때마다 빈자리를 Loco가 뿜어내는 광채로 채웠다. 내 불안은 나날이 커져갔다.

한때 나는 급격히 살이 쪘다. 불안할 때마다 먹었던 것이다. 달콤한 음식이든 짠 음식이든 유명한 가게의 프렌치 코스든 편의점 도시락이든 상관없다. 무작정 입에 쑤셔 넣었다. 배가 부르면 모든 걱정이 사라지고 귀찮은 문제를 고민하지 않아도 된다는 사실을 깨달았다. 내 주변에서는 매일 여러 가지 일들이 벌어졌고 허용량을 넘은 그 고민을 처리하지 못해 점점 의지의 힘으로는 자신을 제어하지 못하게 됐다.

SNS에서 바로 비난이 쏟아졌다. 사람들은 돼지, 역변, 한물갔다고 난리를 쳤고 일부러 살이 비어져 나온 흉한 사진을 퍼서 날랐다. 다 함께 Loco라는 콘텐츠를 실컷 즐겨놓고 자기 손으로 망가뜨리는 재미까지 따라온다. 그것이 최고의 왕좌에서 빛나던 자가 치러야 할 대가였다.

"Loco, 이거 맛있어."

이즈미가 카르보나라를 내밀었다. 먹음직스럽게 구운 베이컨과 계란 노른자가 식욕을 자극했다. 고맙다고 받아들고 생크림으로 범벅된 고칼로리 파스타를 먹었다.

— 괜찮아, 먹고 나서 토하면 돼.

잔뜩 살이 찌고 나서 한 달 동안 양배추와 영양제만 먹고 원래 체형을 되찾은 뒤에 나는 토하는 요령을 배웠다. 작은 스푼의 둥그런 부분으로 혀 안쪽을 누른 채 얕고 짧게 숨을 쉬면 편하게 토할 수 있다.

나는 구토 전용 스푼을 샀다. 은수저를 물고 태어난 아이는 행복하게 산다는 우화에 빗대어 만든 앙증맞은 앤틱 스푼. 6만 엔이나 했다. 언제나 부적처럼 가방에 숨겨놓고 식사를 하면 그것을 써서 토했다.

오늘 밤도 아무렇지 않은 듯 화장실에 가서 은수저를 목구멍 깊숙이 집어넣었다. 먹은 지 얼마 되지 않아 아직 깨끗한 노란색을 띤 파스타가 소용돌이 속으로 빨려들어가는 광경을 지켜본 뒤에 거실로 돌아가니 이즈미가 보이지 않았다. 샴페인병과 글라스도 없다. 욕실에 가져갔으리라. 나도 글라스를 들고 욕실로 향했다.

이즈미는 목욕을 좋아해서 욕실 면적만 보고 이 맨션을 선택했다. 구입해서 자기 취향대로 리모델링하자는 이야기도 나왔지만 이즈미는 여차할 때 신속하게 이사할 수 있는 월세가 편리하고 자가 소유는 결혼한 뒤에 해도 괜찮지 않느냐고 했다.

그때 나는 당연히 우리 두 사람의 장래를 그렸지만 곰곰이 생각해보면 이즈미는 '나하고 결혼'이라고 말하지 않았다. 그 사실을 나중에야 깨달았다.

"그러고 보니 다음 싱글 발매일은 언제지?"

욕실 앞에서 브래지어를 벗으며 문 너머로 이즈미에게 물었다.

"다음 달 3일이야."

팬티를 벗던 손을 멈추었다.

"구지라 신곡하고 겹치잖아."

"어, 그런가?"

마치 연극이라도 하듯 시치미를 뗀다. 경쟁하는 라이벌과 발매일이 겹치지 않도록 하는 건 상식 아닌가? 그것은 다른 아티스트도 마찬가지라 대형 사무소는 어디나 정보를 공유한다. 머릿속에 작은 불꽃이 피었다. 그 불길이 퍼져나가지 않도록 나는 심호흡을 했다.

"발매 첫 주에 오리콘 1위를 하던 Loco의 기록도 여기서 끝날지 모르겠네."

아무렇지 않은 척 말하면서 발목에 엉겨 있던 팬티에서 발을 뺐다. 섬세한 자수가 장식된 관능적이지만 아무런 가치도 없는 팬티다. 나와 이즈미는 함께 욕조에 들어가지만 이미 오랫동안 섹스를 하지 않았다.

처음 이즈미의 외도를 알았을 때 나는 분노했고 요란하게 싸웠다. 헤어지겠다고 울부짖는 나를 이즈미는 필사적으로 달랬고 화해한 뒤에 스페인으로 바캉스를 다녀온 후로는 전보다 더 사랑이 깊어졌다. 하지만 같은 일이 반복되는 사이 화를 내기도 귀찮아졌다.

외도를 해도 이즈미는 나와 헤어질 생각은 없다. 연애는 권태기에 접어들고 말았지만 나는 이즈미가 만들어낸 최고 걸작 가희로 존재하고 있다. 지금까지는.

올해 들어 구지라는 더욱 인기가 치솟고 있고 내 인기는 떨어지는 중이다. 전에는 압도적으로 1위였는데 조금씩 차이가 줄어들고 있다. 그래서 줄곧 경쟁을 피했는데 결국 그래서는 소용없다고 판단한 걸까? 아니면…….

"다음 가희는 구지라?"

"그 애는 가희 캐릭터는 아니지."

"그럼 에이미?"

그렇게 물으며 욕실 문을 열었다. 새하얀 대형 욕조에 이즈미가 느긋하게 몸을 담그고 있다. 샤워실이 별도로 있어 외국의 욕실 같은 구조다. 욕조 옆 미니 테이블에 샴페인 병과 글라스가 놓여 있었다.

"취해서 욕조에 들어가면 죽어."

새하얀 거품이 넘치는 욕조에 발끝부터 살며시 담갔다. 이즈미는 평소처럼 나를 뒤에서 끌어안았다. 섹스도 하지 않는데 우리는 함께 목욕을 한다.

"대답해, 다음 가희는 에이미야?"

그래, 이즈미, 난 알고 있어. 당신이 에이미라는 모델에

심취해 있다는 걸. 가수 지망생이라고 해서 노래를 시켜 봤더니 상당히 괜찮아서 데뷔시키려고 기획하고 있다는 걸. 지금까지 집적거렸던 외도 상대와는 다르다고 모두들 쑥덕거린다는 걸.

내가 외도를 한 것은 이즈미에 대한 화풀이였다. 언제 나 외도하는 건 이즈미였고 나는 처음이었다. 자기가 만 든 인형에 체면을 구긴 이즈미가 어떻게 나올까 겁이 나 는 한편으로 질투에 미쳐 날뛰길 기대했다. 가희로서의 입지가 위태로워진 지금이야말로 진정 여자로서 사랑받 을 수 있을지도 모른다…….

"에이미를 다음 가희로 만들고 싶어서 나를 끌어내리는 거지?"

부정해주기를 바라며 직설적으로 물었다.

"지금은 구지라처럼 꾸미지 않는 타입이 인기 있는 시 대라며? 하지만 구지라는 가희 캐릭터가 아니고, 이즈미 는 자기가 손댈 수 없는 상대에게는 관심이 없지. 그래서 내게 구지라를 붙여서 서로 싸우게 만들려는 거야. 그렇 게 빈자리에 에이미를 앉힐 계획이지?"

"날 훼방꾼으로 여기는 건 Loco잖아."

처음 듣는 차가운 목소리였다.

"주간지에 불륜 특종이 실린다면서?"

지금 그 이야기를 꺼내다니. 나는 입술을 깨물었다.

"나는 내가 가진 모든 걸 Loco에게 바쳤어. 그건 알고 있지? 촌티를 영 벗지 못하던 너를 발굴해서 Loco로 만들어준 건 나야."

그렇다. 이즈미는 언제나 내게 복종하는 기사처럼 행동했다. 하지만 실제로 나를 어떻게 할지는 창조주인 이즈미의 마음에 달렸다.

"하나도 걱정할 것 없어. 내가 심혈을 기울여 만든 Loco가 이제 와서 불쑥 튀어나온 가수에게 밀릴 리 없지. 네게는 이미 내 힘은 필요 없어."

"지금 나한테 헤어지자고 하는 거야?"

"시작이 있으면 끝이 있는 법이야. 공주님은 언제나 우아하게 행동해야지."

"난 지금도 공주님이야?"

외모, 성격, 가슴 크기, 키, 사회적 지위, 돈, 무엇을 사랑할지는 개인의 자유다. 이즈미는 여자의 재능이나 가능성을 사랑하는 남자였다. 그것이 바닥나면 관계는 끝난다.

이즈미가 사랑한 나의 재능은 바닥나버린 걸까?

적어도 더는 성장할 가망이 없다고 판단했으리라.

그리고 여자로서만은 사랑받을 가능성이 없다는 것을 확실히 깨달았다.

계단을 오르고 또 올라 더는 올라갈 수 없는 곳까지 왔다. 상식적으로는 행복의 절정일 텐데 나는 모든 것을 잃은 기분이다. 물론 단순한 피해망상이다. 내게는 돈이 있다. 가희로서의 재위 기간도 남아 있다. 지금 당장 추락하는 것이 아니다. 그저 천천히 몇 년에 걸쳐 추락할 뿐이다. 시야가 훅 어두워지며 좁아졌다. 빈혈이다.

눈을 감고 입속으로 괜찮다고 중얼거렸다. 일단 믿을 수 있는 친구와 애인을 만들자. 그런데 친구는 어떻게 만들더라? 연애는 어떻게 하는 거였더라? 내게 다가오는 사람은 모두 다정하다. 하지만 그런 사람을 나는 누구 하나 믿을 수가 없다.

가끔 생각한다. 그저 꿈을 좇을 때가 즐겁지 않았나? 자유로웠고 친구도 많았다. 하지만 바로 부정했다. 얼굴도, 말투도, 부모도, 동료도 전부 잃은 대가로 모든 것을 손에 넣은 끝에 나온 답이 그거라면 너무하다.

"있지, 이즈미."

"응?"

"내 불륜 특종 제보한 거, 당신이야?"

"설마."

부정하는 타이밍이 너무 빨랐다. 아아, 그런가, 그랬구나. 나는 웃었다.

포치, 의심해서 미안. 역시 나는 바보야. 이런 순간에도 이즈미의 손은 나를 뒤에서 다정하게 감싸고 있다. 어떻게 그럴 수 있을까? 나는 거품으로 가득한 욕조에서 일어나 옆쪽 미니 테이블에 놓인 샴페인병을 손에 쥐었다.

"건배!"

샴페인이 들어 있는 무거운 병을 천천히 거꾸로 들었다. 찰박찰박, 비싼 술이 머리 위로 쏟아져 나를 적셨다. 나는 얼이 빠져 있는 이즈미의 머리에 병을 휘둘렀다.

묵직한 충격이 느껴졌다. 반동을 견디지 못하고 병을 바닥에 떨어뜨렸다.

이즈미의 목이 앞으로 푹 꺾였다.

불가능한 각도로 꺾인 목이 흉물스러웠다.

순백의 거품에 붉은빛이 스멀스멀 퍼져간다.

나는 욕조에서 나와 바닥에 굴러다니는 병을 주워 그대로 입을 대고 남아 있는 샴페인을 마시며 거실로 돌아갔다. 벌거벗은 채 푹신한 카펫 위에 책상다리로 주저앉아 비싼 샴페인이 뚝뚝 떨어지는 머리카락을 늘어뜨리고 식어서 굳어버린 카르보나라를 손으로 집어먹었다.

빨리 위를 채우자. 배가 부르면 쓸데없는 걱정은 사라진다.

Loco가 거물 프로듀서 애인을 죽였다니 불륜 열애 보도는 콧방귀감이다. 온 나라가 발칵 뒤집힐 것이다. 정체 모를 공포가 풍선처럼 부풀어, 나는 카르보나라를 입에 쑤셔 넣은 채로 로스트비프에 손을 뻗었다.

뺨을 타고 턱 끝으로 흐르는 무언가가 핑크색 고깃덩

어리를 적셨다. 그것이 술인지 눈물인지, 이미 알 수가 없다. 무섭다. 누가 구해줘. 스마트폰 속에는 수많은 전화번호가 들어 있다. 명함도 잔뜩 있다. 그런데 누구에게도 전화할 수 없다. 아버지, 어머니, 오빠, 여동생, 포치. 다들 나를 돈이 열리는 나무인 줄로만 안다. 어째서, 왜, 언제부터 이렇게 됐을까?

― 그래, 이즈미, 나도 죽여줘.

갑자기 위에서 뭔가가 치밀었다. 손으로 입을 막아보았지만 한발 늦어서 로스트비프 접시 위에 카르보나라를 쏟아냈다. 아아, 이럴 수가. 빨리 배를 채워야만 하는데. 그라탱, 해산물 마리네, 소 내장 스튜. 먹어도 먹어도 토하고 만다. 일부러 은수저를 쑤셔 넣지 않아도 내 몸은 이미 음식물을 받아들이지 못하는 것 같았다. 언제나 직접 토하느라 미처 알지 못했다.

정신을 차리자 푹신한 카펫 위에서 태아처럼 몸을 웅크리고 있었다.

코를 찌르는 악취에 눈썹을 찌푸렸다. 정신을 잃었던 건지, 잠이 들었던 건지, 나는 벌거벗은 채로 내 토사물에서 뒹굴고 있었다. 실내온도는 쾌적하게 유지되고 있을 텐데 추워서 덜덜 떨렸다. 뜨거운 물에 몸을 담그고 싶지만 그곳에는……

주방 와인 셀러에서 샴페인을 꺼냈다. 코르크 마개를 따고 희미한 탄산의 김이 빠지기도 전에 입에 머금었다. 음식물은 토해내는 주제에 샴페인은 요동을 치면서도 위에 머물러 있다. 마신다. 트림을 한다. 그것을 되풀이해 취기를 빌려 욕실로 향했다.

조심스레 안을 들여다보았다. 욕조에 잠긴 채로 고개를 떨구고 있는 이즈미를 보고 문에 기댔다. 역시 현실이었나. 어쩌지? 어쩌긴, 방법이 없다.

일단 욕조에서 이즈미를 끌어냈다. 엄청나게 무겁다. 섹스할 때는 이렇게 무겁지 않았는데 이상했다. 몸을 끌어당길 때마다 부자연스럽게 꺾인 목이 이리저리 흔들렸다. 기린처럼 목이 늘어난 이즈미를 간신히 욕조에서 밀어내고 뜨거운 물을 새로 받았다. 좋아하는 난초 향 샤워젤을 넣었다. 꽃과 피의 냄새가 뒤섞였다. 나는 애인의 시체를 바라보며 향기로운 열탕에 몸을 담갔다.

몸이 녹자 왠지 마음이 새까맣게 물들어 갔다.

이즈미를 죽였다. 모든 것의 대가로 얻은 왕좌도 잃었다.

세상의 모든 빛에 버림받았다, 이제 죽는 수밖에 없다.

저도 모르게 짐승처럼 포효하고 있었다. 울고 또 울었다. 절망이 손끝까지 뒤덮자 그제야 평온이 찾아왔다. 모든 세포가 고요히 침묵했다.

"어떻게 죽지?"

잃어버린 줄 알았던 고향의 억양이 튀어나왔다. 완전히 Loco에게 먹힌 줄 알았는데 끈질기네. 피식 웃음이 나왔다. 당연하지, '진짜'가 '가짜'를 비웃었다.

"그만 됐잖아. 너는 충분히 했어."

"그래, 맞아. 그럼 마지막으로 굉장한 걸 한 방 터뜨려 볼까?"

내 안에서 처음으로 Loco와 미치코가 악수를 나누었다.

— 지금까지 정말 열심히 했지?

— 물론이고말고. 한계까지 애썼어.

— 하지만 난 마지막까지 Loco로 남고 싶어.

— 이제 마지막이야. 네 마음대로 해.

— 마음대로? 어떻게 하면 되는데?

— 마음껏 요란하게 죽어서 영원한 스타더스트가 되는 건 어때?

— 스타더스트라니 촌스럽지 않아?

— 전설은 대개 흔해빠진 스토리야.

— 일리 있네.

— 더는 아무도 쫓아오지 못하는 곳으로 가자.

거품이 가득한 욕조 속에서 나는 계속 중얼거렸다.

Loco가 수면제를 먹고 욕실에서 손목을 긋자고 제안 하면 미치코가 너무 흔해빠졌고 수수하다고 불평한다. 미치코는 고층 빌딩에서 뛰어내리자고 주장하지만 Loco

가 곤죽이 되기는 싫다고 시큰둥해한다. 좀처럼 결정이 나지 않아 일단 잠시 휴식하기로 했다.

샴페인을 병째로 마시면서 욕실 벽에 설치된 텔레비전을 켰다. 세상에서는 매일 커다란 사건이 벌어진다. 정치가가 나쁜 짓을 하거나 인기 여배우가 약물복용으로 체포되거나 금슬 좋은 부부 한쪽이 끊임없이 불륜을 저지르거나. 하지만 미안하게 됐네요. 그런 소식은 Loco가 애인을 죽이고 자살한 사건 앞에서는 눈 깜짝할 사이에 사라질 것이다.

— 당연하지, 나는 스타니까.

— 물론이지, 나는 이 시대의 가희야.

텔레비전을 켜자 수상이 뭐라고 떠들고 있었다. 지루해서 채널을 돌렸다. 하지만 역시나 수상이 나왔다. 또 뭔가 실수해서 해명 회견이라도 하는 걸까? 차례로 채널을 바꾸었다. 하지만 전부 똑같다. 모든 채널에서 긴급 특별방송이라니 심각한 상황인 것 같았다.

한참 화면을 보았지만 무슨 말을 하는지 모르겠다. 한 달 뒤에 지구에 소혹성이 충돌해 대부분의 인류가 죽는다고 한다. 혹시 예능 프로그램의 몰래 카메라 아닐까? 아니면 동영상 사이트에서 나오는 재난 영화인 걸까? 이래 저래 조작해보았지만 지금 나오는 것은 틀림없이 지상파 방송이었다.

"대체 무슨 소리야?"

뇌의 용량이 마침내 한계에 달한 나는 욕조 물속으로 스르르 가라앉았다.

눈을 뜨니 이번에는 제대로 침대에서 자고 있었다. 화장실에 갔다가 그 걸음으로 욕실을 들여다보니 역시 벌거벗은 이즈미의 시체가 굴러다니고 있었다. 온몸이 잿빛을 띠고 있다.

한숨을 쉬고 문을 닫았다. 시체도 몇 번 보면 익숙해지는 모양이다. 거실 텔레비전을 켜자 소혹성 충돌 뉴스가 나오고 있었다. 지금도 믿을 수가 없어 매니저에게 전화를 걸었다. 다음 주 도쿄 돔 파이널 공연 전까지 쉬기로 했지만 작은 일이 몇 개 있었을 터였다. 매니저는 바로 전화를 받았다.

"아무것도 몰라!"

대뜸 고함을 지른다. 파이널 공연, 신곡 발매 일정, 전부 엉망이라고 빠르게 쏟아내다가 갑자기 입을 뚝 다물더니 구마모토가 고향이라며 갑자기 자기 이야기를 털어놓기 시작했다. 시골에 아버지가 혼자 계신다고 하더니 갑자기 정신을 차리고 미안하다, 다시 연락하겠다 하고는 내 대답도 듣지 않고 통화를 끊었다.

나는 소파에 걸터앉아 이제 어쩌나 고민했다. 시늉만

냈지 사실 아무 고민도 하지 않았다. 동요도 하지 않았다. 아마 지구가 멸망하기 전에 내 인생이 파멸했기 때문이리라. 공포보다도 마지막이자 최대의 승부가 박살났다는 사실에 대한 짜증이 컸다.

애인을 죽이고 자살을 선택한 죄 많은 여인, 사랑에 목숨을 바친 전설의 가희로 Loco의 이름은 영원히 시대에 각인될 예정이었다. 죽은 뒤에도 영화나 책이 산더미처럼 나올 터였다. 그런데 인류가 멸망하면 Loco의 스타더스트 전설을 누가 읊는단 말인가?

애초에 직경 10킬로미터 정도의 돌덩어리가 떨어진다고 정말 인류가 멸망할까? 조금 과장 같기도 하다. 할리우드 영화에서는 마지막에 꼭 영웅이 나타나서 도와준다. 이즈미도 그랬다. 아무리 황당무계한 이야기에도 반드시 현실의 조각들이 숨어 있다, 사람은 완전한 무에서 무언가를 창조하지는 못한다고.

— 그렇지, 이즈미?

어떻게든 된다면 이 세상은 계속 이어질 것이다. 그렇다면 상황을 조금 지켜보자. 그동안은 나도 살아야 한다. 기운이 빠져 높은 천장을 바라보다가 그대로 꾸벅꾸벅 졸았다.

나는 스타가 된 뒤로 어디서나 잘 수 있는 체질이 되었다. 바쁘니 잠깐의 짬이라도 나면 자야 했다. 이동하는 차량 안, 머리 손질, 화장, 미용, 네일을 받으면서, 뮤직비디오를 촬영하다가 가드레일에 기대어 잠든 적도 있다. 유명한 스타인데도 카트를 끌고 길거리에서 사는 사람들하고 똑같다는 생각에 웃었다. 너무 깔깔 웃어대서 주위 사람들도 나중에는 거북해했지.

다시 일어났을 때는 배가 고파서 팬트리로 갔다. 정기적으로 오는 가정부에게 언제나 식료품을 가득 채워두라고 했다. 이렇게 먹어도 살이 찌지 않는 체질을 사람들이 부러워할 때마다 마음속으로 토하고 있다고 대답했다.

와인과 햄 덩어리, 컵라면과 과자봉지를 들고 거실로 돌아온 나는 얼굴을 잔뜩 찌푸렸다. 별안간 악취를 인식한 것이다. 어제부터 거실에서 먹고 토하기를 반복했다. 음식물과 토사물 냄새. 공기청정기를 계속 켜놓았지만 소용이 없었다.

청소 도우미를 부르고 싶었지만 이런 상황에서는 불가능하겠지. 나는 몇 년 만에 청소 도구를 손에 들었다. 토사물을 치우고 비질을 하고 접시도 글라스도 씻었다. 스타가 되고 나서는 손에 물을 묻힌 적이 없었지만 사실 청소는 익숙했다. 맞벌이 부모님 대신 어렸을 때부터 집안일을 도왔고 위생에 엄격한 패스트푸드점에서 아르바이트도 했다.

깨끗해진 실내에 만족했지만 아직 제일 큰 숙제가 남아

있다. 이즈미를 어쩐다? 인류가 멸망할지 말지 결판이 날 때까지 나는 살아 있어야 한다. 그동안 줄곧 욕실에 시체가 굴러다니게 둘 수는 없다.

어쩔 수 없지. 욕실로 가서 벌러덩 쓰러져 있는 이즈미 옆에 웅크리고 앉았다. 뺨을 만져보니 싸늘하고 딱딱했다. 잿빛 인형처럼 변한 이즈미를 가만히 굽어보았다.

이즈미와 원만하게 지냈던 시절의 수많은 달콤한 기억이 머릿속을 스쳤다. 슬프다. 애틋하다. 하지만 나쁜 짓을 했다는 생각은 들지 않았다. 이즈미도 나를 죽이려 했으니까. 가희로서의 Loco를 죽이려 했다. 지금의 내게는 그것이 전부인 줄 알면서.

결투로 본다면 내가 승리자고 이즈미는 패배자다. 하지만 이겼다는 실감이 없었다. 반대로 진 것만 같다. 이즈미를 죽인 탓에 이즈미에게 이길 기회를 평생 잃어버린 것같다. 이즈미의 다리를 붙잡아 창고로 쓰는 방으로 끌고갔다. 그곳에는 지금까지 받은 수많은 트로피와 짐들이쌓여 있다. 전부 이즈미가 준 것. 그 안에 이즈미도 나란히 두었다.

— 그대로 두면 썩지 않겠어?

내 안의 미치코가 물었다. 듣고 보니 그러네. 나는 에어컨 냉방을 최저 온도로 설정했다. 그리고 등을 돌린 채 문을 닫고 컵라면 물을 끓이러 주방으로 갔다.

싱크대 앞에 선 순간, 내가 뭘 하려 했는지 잊어버렸다. 잠시 고민한 끝에 생각해냈다. 아아, 물을 끓이려고 했지. 하지만 물을 끓여서 어쩌려고 했는지 또 잊어버렸다. 한참 고민하다가 컵라면을 끓이려 했다는 것을 생각해냈다. 내가 무엇을 하고 있는지 제대로 파악할 수 없다. 몸과 마음을 연결하는 무언가가 뚝 끊긴 기분이었다.

이튿날 매니저에게 전화했지만 연결되지 않았다. 다음 주 파이널 공연은 어쩌려는 거지? 팀 사람들과도 전혀 연결되지 않았고 아무에게서도 연락이 오지 않았다. 전화로도 LINE으로도 걱정스럽게 연락하는 사람은 아무도 없었다. 포치도, 가족도.

아무것도 느끼지 않도록 흐리멍덩한 마음으로 텔레비전을 켜자 시험 방송 화면이 나왔다. 나오지 않는 채널이 어제보다 늘었다. 어쩔 수 없다. 이럴 때 일을 하는 놈들이 바보다. 하지만 그런 바보 덕분에 겨우 정보를 얻는 나는 훨씬 더 바보이리라.

다음 날도 집에 틀어박혀 계속 먹고 자기만 했다. 매니저에게 전화를 하자 낯선 남자가 받더니 "이제 내 거야"라며 끊어버렸다. 빼앗은 걸까?

버티고 있는 방송국은 오늘도 소혹성 뉴스밖에 하지 않았다. 방송 도중에 사회자가 우느라 말을 잇지 못하자 패널이 화를 냈다. 평소라면 방송사고감이지만 방송은 엉망진창인 채로 계속되었다. 일반인들의 SNS 투고가 차라리 정보로서 가치가 있었다.

대중교통은 사고와 테러로 보이는 악취 소동이 연이어 거의 모든 노선의 운행이 중단됐다고 한다. 이동 수단은 자동차나 오토바이, 도보뿐이지만 무법자들이 여자를 노리고 있어 젊은 여자는 돌아다니지 말라고 경고했다. 어디가 안전하다는 소문을 듣고 지방으로 피난 가는 가족들, 반대로 안전한 핵 대피소가 있다는 정보를 믿고 지방에서 피난 오는 가족들.

어디로도 도망갈 필요가 없는 나는 넘나드는 정보와 혼란에 빠져 가라앉는 세상을 남 일처럼 바라보고 있다. 목숨이 아쉽지 않다면 두려울 것은 아무것도 없다. 그것을 무적이라고 부른다는 사실을 깨달았다. 사람이 사람에게 가하는 최대의 벌이 '죽음'이고, 그로부터 해방되었기 때문에 뭐든지 할 수 있다는 뜻이라고 했다. 하지만 그것은 산 채로 땅에 묻히는 것과 무엇이 다를까? 죽음이 무적이라면 역시 이즈미가 승리자고 내가 패배자인 걸까?

간장 베이스의 돼지뼈 육수 컵라면을 먹으며 베란다로 나갔다. 도심의 월세 60만 엔짜리 맨션. 눈 밑에 펼쳐진 거리 여기저기에서 연기가 치솟고 있었다. 화재일까, 폭동일까? 편리하고, 수많은 재능이 모여들고, 그곳에서 밀려

난 사람들마저도 받아들여주었던 아름답고도 추악한 도쿄가 무너져간다.

영화처럼 미국이 소혹성을 어떻게든 해치워서 세상이 다시 평화를 되찾고, 나는 그 안에서 화려하게 목숨을 끊어 영원히 회자되는 가희가 되기를 바랐다. 하지만 지금은 소설이나 영화 같은 구원이 없어도 괜찮을 것 같다.

그렇잖아, 다들 조금 더 행복한 줄 알았다. 그 안에서 나만 홀로 쓸쓸하게 사라지기는 싫었다. 그렇기에 보통 사람들은 경험하지 못할 최고의 죄악과 사랑을 손에 넣은 여신으로, 세상이 가치를 인정하는 행복의 형태에 흠집을 내서 뚜렷하게 기억되고 싶었다.

그런데 지금 이 세상은 대체 뭐지?

다들 사실은 별로 행복하지도 않고, 황폐했던 것 아닐까?

그런 세상에 '아름답게 빛나는 나'를 내세워봤자 아무 의미도 없다.

베란다에 서서 컵라면 국물까지 먹어치우고 바로 또다시 토했다. 소화될 새도 없이 라면 형태 그대로 먹음직스러운 냄새와 훈김을 풍기는 토사물. 아아. 나는 베란다에 드러누웠다. 채워도 채워도 남지 않는다. 전부 밀려나와 내 안은 텅 비어 있다.

— 어째서 이렇게 됐을까?

내가 선택해온 것들이 전부 틀렸다고 생각하지는 않는다. 어렸을 때 피아노를 배우고 싶다고 했는데 받은 것은 멜로디언이었다. 우리 집은 유복하지 않았다. 하지만 멜로디언을 불던 '미치코'는 행복했다. 포치와, 친구들과 밴드를 했던 '미치코'도 즐거웠다. 명확한 분기점은 다카토 씨에게 스카우트되었을 때일까? 하지만 그 순간도 행복했다. 그렇다면 이즈미와 만났을 때일까? 아니, 그때도 행복했다.

— 모르겠어. 모르겠어. 모르겠어.

베란다에 웅크려 울고 있으려니 사흘 내내 입고 있는 잠옷 주머니 속에서 스마트폰이 울렸다. 매니저일까 하고 화면을 보니 포치라고 표시되어 있었다.

"미치코."

통화 단추를 누르자마자 포치의 목소리가 고막을 울렸다.

"미치코, 나야. 너 살아 있어? 괜찮아?"

"살아 있어."

"아아, 다행이다. 이제 얘기 못 할 줄 알았어."

"나 계속 스마트폰 갖고 있었는데."

"이쪽 스마트폰이 먹통이었어. 어느 멍청이가 전봇대를 박아서 정전지옥이야. 무라카미 아저씨가 전기를 몰래 끌어와서 겨우 버티고 있어. 뭔지 모르겠지만 아직 살아 있는 다른 전선하고 연결했대. 그냥 손버릇 나쁜 아저씨인 줄 알았는데 깜짝 놀랐어."

머릿속에 무라카미 아저씨가 떠올랐다. 옛날부터 뭐든 훔치는 아저씨였는데 돈이 있는데도 미니 초콜릿을 훔쳤을 때는 이해할 수가 없었다. 어른이 된 후에 그런 병이 있다는 것을 알았을 때는 놀랐다. 나는 포치의 목소리를 들으며 콧물을 훌쩍였다.

"왜 울어? 무슨 일이야?"

안 운다고 거짓말을 하기 전에 불쑥 아버지 목소리가 들렸다.

"미치코, 무사하냐? 아빠다. 정전으로 우리 모두 스마트폰 배터리가 나갔어. 혼자서 무서웠지? 연락이 늦어서 미안했다. 방금 전에는 포치가 자기가 꼭 먼저 얘기하겠다고 해서."

"미치코, 엄마야. 너 빨리 여기로 돌아와."

"아주머니, 아저씨, 아직 제가 얘기하고 있잖아요. 야, 미치코, 저번에 불륜 그거 정말 내가 제보한 거 아니야. 믿어줘. 그런 의심을 산 채로 죽다니 최악이야."

"언니, 나야, 나. 아아, 연결되어서 다행이야."

"미치코, 오빠다. 아버지가 바로 그쪽으로 데리러 갈 거야. 기다려. 금방이니까."

뒤에서 다쿠 오빠와 아사코도 뭐라 소리를 질러대고

있다. 다들 목소리가 커서 오히려 무슨 말을 하는지 모르겠다. 베란다에 드러누운 채로 나는 하염없이 안도의 눈물을 흘렸다.

　사흘 걸려서 아버지와 포치가 차를 끌고 도쿄로 데리러 와주었다. 고속열차도 전철도 이미 멈추었고 도로도 꽉 막혀서 도착까지 예상보다 시간이 더 걸렸다고 한다.

　현관을 열자마자 아버지가 얼싸안았다. "살아 있었구나", "뼈만 남았잖느냐" 하고 귓가에서 고함을 친다. 아버지 어깨너머로 울고 있는 포치가 보였다. 나도 울고 있었다.

　"나, 집에 돌아가도 돼?"

　"무슨 소리야. 네 집인데."

　"하지만 난 이제 도움이 안 되는데."

　아버지는 어리둥절하게 나를 쳐다보았다.

　"돈은 이제 아무 의미도 없잖아."

　"돈이라니 무슨 소리냐?"

　"항상 바쁘다고 라이브에도 와주지 않았잖아."

　기막혀하는 아버지 뒤에서 포치가 버럭 소리를 질렀다.

　"멍청아! 두 분은 너한테 누가 되지 않도록 그러신 거잖아!"

　"누?"

시선을 돌리자 아버지는 민망한 표정으로 고개를 숙였다.

"아저씨는 자기처럼 험상궂은 촌뜨기가 가족이라는 게 알려지면 Loco의 이미지가 나빠진다고 생각하셨어. 그래서 도쿄에도 안 갔고 요즘에는 라이브에도 안 가셨던 거야. 하지만 아저씨도, 아주머니도, 가족들 모두 널 엄청 응원하고 있어."

"……그게 뭐야?"

비난 어린 시선으로 아버지를 쳐다봤다. 나는 그런 생각은 해본 적도 없었다.

"미치코, 인터넷에서 악플 많이 받았잖아."

Loco는 경력을 공표하지 않았다. 하지만 요즘 시대에 연예인의 과거는 졸업 앨범도, 스냅 사진도, 친구와의 추억도, 모조리 폭로당한다. 하물며 내게는 사쿠라바 미사키 시절이 있다. 하늘거리는 미니스커트를 입고 팬티를 내보이며 춤을 추던 사진도 인터넷의 바다에 넘실거린다.

"나나 엄마 사진도 나돌아서 촌스럽네, 험상궂네, 야쿠자 출신이네 하는 거짓말까지 달렸잖아. Loco의 이미지가 망가졌다느니, 이제 팬을 그만두겠다느니 하는 글을 인터넷에서 보고 애쓰는 미치코에게 미안해서. 미치코 너를 위해서 더 품위 있게 행동하기로 결심했어."

시무룩하게 어깨를 늘어뜨린 아버지는 처음 본다.

"만날 때마다 네가 왠지 점점 멀어지는 것 같아 그것도 섭섭했고."

그것은 알고 있었다. 부모님께 받은 얼굴에 손을 대고, 말투도 동작도 표정도 바꾸어 Loco가 되는 동시에 미치코를 버렸다. 가족들은 한번도 그것을 타박하지 않았다.

"미안, 아빠."

자연스레 오사카 사투리가 튀어나왔고 나는 꺼이꺼이 울었다. 항상 고독했다. 그 고독이 나의 욕망에 기인한 자업자득이라 해도 나는 고독했다.

"집으로 돌아갈까?"

아버지의 말에 나는 눈물에 얼룩진 얼굴로 힘차게 고개를 끄덕였다.

여행 가방에 일용품을 넣는 사이 아버지는 귀중품이라며 다른 여행 가방에 팬트리의 식료품을 담았다. 포치는 굉장하다며 집을 구경했다.

"어이, 미치코, 잠깐 이리 와봐."

포치가 부르기에 아버지와 복도로 나갔다. 포치는 열린 문 앞에 우뚝 서 있었다. 창고 대신 쓰는 방에는 수많은 트로피와 함께 시체가 있었다.

"미치코, 웬 벌거벗은 아저씨가 쓰러져 있는데?"

포치가 당혹스러운 표정으로 방 안쪽을 가리켰다.

"어떻게 해야 하지 않을까?"

어떻게 둘러댈까 고민했지만 불가능했다.

"소용없어. 이미 죽었어. 내가 죽였어."

포치와 아버지가 황망하게 나를 쳐다보았다.

이즈미 생각은 하지 않으려 했다. 사고를 멈추는 요령을 배워두길 잘했다. 먹고 토한다. 나를 불안하게 만드는 모든 것을 변기에 흘려보내고, 잊고, 바보가 된다.

방에서는 최저 온도로 설정해둔 차가운 냉기와, 그래도 완전히 막을 수는 없는 썩은 냄새가 풍겼다. 아버지가 코를 막고 조심스레 방으로 들어갔다.

"이즈미 씨네."

나와 포치도 방에 들어갔다. 나흘 만에 보는 이즈미는 잿빛에 옅은 초록빛이 섞인 색깔로 변해 있었고 묘하게 편평하고 넓적해 보였다. 말랑한 찰흙 같았다.

"왜 이렇게 됐어?"

아버지에게 이즈미는 나를 키워준 은인이자 딸의 애인이라는 자리에 있었다. 나는 이유를 말해야만 한다. 범인은 동기를 고백해야 하는 법이다. 무엇부터 이야기할까 고민하는데 아버지가 웅크리고 앉아 두 손을 모았다.

"이즈미 씨, 용서해주시게. 나도 곧 그리로 갈 테니, 그때 제대로 사과하겠소."

손뼉을 탁탁 두 번 친다. 그건 조문 예법이 아닌데, 하고 생각하고 있으려니 "그럼 갈까?" 하고 아버지가 일어섰다. 포치도 손뼉을 두 번 치고 명복을 빈다며 고개를 숙였다. 두 사람 다 어째서 이렇게 차분할까? 한마디도 나를 탓하지 않고 그저 상황을 받아들이고 있다.

출발 준비를 마치고 셋이서 집을 나섰다. 소동이 벌어진 뒤로 처음으로 밖에 나왔다. 맨션 출입구를 나서자 요란하게 장식된 트럭이 서 있었다.

"이걸로 왔어?"

전구 장식이 달린 트럭에는 위험한 단체의 스티커가 붙어 있었다.

"이런 게 아니면 안 될 것 같아서."

고개를 갸웃거리는 내게 아랑곳없이 아버지는 짐을 트럭 짐칸에 실었다. 어서 가자고 재촉하는 포치를 따라 차에 올라타 오사카로 출발한 지 얼마 되지 않아 나는 눈을 휘둥그레 떴다.

"이게 뭐야?"

차체가 높은 트럭 앞유리 너머로 보이는 풍경은 내가 아는 도쿄가 아니었다. 화려한 가로수길, 대로변의 명품관 쇼윈도는 전부 무참히 박살 나 있었고 거리 여기저기에 사고 차량이 방치되어 있었다. 그 잔해들을 피해서 달리는 사이 이 요란한 트럭을 몰고 온 이유를 알았다. 이거라면 누가 시비를 걸지도 않을 테고 조금 들이받혀도 괜찮다.

"봤어? 지금 사람이 쓰러져 있는 것 같았는데."

"사람이겠지."

운전석의 아버지와 창가 자리에 앉은 나 사이에 끼어 있는 포치가 대답했다. 트럭이라 뒷좌석이 없는 대신 앞에 세 명이 앉을 수 있다. 포치는 무표정하게 말을 이었다.

"치우는 사람이 없으니까 사고 차량도 사람도 그냥 굴러다녀."

핏기가 가셨다. 거리 곳곳에서 연기가 피어오르는 광경을 베란다에서 봤는데, 소동이 벌어지고 있다는 사실을 인터넷으로 봐서 알고 있었는데, 나는 이제야 충격을 받았다. 오사카에서 도쿄까지 두 사람은 내내 이런 풍경을 봤던 것이다.

"시체도 계속 보니 익숙해지더라. 마비된다고 할까."

그래서 이즈미를 봐도 별로 놀라지 않았다고 포치가 말했다. 나도 안다. 아무리 무서운 일이라도, 아니, 무서울수록 인간의 뇌는 빨리 적응하려 하는 건지도 모른다. 그것이 가장 쉬운 도피이기 때문이다.

"정말 운석이 떨어질까?"

차에 들이받혀 쓰러진 가로수를 바라보며 포치가 혼잣말처럼 중얼거렸다.

"우린 정말 죽는 걸까?"

대답하지 못하고 잠자코 있자 포치가 커다란 한숨을

쉬었다.

"난 역시 아이 얼굴도 못 보겠지."

포치의 아이는 올해 12월에 태어난다. 예정일이 크리스마스라 경사스럽다고 포치와 그의 아내 나미는 기뻐했다. 모든 것이 아득히 머나먼 꿈만 같다.

"우리가 저세상에서 새로 태어난다고 생각하면 되잖아."

아버지가 운전하면서 말했다.

"아아, 그렇게 생각할 수도 있겠네요. 만날 수만 있다면 이 세상이든 저세상이든, 어느 쪽이든 상관없죠. 딸이라니까 하늘하늘한 드레스하고 리본을 잔뜩 가져가야지."

"그럴 줄 알았으면 내 장신구하고 드레스를 가져올걸."

"고마워. 마음만 받아둘게."

가라앉은 분위기를 떨쳐내려는 듯 포치가 밝은 목소리로 말했다.

"미치코는 저쪽에 뭘 가져갈 거야?"

"별로. 아무것도 없어."

"아무것도 없을 리 없잖아. 죽어라 열심히 애썼는데."

그럴까? 나는 황폐한 도쿄의 거리로 시선을 돌렸다. 그토록 화려했는데 왠지 허망하다. 내가 모든 것을 잃은 대가로 손에 넣었던 것도 똑같이 무너져 내렸다.

"애쓴 보람이 아무것도 없었어."

무언가를 얻을 때마다 무언가를 잃었다. 내가 참가한

게임의 규칙은 알고 있었다. 하지만 그만두고 싶어도 무대에서 내려올 수 없을 줄은 몰랐다. 덤벼오는 적을 상대로 필사적으로 싸워 한 칸씩 전진했다. 옆으로 밀려나기도, 뒤로 물러나기도 했다. 그랬는데 단 하룻밤 사이에 원점으로 돌아왔다. 게임이 끝나버린 걸까?

"애썼다는 사실도 이제 아무래도 상관없지만."

체념하듯 대화를 끝내자 포치가 그게 뭐냐고 불만스럽게 말했다.

"미치코는 옛날이 더 멋졌어."

미안하게 됐네, 나는 웃었다.

"지금은 영 꼴사나워."

포치답지 않은 신랄한 말투에 웃음을 거두었다.

"그보다 너, 너무 성형을 많이 했잖아. 돌아올 때마다 얼굴이 바뀌다니 네가 무슨 뤼팽이야? 말투도 닭살 돋고 유일하게 남아 있던 근성마저 꺾이다니, 좋은 점이 하나도 없잖아."

아연히 포치를 쳐다보았다. 잔뜩 찌푸린 옆얼굴에서 농담하는 기색은 찾아볼 수 없었다.

"……쭉 그렇게 생각했어?"

"쭉 그랬던 건 아니야. 하지만 이 녀석 정말 미치코 맞나 의심한 적은 있었어. 실은 미치코인 척하는 다른 사람이 아닐까 하고. 지난번에도 사람을 고자질쟁이 취급했잖아.

아아, 이 녀석 이제 안 되겠네, 근성이 썩었어, 절대 미치코가 아니야, 솔직히 이제 못 봐주겠다고 마음을 접었어."

발밑이 스르르 무너져 내리는 기분이었다. 어렸을 때부터 나를 좋아했고, 나오와 요칭과는 소원해졌지만 포치하고만큼은 계속 친구였다. 시야가 흐려졌다.

"아, 아니야, 오해야. 생각만 했다는 거지, 하룻밤 자고 나서 마음을 바꿨어. 나미도 스타는 힘든 거라고, 소꿉친구였으니 이해해주라고 화를 냈고 나도 그렇겠다 싶어서 반성했어."

포치가 필사적으로 위로해주었다. 눈물로 위로받다니 정말 한심했다.

"어떻게 하면 다시 멋져질 수 있을까?"

콧물을 훌쩍이며 물었다.

"미치코는 미치코야. 본모습 그대로만 보여줘도 멋져."

"지금도 나는 나야. 다른 그 누구도 아니야."

"응, 미안, 잘못했어. 아무것도 모르면서 마음대로 떠들었지."

"사과하지 마. 포치는 사실을 말한 것뿐이니까."

"아니, 내가 실수했어. 네가 어떤 모습이라도 미치코는 미치코지. 난 미치코가 좋아."

위로를 받으니 더 눈물이 났다. 어렸을 때로 돌아간 것처럼 응석을 부리며 울고 나니 메말라 있던 몸속이 따뜻하게 온기를 되찾았다. 흙 속에 묻혀 겨우 살아 있던 뿌리에서 천천히 무언가가 솟아난다. 봄에 싹을 틔우고, 여름을 향해 뻗어가는 강인한 생명과도 닮았다. 하지만 이제 새로운 봄은 돌아오지 않는다.

"……노래하고 싶어."

맞이할 계절을 잃어버린 새싹이 맥락도 없이 입에서 튀어나왔다.

"파이널 공연, 하고 싶어."

"도쿄로 돌아가고 싶어?"

고개를 가로저었다.

"돔이 아니라도 돼. 노래할 수만 있다면 어디든 좋아."

모든 것을 잃었다고 생각했다. 하지만 아직 살아 숨 쉬는 것이 있었다.

모두가 선망하는 가희라는 지위, 몇십만 엔짜리 코트, 드레스, 하이힐, 가방, 장신구, 전부 도쿄에 두고 왔다. Loco를 만들어준 이즈미도 두고 왔다. 그렇게 세상마저 멸망하려는 지금, 겨우 발견한 꿈은 새로운 것이 아니었다.

"너희하고 노래하고 싶어."

마지막 순간, 내가 가지고 갈 짐은 그것이었다. 친구들과 밴드를 만들고, 그들의 서툰 연주로 옛날 록밴드를 흉내 내어 노래하는 게 그렇게 행복할 수 없었다. 우스울 정도로 유치했던 추억을 떠올리자 오랜 여행에서 겨우 집으로 돌아온 듯한 기분이 들었다.

"하자."

포치가 말했다.

"미치코의 파이널 공연, 오사카에서 우리하고 하자."

"아무도 안 올 거야."

"우리가 즐거우면 그만이잖아."

단순하고 멋진 제안이다. 하지만 수긍할 수 없었다.

"그런 짓을 해도 될까?"

"안 될 이유가 있어?"

"나, 사람을, 죽였어."

한 마디씩 말을 끊을 때마다 조금씩 악몽에서 깨어났다. 먹구름이 사라진 멀쩡한 의식 속에서 나와 세상을 비추는 카메라의 초점이 갑자기 선명해졌다.

"나, 이즈미를 죽였어."

내가 대체 무슨 짓을 한 걸까? 몸이 바들바들 떨렸다.

"안 돼. 노래하고 싶다니, 나는······."

"벌할 사람도 이제 없다."

아버지가 불쑥 말했다. 왠지 차분해서 아버지 목소리가 아닌 것 같았다. 여기저기서 잔물결처럼 '진정한 종말'이 슬그머니 다가오는 것 같다.

"이제는 다 늦었어. 미치코, 저걸 봐라. 죄가 가득하잖니."

창밖을 쳐다보았다. 사고 차량과 시체가 굴러다니는

도로. 누군가가 부딪히고 누군가가 차로 치지만 아무도 치우지 않아 그대로 방치되어 있다. 이렇게 되기 전에는 선량한 일반 시민이었을 누군가가 저지른 죄로 넘쳐나는 광경에 내 안에서 또다시 무언가가 무너져갔다.

"어차피 한 달도 안 남았어. 다들 하고 싶은 대로 살면 되잖아. 이즈미 씨에게 잘못했다고 생각하면 그런 마음도 전부 끌어안고 저세상에 가면 돼. 그래서 그쪽에서 이즈미 씨를 만나면 무릎을 꿇든지 머리를 조아리든지 해. 아버지도 같이 해줄게. 엄마도 있어."

눈가에 맺힌 눈물이 손등에 뚝뚝 떨어졌다.

"아 저씨, 저하고도 같이 해줘요."

"뭐야, 포치, 너도 누구 죽였냐?"

"나미 배 속에 있는 아이."

"그건 죽인 게 아니지."

"마찬가지예요. 이 세상에 태어나게 해주고 싶었는데."

포치의 목소리도 눈물에 얼룩져 있었다.

"포치, 나도 함께 네 아기한테 사과할게."

"미치코, 고마워. 나도 이즈미 씨한테 사과해줄게. 약속한 거다?"

아이처럼 새끼손가락을 걸었을 때, 트럭이 덜컹 튀어올랐다.

"아차. 치고 말았네."

아버지가 말했다. 무엇을 치었는지, 그것은 움직이고 있었는지, 더 이상 움직이지 않는 것이었는지. 이제 와서 물어도 의미는 없다. 요란한 트럭은 서쪽을 향해 황폐한 거리를 하염없이 달렸다.

— 제3장 Loco 시절, 끝

그리고 최종장, 설마 했던 야마다 미치코 시대 Ⅱ가 시작되었다.

오사카로 돌아가는 사흘 동안 몇 번이나 폭주 차량에 부딪힐 뻔했고 실제로 몇 번은 부딪혀서 그 충격으로 몇 사람을 치었다. 운전은 아버지와 포치가 교대로 했는데 아버지보다 포치가 장애물을 술술 잘 피하는 것이 의외였다.

돌아가는 길에 업데이트가 멎어 있던 Loco의 인스타그램으로 도쿄 돔 투어 파이널 공연 중지와 마지막 라이브는 인류 최후의 날에 오사카에서 하겠다고 공지했다. 공연장은 마을회관. 오십 명만 들어가도 꽉 차는 낡은 건물이다. Loco라면 죽어도 싫다고 고집을 부렸겠지만 야마다 미치코는 아무렇지도 않다. 반대로 그곳에서 하고 싶어 견딜 수 없었다.

"관객들도 안 오겠지?"

"모르는 일이야. 우리 중학생 때부터 동네에서는 인기 밴드였잖아."

"인류 최후의 날이야. 누가 아마추어 라이브를 들으러 오겠어?"

오사카로 돌아가는 길에 잃어버렸던 오사카 사투리가 단숨에 되살아났다. 매끄럽게 입에서 나오는 그리운 말은 나를 자유롭게 해주었다. 이미지를 지키기 위해, 쓸데없는 트집을 피하기 위해, 언제나 남들 앞에서는 우울한 척 침묵했던 Loco 시절과는 영 딴판이다.

마지막 라이브 공지에는 포치와 함께 브이 사인을 하는 사진을 올렸다. 눈 깜짝할 사이에 '좋아요'와 댓글 숫자가 늘었다. '업데이트 고마워', '꼭 갈게', '오사카?', 'Loco와 함께 죽고 싶어', '무슨 곡을 부를지 알려줘'. 기쁜 댓글과 함께 욕설도 많았다. '아직 살아 있었어?', '누가 가겠어?', '분위기 파악 좀 해라', '마지막까지 자아도취녀', '애인 촌스러워', '죽어'.

"여전히 미치코 인스타는 난장판이네."

포치가 옆에서 들여다보았다.

"하지만 기뻐."

"죽으라는데?"

"너도 촌스럽다고 하는데?"

"내버려둬."

한때 인스타그램을 업데이트하기가 두려웠다. 무엇을 올려도 진창 같은 댓글이 달렸다. 주위에서는 신경 쓰지 말라고 했지만 바보들, 당연히 신경 쓰이지. 하지만 반응하면 지는 거라고 타이르는 말에 애써 마음을 마비시켰다. 무엇을 봐도 고통을 느끼지 않으려고 웃지도, 울지도 않았다. 그것이 실수였음을 이제는 안다.

어째서 돌을 맞는 쪽이 고통을 참아야만 하지? 돌을 던지는 쪽이 당연히 나쁜데. 그래도 지금은 날아오는 애정과 증오가 기절할 만큼 기쁘다.

"하지만 세상이 이런데 나를 의식해주는 사람이 있다는 뜻이잖아?"

포치는 조금 황당한 표정을 지었다가 웃었다.

"역시 미치코는 그릇부터 스타야."

"뭐야, 갑자기."

"미소라 히바리도 엄청 사랑받았고 엄청 미움받았어."

"포치, 미소라 히바리도 들어?"

"돌아가신 증조할머니가 좋아하셨는데 그런 말씀을 자주하셨던 게 생각났어."

"증조할머니? 하긴 미소라 히바리는 쇼와*를 대표하는

---

* 1926년부터 1989년까지 사용된 일본의 연호로 1989년부터 2019년까지는 헤이세이, 2019년부터 레이와 연호를 쓰고 있다.

가희니까."

"미치코는 헤이세이의 가희지."

"그것도 이제 낡았어. 지금은 레이와 시대야."

"레이와도 곧 끝나. 미치코가 진정 일본의 마지막 가희야."

마지막 가희. 멋지잖아, 나는 자그맣게 웃었다.

세상이 이렇게 되기 전에 내가 최후에 이룩하고 싶었던 꿈이다.

도쿄에서 달려오면서 깨달은 사실은 도시일수록 황폐하다는 점. 출발 지점인 도쿄가 가장 심각했고 멀어질수록 괜찮아졌다. 하지만 오사카에 들어가자마자 풍경은 세기말로 모습을 바꾸었다.

"역시 오사카. 도쿄 못지않은 무법지대로군."

쇼윈도가 깨져 있는 건 당연하고 작은 상점까지 모든 가게에서 약탈이 횡행했지만 지금은 그것도 끝나서 적막함마저 감돌았다.

"가져갈 수 있는 건 전부 가져간다더라. 가족 앨범까지 빼앗겼다고 들었어."

"그런 걸 어디다 쓰려고? 멍청이가 의욕을 내면 어리석은 짓을 한다니까."

시시한 잡담을 나누며 동네에 들어가자 풍경이 또 바뀌

었다. 옛날부터 있던 작은 상점은 그렇다 쳐도 편의점까지 평범하게 장사를 하고 있어 놀랐다.

"굉장하지? 주민회에서 직접 지키고 있어."

가게 양쪽에 야구방망이를 든 험상궂은 아저씨가 서 있다. 오호라. 저래서야 섣불리 습격할 수 없겠다. 애초에 이 부근 일대는 치안이 나쁘기로 유명하다.

"역시 좋은 동네야."

나는 창문을 열고 내가 태어난 동네의 공기를 만끽했다.

고향집에 도착하자 어머니와 다쿠 오빠, 아사코가 울면서 나를 꾸짖었다. 이제 안 돌아오는 줄 알았잖니, 멍청아. 살아 있어 다행이다, 바보야. 멍청한 언니 같으니. 다들 나를 끌어안고 귓가에서 소리를 질러대서 고막이 터지는 줄 알았다.

저녁에는 아버지와 어머니, 다쿠 오빠와 새언니, 조카, 아사코, 포치, 사이좋은 이웃들과 무사 귀환을 축하하는 스키야키 전골 파티를 벌였다.

"엄청 좋은 고기잖아? 용케 구했네."

"무라카미 아저씨가 훔쳐왔어."

어머니가 웃으며 말했다.

"무라카미 아저씨는 헤이세이 뤼팽이네."

"이미 레이와지만."

"뭐든 훔쳐, 굉장해."

사람들의 대화를 들으니 돌아왔다는 실감이 났다.

귀환 파티는 밤늦게까지 이어졌고 나는 도중에 2층으로 올라가 화장실에서 토했다. 자그마한 은수저는 가지고 오지 않았다. 그것을 쓰지 않아도 내 몸은 이미 음식을 붙들어두지 못한다. 어머니의 스키야키가 무참히 떠내려간다. 내가 짊어진 죄와 벌이다.

오랜만에 푹 자고 일어나니 포치가 LINE 메시지를 보냈다. 오늘은 옛날 밴드 멤버들을 만나러 가기로 약속했다. Loco로 데뷔한 이래로 나오와 요칭과는 소원해졌다. 이유는 잘 모르겠다.

"그거 진심으로 하는 소리야?"

포치가 눈썹을 찌푸렸다.

"짐작 가는 이유가 있어?"

잔뜩 있어, 하고 포치가 고개를 크게 끄덕거렸다. 내가 나오의 회사 보너스를 "여행 한 번 가면 끝나겠네"라고 말한 것. 요칭이 35년 대출로 구입한 자가 주택을 "그 정도는 그냥 현금으로 사지"라고 말한 것. 둘 다 기억나지 않는다.

"그렇겠지. 돈 잘 번다고 엄청 으스댔다고 들었어."

부끄러워서 고개를 들 수가 없었다. 나는 고독한 줄 알았다. 아무도 Loco의 마음을 알아주지 않는다고 생각했다. 하지만 Loco가 사람들의 마음을 헤아릴 수는 있었다. 나는 Loco가 되기 전에는 야마다 미치코였으니까. 누구보다 Loco를 특별한 존재로 대하며 점점 고독하게 만든 것은 바로 나였다.

"나, 아주 못돼먹었네."

"얼마 전까지는. 지금은 아니니까 괜찮잖아."

포치가 멈춰 서버린 내 손을 잡아끌며 성큼성큼 걸었다.

다쿠 오빠네 회사 자재 창고에 도착하니 벌써 다들 와 있었다. 요칭, 나오, 두 사람의 아내로 보이는 여성들과 아이. 면목이 없어 고개를 숙이고 있자 뭐 하는 거냐고 대뜸 머리를 얻어맞았다. 고개를 드니 누가 봐도 화가 나 있는 두 사람과 눈이 마주쳤다.

"시간 없어. 빨리 하자."

자세히 보니 창고 안쪽에 드럼 세트가 놓여 있고 기타, 베이스, 그리고 마이크스탠드가 마련되어 있었다. 얼굴을 잔뜩 찡그리며 울음을 터뜨리자 성형 망가진다고 놀렸다.

바로 연습에 들어갔는데 한 곡도 끝나기 전에 문제를 발견했다. 악기에서 손을 떼고 살았던 사회인들은 옛날보다 훨씬 실력이 떨어졌다. 이 계획은 실패할지도 모른다.

"그냥 옆집 소음 같아."

요칭의 아내 시오리가 귀를 막았다. 장녀 기질을 가진 사람으로 전남편 사이에서 낳은 딸을 데리고 요칭과 재혼했다. 리듬이 불안한 베이스 드럼 소리에 딸은 손뼉을 치며 기뻐했다.

"나쓰키는 아빠 뚱땅뚱땅 좋아."

요칭은 딸을 품에 끌어안더니 자기도 나쓰키가 좋다며 뺨에 뽀뽀를 했다. 좋아하는 여자가 다른 남자와 낳은 딸을 요칭은 진심으로 사랑하고 있다.

나오 부부는 아이는 없지만 주위에서 부담스러워할 정도로 금슬이 좋다. 아내 기요는 IT 기술자로 맞벌이라 해마다 정월을 하와이에서 보낸다. 기요가 다음에 같이 가자고 했다가 아, 하고 눈길을 떨어뜨렸다.

"다음은 이제 없지, 참."

소음이 울리는 자재 창고에서 나쓰키가 신나게 뛰어다녔다. 이상하게 온화한 분위기 속에 포치의 아내 나미만 없었다.

"매일 집에서 울고만 있어."

돌아가는 길에 포치가 말해주었다. 나미는 소혹성 뉴스를 들은 뒤로 줄곧 집에 틀어박혀 있다고 한다. 포치와 나미의 아이는 올해 12월에 태어날 예정이었다. 나미는 날마다 불러오는 배를 어루만지며 매일, 매일, 그저 울고만 있다.

"같은 여자니까 위로 좀 해줘."

"여자도 천차만별이야. 같은 여자라도 난 결혼도 임신도 한 적 없는걸."

시무룩한 포치와 함께 나도 막막한 심경으로 귀로에 올랐다.

"신은 어째서 이런 짓을 하는 걸까?"

포치가 고개를 숙인 채로 중얼거렸다.

"우리가 무슨 나쁜 짓을 했다고 신에게 이런 일을 당하는 걸까?"

"포치, 신을 믿어?"

"아니, 어머니가 파광교거든."

깜짝 놀라 포치를 쳐다봤다. 포치의 어머니는 2년 전에 지인을 따라 파광교에 빠졌다. 올여름, 본부 강제 수사로 무서운 교단이라는 사실이 밝혀졌을 때는 이웃에서도 따가운 눈총을 샀다고 한다. 그때는 체념했는데 요즘 다시 교단의 가르침을 읊조리게 되었다.

"파광교는 소흑성 소동을 틈타 여기저기서 전철에 약을 뿌렸잖아? 사람까지 죽여놓고 세상을 구한다느니 교주를 풀어달라느니, 말도 안 되는 소리를 하는 집단이잖아."

"그렇긴 한데, 뭐 그건 그렇다 치고 어머니가 매일 이렇게 된 건 인간들 잘못이다, 그러니 신이 벌을 내리신 거라고 하는 거야. 듣다 보니 나도 그런가 하는 생각이 들더라. 인류 멸망이라니, 신이 아니면 누가 그런 끔찍한 짓을 할 수 있겠어?"

"그럴지도 모르지만 거기서 나오는 신은 적어도 파광교 신은 아닐 텐데."

"그럼 무슨 신인데?"

"난 모르지만 좀 더 제대로 된 신이겠지. 기독교나 불교나."

"그렇게 유명한 신이 그러면 더 무섭잖아."

그러네, 나도 무심코 수긍하고 말았다.

"이게 벌이라면 우리가 대체 무슨 나쁜 짓을 한 걸까?"

"포치는 아무 짓도 안 했어."

"하지만 나는 벌레도 많이 죽였는데. 나미도 바퀴벌레한테는 가차 없고."

"그런 것까지 셀 필요는 없잖아."

"그건 우리 생각이지."

포치가 문득 고개를 들어 나를 바라보았다.

"벌레한테도 벌레의 삶이 있었을 거야. 미치코도 모기였다고 상상해봐. 모기에게 피는 밥이지. 밥을 먹는데 갑자기 맞아 죽는 거야."

"비참하네."

그렇지? 포치는 서글프게 고개를 끄덕였다.

"잘 생각해보면 우리는 단순히 기분에 따라 다른 생물을 마구 죽여. 게다가 환경도 파괴하고 있지. 지구는 점점 뜨거워지고 얼음이 녹아. 어머니는 지금 편하게 살기 위해 미래의 아이들 목을 천천히 조르고 있는 거라고 했어."

포치의 말은 일리가 있어 반박할 수 없었다.

"나는 커다란 배를 끌어안고 우는 나미를 보면 견딜 수가 없어. 아무리 진심으로 위로해도 부족해, 뭐든 상관없으니 우리가 죽어야 할 이유가 필요하다고 생각했어. 확실한 죄가 있다면 나미도 받아들이고 눈물을 그칠 것 같거든."

"아니, 아니, 그건 말도 안 되는 소리야."

"그래. 말도 안 되는 소리지. 하지만 봐봐."

포치가 걸음을 멈추고 하늘을 올려다보았다. 밤인데 먼 하늘이 군데군데 붉었다. 매일 밤 어느 도시에서 건물들이 불타고 있다. 이 부근은 자경단이 보초를 서고 있지만 다른 동네에서는 방화가 일상이 되었다. 건전지나 식량을 둘러싼 죽고 죽이는 싸움도 일상다반사다.

"말도 안 되는 세상이야. 미치코, 우리는 마지막에 어떻게 될까? 무슨 일이 벌어질까? 어떻게 죽을까? 사형 판결도 판사가 제대로 설명해주잖아. 너는 이러이러한 나쁜 짓을 했으니 사형이라고. 하지만 우리는 자기가 왜 죽어야 하는지 전혀 알지도 못한 채로 죽어. 사고로 갑자기 죽는 사람도 있지만 이렇게 몇 월 며칠 몇 시에 죽는다고 카운트다운을 하다니, 그때까지 실컷 벌벌 떨라고 위협하는 것 같잖아."

포치의 말이 점점 빨라졌다.

"나, 사실은 정말 무서워. 나미를 지켜야만 하는데 어째서 나는 이렇게 약할까? 어째서 아내나 아이에게 아무것도 해주지 못하는 걸까? 하다못해 이유가 필요해. 우리가 죽어야 할 이유. 조금이라도 수긍하고 편해지고 싶어. 응? 내가 이상한 걸까?"

이상하지 않다. 부조리에 맞서는 것은 힘든 일이다. 어차피 죽을 거라면 힘들기 싫다. 사형수도 집행을 기다리는 동안 온순해지는 경우가 많다고 들었다. 자기가 저지른 죄를 반성하고 벌을 받아들이고 조용히 죽음의 순간을 기다린다. 그것이 가장 편하기 때문이리라.

하지만 포치와 나미, 대부분의 사람들은 받아들여야 할 죄가 없다. 그래서 필사적으로 찾는다. 벌레처럼 죽어야 할 정도의 죄목을. 이래서야 주객전도다. 하지만 미치지 않고서는 못 버틸 정도로 온 세상이 이미 미쳐버렸다. 제정신으로는 마지막까지 버틸 수 없다.

"모기도 개미도 죽였고, 에어컨하고 자동차도 마구 써 댔어. 우리는 그래서 죽는 거지?"

나를 다그치는 포치의 눈에 눈물이 고였다. 포치는 바닥에 털썩 무릎을 꿇었다. 용서해달라고 울부짖는 포치를 바라보고 있으려니 내 안에서 열기가 톡톡 솟아났다. 그것은 순식간에 사방으로 튀어 타오르는 분노로 변해갔다.

— 당신, 이러는 이유가 뭐야?

불길과 연기가 치솟는 어두운 밤하늘을 노려보며 멍청하고 단순하고 다정한 포치를 이렇게 망가뜨린 신이라는 존재에게 물었다. 나는 이즈미를 죽였으니까, 살인자니까 용서를 구할 자격이 없다. 하지만 포치와 나미, 요청과 나오의 가족들, 아버지와 어머니, 다쿠 오빠, 아사코, 이웃 아저씨, 아주머니들이 죽어야 할 정도로 큰 죄를 지었단 말인가?

"신 같은 건 없어."

확고하게 말하자 포치가 눈물로 엉망진창이 된 고개를 들었다.

그렇잖아, 사람을 죽인 나와 선량한 사람들에게 똑같은 벌을 주다니, 그런 허술한 신이 있겠어? 그저 운이 나빴다고 하는 편이 훨씬 믿음이 간다.

어딘가 멀리서 날아온 커다란 돌이 우연히 그 자리에 있던 지구에 부딪친다. 밥을 먹다가 맞아 죽은 모기처럼 허망하게, 아무 이유도 없이, 죽는다.

그 사실을 받아들이든 받아들이지 않든, 이유도 모른 채 앞으로 2주 동안 우리는 공포의 낭떠러지로 끌려간다. 나는 멀리서 타오르는 밤하늘을 응시했다.

이렇게 미친 세상을 견딜 수 없다고 겁에 질려 우는 포치는 옳다.

그렇다면 지금, 해방감을 느끼는 나는 뭘까?

내가 인스타그램에 글을 올릴 때마다 마르지 않는 샘물처럼 어디서랄 것 없이 넘쳐나는 댓글을 떠올렸다. 증오, 애정, 증오, 다시 애정. 끝없이 이어지는 원.

— 미치코가 진정 일본의 마지막 가희야.

그래, 포치. 나는 가희고 겨우 거기에서 해방된다는 안도감을 느끼고 있다. 네 어깨에 몇천 명이나 되는 관계자들의 생활이 걸려 있다고 위협받지 않아도 된다. 신곡을 낼 때마다 오리콘 차트를 염려하지 않아도 된다. 이번에야말로 구지라에게 밀릴까 봐 겁낼 필요도 없다. 살기 위해 먹은 음식을 토하고, 내가 무엇을 위해 살고 있는지 몰라서 눈물과 콧물과 침으로 범벅이 되지 않아도 된다. 나는 마침내, 겨우 게임판에서 내려올 수 있다.

내일 죽을 수 있다면 편해지겠지. Loco였던 나는 늘 그런 꿈을 꾸었다.

그렇게 바랐던 내일이 마침내 찾아왔다.

나는 몸을 숙여 바닥에 손을 짚고 있는 포치의 머리를 감싸 안았다. 이제 아무것도 할 수 없는데, 그래도 앞으로 15일 동안 우리는 숨을 쉬고, 식사를 하고, 배설을 해야 한다. 그저 죽기 위해서. 거기에 어떤 의미가 있는지도 모른 채.

— 산다는 건 대체 뭘까?

나는 그 답을 마지막 순간이 오기 전에 찾을 수 있을까?

꿈을 꾸었다. 구지라의 인기가 순조롭게 상승하던 무렵의 일이다. 그 무렵 Loco의 광채는 아직 빛을 잃지 않았지만 작년의 화장법이나 셔츠가 미묘하게 낡아 보이는 것처럼 슬슬 위험하다는 예감이 있었다. 나는 새로운 도전을 하고 싶다고 호소했지만 팀은 그것을 계속 반대했다.

이즈미는 역대 가희들이 추락한 원인 중 하나가 이미지 변신이라고 했다. 신인일 때는 성장하느라 정신이 없어 주위를 돌아볼 여유가 없지만 최고를 거머쥐고 숫자도 높은 위치에서 안정되면 방심하는 건지 초조해하는 건지 모두 도전을 바란다고 했다.

대중의 인기로는 모자라 전문가들의 평가를 탐낸다. 경박하기 짝이 없다며 이즈미는 희미하게 비웃었다. 아티스트가 생각하는 만큼 팬들은 변화를 원하지 않는다고.

— 반대로 항상 자기가 좋아한 Loco의 모습 그대로 남아주길 바라지.

시대의 최첨단에서 찬란하게 빛나는 Loco. 베테랑이 흔히 그러듯 묘하게 여유를 부리며 능숙함을 호소하는 노래가 아닌, Loco의 역대 히트곡 분위기를 이어받은 신곡을 듣고 싶은 것이다. 성장은 바라지 않는다. 왜냐하면 모두들 Loco의 히트곡에 저마다의 청춘을 덧대어 자기 추억과 함께 Loco를 사랑하기 때문이다. 기억은 변해서는 안 된다.

— 가희는 그 시대를 상징하는 존재야.

— 성장한다는 건 Loco의 시대를 끝낸다는 뜻이야.

이즈미의 설명은 이해하기 쉬웠지만 받아들이기는 어려워 발을 동동 구르고 싶었다. 그렇게 변하지 않으려 필사적으로 노력해도 시대가 결국 변해가기 때문이다.

— 그럼 노력도 하지 않고 가만히 추월당하기를 기다리란 말이야?

— 그래. 뭘 해도 안 될 때는 안 돼. 시대란 그런 거야.

Loco를 만들어낸 부모면서 냉정한 말을 하니 화가 났다.

— 그건 이즈미의 경험담?

분한 마음을 누르지 못하고 물었다. 이즈미는 젊었을 때 밴드로 데뷔했지만 무명으로 끝났다는 이야기를 지인에게 들었다. 이즈미는 사실 하드록을 좋아한다고.

— 이즈미는 다시 밴드를 하고 싶지 않아?

— 어째서 내 얘기를 하는 거야?

— 뮤지션의 시선으로 돌아오길 바라는 거야.

— 사양하겠어. 록이 한물간 건 다 아는 사실이야.

— 그렇지 않아. 오리콘에도 쭉쭉 들어가잖아.

텔레비전에서도 자주 보이는 인기 절정의 신인 밴드 이

름을 몇 개 들었다.

— 그런 건 록이 아니야!

갑작스레 언성을 높여서 깜짝 놀랐다. 이즈미는 불쾌한 듯 눈썹을 찌푸렸고 나는 잠시 할 말을 잃었다가 슬그머니 짓궂은 미소를 지었다.

— 아저씨들은 툭하면 그렇게 말하더라.

이즈미의 반응은 볼만했다. 어지러이 시선을 좌우로 굴리더니 거북한 듯 샴페인병을 들고 욕실로 달아났다. 그런 이즈미의 모습은 처음 보았다.

깜깜한 방에서 잠이 깨자 순간 내가 아직 Loco인 줄 착각했다.

— 이즈미.

몹시 다급한 기분으로 머리맡의 스마트폰을 집어 이즈미의 밴드를 검색했다. 거친 화질의 동영상이 딱 하나 나왔다. 모두 장발에 몸에 딱 맞는 검은 바지를 입고 있다. 충격적으로 촌스러운 모습에 웃음이 나와 꿈속에서 쭈뼛거리던 이즈미를 떠올렸다.

이런 정보 사회에서 메이저 데뷔한 밴드의 동영상이 하나밖에 검색되지 않다니, 아무리 옛날 일이라지만 어지간히 인기가 없었던 모양이다. 그 과거는 새까만 덩어리가 되어 이즈미의 내면에 있었을지도 모른다. 그래서 두 번

다시 밀려나지 않도록, 필사적으로 시대의 파도에 영합하는 사이 이즈미는 자기도 모르게 게임판 위에서 내려오지 못하게 되었던 걸까?

갑작스럽게 홍수처럼 눈물이 쏟아졌다. 이즈미는 언제나 쾌활했지만 모든 것을 균일하게 갈아버리는 평탄한 미소에 온도는 없었고, 어떤 재미도 느끼지 못하는 것 같았다. 사람들은 천재라서 미래까지 내다볼 수 있으니 주위가 바보로 보이는 거라고들 했고 나도 그렇게 생각했다.

— 하지만 어쩌면, 이즈미 당신도 죽고 싶던 적이 있었을까?

도쿄의 맨션에 두고 온 이즈미에게 물어보았다. 남의 마음속은 알 길이 없다. 이런 것은 내 죄책감이 낳은 이기적인 상상일지도 모른다. 나는 이즈미의 밴드가 남긴 단 한 곡을 몇 번이고 반복해서 들었다. 눈물은 그칠 줄 모르고 넘쳐흘렀다.

드러누운 채로 화면을 보느라 흘러내린 눈물이 귀에 들어가 찰박찰박 소리를 냈다. 내가 이즈미로부터 빼앗았으니 돌려줘야만 한다.

무엇을?

목숨을?

노래를?

이튿날 친구들에게 곡을 변경하자고 제안했다. Loco의 파이널 공연이니 팬에게 인기 있던 노래로 곡목을 짰지만 역시 여러모로 무리가 있었다.

"그냥 우리가 좋아하는 음악을 하자."

그렇게 말하자 친구들이 눈을 빛냈다.

"하지만 Loco의 파이널 공연이라고 했는데 손님들이 반발하지 않을까?"

"인스타그램으로 정정해두면 돼. 그래도 상관없는 사람은 올 테고, 싫으면 안 오겠지. 이런 세상이니 애초에 손님도 제로에 가까울 거야. 그렇다면 우리가 하고 싶은 걸 하자."

모두 큰소리로 기뻐했다.

"우와! 어쩌지? 엄청 기운이 솟아! 솔직히 말해 '세상에서 가장 아름답고 슬픈 크리스마스, 당신이 옆에 없다는 이유만으로'라고 노래를 부르려니 닭살이 돋았거든."

"뭐, 엔진에 불도 붙지 않을 것 같은 노래였지."

확실히. 나도 동의했고 곡목을 수정하기 시작했다. 밴드 시절 불렀던 오리지널 곡에다가 각자 좋아하는 아티스트의 곡을 추천했다. 저마다 하고 싶은 곡을 모은 일관성 없는 곡목 속에 나는 이즈미의 노래를 넣고 싶다고 부탁했다.

"이건 나 혼자 할게."

오래전에 샀던, 고향집에서 먼지를 뒤집어쓰고 있던 싸구려 어쿠스틱 기타를 꺼냈다. 어젯밤부터 오늘까지 몇 번이나 되풀이해 들어서 귀로 외웠다. 너 기타 칠 줄 알아? 친구들의 질문에 나는 말없이 의자에 앉아서 가만히 호흡을 가다듬고 인트로를 연주했다.

"우와, 엉망진창."

"미치코, 그건 안 돼. 하다못해 포치에게 맡겨."

시끄러워! 나는 되받아쳤다. 서툰 건 알고 있다. 그래도 이것은 내가 혼자 연주하고 노래해야 한다. 이것은 내 사랑과 죄의 노래다. 하지만 악기를 연주하며 노래하기란 역시 어려워서 이래서는 마음껏 노래도 못 부르겠다 싶어 도중에 기타를 버리고 일어섰다.

내 악기는 목소리다. 그러니 몸뚱이 하나로 노래하면 된다.

정통 하드록을 좋아했다던 이즈미. 그런데 인터넷에 올라와 있던 단 하나의 곡은 발라드였다. 이즈미가 Loco를 위해 썼던 발라드는 곳곳에 달콤한 사탕을 숨겨둔 곡들뿐이었지만 이것은 훨씬 촌스러웠고, 옛날 록 밴드가 앨범 마지막에 집어넣던 단 하나의 곡처럼 촉촉한 감성의 사랑 노래였다.

아카펠라로 노래하며 속으로는 분했다. 하이톤에 성량이 큰 나로서는 이즈미가 원한 이미지대로 노래할 수 없다. 한심한 기분으로 노래를 마치고 힘없이 어깨를 축 늘어뜨린 나를 친구들의 박수가 에워쌌다. 위로해주는 거라고 생각했는데…….

"좋은데? 그거 그거지?"

"응, 그거. 뭐더라? 그거잖아, 왜."

모두 그거 그거, 하고 있을 때였다.

"〈하드 럭 우먼〉."

뒤를 돌아보니 자재 창고 입구에 나미가 서 있었다.

"나미, 어쩐 일이야? 무슨 일 있어?"

포치가 가장 먼저 달려갔다. 나미는 소혹성 뉴스를 들은 뒤로 줄곧 집에 틀어박혀 있느라 한 번도 연습을 보러온 적이 없었다. 나미가 쭈뼛거리며 다가왔다. 몸은 좀 어떤지, 배는 무겁지 않은지, 모두 염려하며 의자를 권하는 가운데 나미가 나를 바라보았다.

"지금 부른 노래, 키스의 〈하드 럭 우먼〉이지? 정말 좋아하는 곡이야."

나미는 고전 하드록을 좋아해서 포치보다 해박하다고 했다. 다른 사람들도 "그거다", "그래, 맞아, 키스였어"라고 끄덕거렸다.

"지금 부른 건 내 애인이 만든 오리지널 곡인데."

"아, 그래? 미안."

나는 웃으며 고개를 가로저었다. 사실 동영상을 봤을

때 나도 키스를 떠올렸다. 후렴구가 완전히 똑같았다. 젊은 시절의 이즈미도 포이즌이나 머틀리를 표절한 우리와 별 차이가 없었다고 생각하니 웃음이 나왔고, 눈물이 나왔고, 점점 더 이 곡을 부르고 싶어졌다.

"저기, 나도 연습 구경해도 돼?"

우리는 당연히 괜찮다고 대답했고 포치가 나미를 끌어안았다. 다행이다. 이로써 포치도 조금 편해지리라. 그런데 나미는 어떻게 공포를 극복한 걸까?

"마지막 하루뿐이라니 아까워. 연습도 인스타에 올리면 좋을 텐데."

나미의 말을 듣고 모두들 대번에 흥분했다. 어렸을 때부터 나서길 좋아하던 우리다. 그러기로 결정하자 재빨리 움직였다. 나는 헤어스타일과 화장을 고쳤고, 포치와 나오는 어깨끈을 쭉쭉 늘였고, 요칭은 스틱 돌리는 연습을 시작했다.

"일단 연주 연습이 아니라는 점이 너희들답네."

시오리와 나미가 스마트폰으로 촬영했다. 다른 각도에서 찍은 영상을 기요가 편집해서 Loco의 인스타그램에 올릴 계획이다.

"미치코, 이쪽 봐봐."

스마트폰을 들이대기에 괴상한 표정을 지으며 손가락으로 브이 사인을 했다.

"미치코, 어른이니 조금 진정해."

말은 그렇게 하면서도 다 함께 우스꽝스러운 표정을 지었다. 모두 의식적으로 쾌활하게 행동하고 있다. 우리에게는 이제 미래가 없다. 조금이라도 방심하면 시커먼 절망에 잡아먹힌다. 그러니 아랫배에 힘을 주고 웃는다.

매일 밤, 옆방에서 어머니가 흐느끼는 소리가 들린다. 다독거리는 아버지의 목소리도. 다쿠 오빠는 집 앞에서 아이와 캐치볼을 하면서 눈물을 글썽거렸다. 아사코는 좋아하는 아이돌 포스터를 벽에 덕지덕지 발랐다. 모두 두려워하고 있다. 온 세상이 공포에 감싸여 있다.

연습 광경을 인스타그램에 올리자 굉장한 기세로 좋아요와 댓글이 달렸다. '이상한 얼굴도 귀여워'라는 호의적인 내용부터 '엉망진창'이라느니 '죽어'라는 악담까지. 개중에는 '회선을 낭비하는 건 아닌지?'라는 진지한 의견도 있었다.

"괜찮아. 이미 접속 자체가 많이 줄었으니까."

IT계 회사에서 일했던 기요가 말했다.

"하지만 가끔 끊기잖아. 다시 연결되긴 하지만. 어째서 그런 거야?"

"일부 엔지니어들이 사수하고 있는 거겠지."

"이런 때에도 일하는 사람이 있구나."

나오가 감탄하자 기요가 으음, 하고 고개를 갸웃거렸다.

"그런 식으로 버티는 게 아닐까?"

"버티다니?"

"뭐라도 하지 않으면 미쳐버릴 것 같잖아."

모두 침묵했다. 멍하니 그저 죽음이 다가오기를 기다리는 건 견딜 수 없다. 그럴 바에야 누군가에게 도움이 되는 나, 무너지는 세상을 지탱하는 나, 그런 자부심으로 닥쳐오는 공포를 포장하는 편이 낫다. 아이러니하게도 죽음을 앞두고 모두들 자기가 살아 있는 이유를 찾기 시작했고, 그것은 선악과 상관없이 이루어지고 있다.

누군가에게 도움이 되기를 바라는 사람도 있거니와 폭력에서 생명의 빛을 찾는 패거리도 있다. 여기저기서 폭동이 일어나고 있지만 험상궂은 아저씨들이 지켜주는 덕분에 이 부근은 아직 안전했고 주민회는 식사 배급까지 하고 있다. 식료품이 있다는 소문을 듣고 야습하는 놈들은 반격을 당해 오히려 차에 싣고 있던 물자를 통째로 빼앗기고 목숨만 겨우 건져 달아났다.

거꾸로 보면 이 동네를 습격한 놈들과 우리는 다를 바 없다. 힘 좀 쓰는 녀석들이 매일 동네 밖으로 나가서 식료품을 둘러메고 돌아온다. 어떻게 조달했는지 아무도 묻지 않는다. 우리가 먹기 위해 누군가로부터 빼앗고, 그것을 못 본 척하며 자그마한 평화를 향유하고 있는 것이다.

매일 우리의 나약하고 비겁한 모습을 부끄러워하면서,

그래도 살아갈 수밖에 없다. 절망과 눈을 마주치지 않으려고 아무도 선악을 판단하지 않는다. 그 누구도 판단할 자격이 없다.

"괜찮아. 신이 하는 행동에는 반드시 의미가 있으니까."

나미가 평온하게 말했다.

"우리는 벌을 받는 게 아니야. 인류가 사라진 뒤에 굉장히 좋은 일이 일어날 거야. 커다란 운석으로 공룡이 멸종했을 때도 그 후 포유류가 늘었고 그게 우리로 이어졌어. 그것과 똑같아. 분명 우리보다 좋은 '무언가'가 태어날 거야. 파광교 지부장님이 매일 인터넷으로 가르침을 전파해서 시어머님하고 함께 듣고 있어."

나미는 부풀어 오른 자기 배를 어루만졌다. 성모의 미소와도 같았다.

"맞지, 그렇지?"

나미의 물음에 포치는 힘껏 끄덕거렸다.

"그래. 우리는 모르는 커다란 의미가 있을 거야."

서로 고개를 끄덕거리는 포치와 나미는 평온하고 행복해 보였다.

아아, 그런가. 두 사람은 그렇게 '납득하는 방법'을 선택한 것이다.

모두 아무 말도 하지 않았다. 이쯤 되면 저마다 믿고 싶은 것을 믿고, 자기만의 방법으로 그 순간을 맞이하는 수밖에 없다. 타인이 납득하고 말고는 상관이 없다.

사는 방식도, 죽는 방식도, 저마다 가슴속에 있다.

우리는 빈번하게 인스타그램을 업데이트했다.

미리 짜둔 곡목과 상관없이 그날 하고 싶은 곡을 마음 내키는 대로 연주한다. 인스타그램에는 순식간에 좋아요가 달렸고 휴식 시간에 댓글을 읽었다.

'Loco, 나는 지금 굉장히 행복해. 지금까지 살면서 행복하다고 느낀 적이 없었는데. 모두 죽기만을 바랐어. Loco 당신만 좋아. Loco의 노래를 들으며 죽는 게 꿈이야.'

'네가 죽는 꼴을 보고 싶으니 파이널 공연에 갈게.'

'할 일도 없으니 최후의 날에는 Loco 라이브에 갈 거야.'

'어쩌지, Loco, 애인이 자살해버렸어. 난 어쩌면 좋아?'

굉장한 수의 지리멸렬한 댓글. 내게 하는 말 같지만 단순히 마음을 쏟아낼 출구를 찾고 있을 뿐이다. 그중에서 '구지라보다 Loco가 좋아'라는 댓글을 발견했다. 좋아하는 마음을 표현하기 위해 다른 무언가를 비하한다. 아무 의미 없는 비교를 보며 오랜만에 구지라를 떠올렸다. 이렇게 되기 전에는 나도 괴로울 정도로 비교하며 의식했는데.

구지라는 인스타그램 공식 계정을 전적으로 라이브 방

송에 쓰고 있다. 지금도 라이브 중이라는 표시가 달려 있기에 화면을 전환했다. 여성 보컬리스트로서는 보기 드문, 까끌까끌하고 나지막한 목소리가 흘러나왔다. 여전히 촌스럽다. 하지만 구지라의 실력은 짜증스러울 정도로 뛰어나다.

내가 단념한 기타 반주를 쉽사리 해내고 있다. 이즈미의 곡도 나보다 구지라가 이미지에 더 맞을 것이다. 분하다. 하지만 예전처럼 뜨거운 철판 위에 내동댕이쳐진 듯한 초조함은 찾아오지 않는다. 그보다 이런 때에도 노래하고 있다는 사실이 기뻤다.

구지라가 몇 곡 부르고 나서 고개를 들더니 카메라를 바라보았다. 놀랐다. 언제나 갑갑한 앞머리로 눈을 숨기고 예고도 없이 몇 곡 부르고 끝나면 꾸벅 고개를 숙이고 방송을 종료하곤 했다. 지금은 카메라를 똑바로 쳐다보고 있다. 촌스러운 셔츠, 두툼한 입술, 가로로 넓적한 물고기 같은 얼굴.

"어, 여러분, 살아 있나요? 저는 살아 있습니다. 아……보면 알려나."

입가를 일그러뜨리며 웃었다. 너무 음침해서 오싹했다.

"저기, 어, 라이브를 봐주는 여러분 고마워요. 음, 아아, 지금 죽고 싶다고 댓글을 보낸 분, 이거 끝나면 신곡을 부를 테니 그것만 듣고 가세요."

저런 최악의 토크가 있다니. 보고 있자니 유쾌할 정도였다.

"저기, 신곡 제목을 알려달라는 댓글이 달렸네요. 제목은 없습니다. 이제 곧 죽을 텐데 제목 좀 안 붙이면 어때요. 그냥 제 노래예요."

구지라는 중얼중얼 말하더니 갑자기 신곡을 연주하기 시작했다. 좋은 노래였다. 그래서 '좋아요' 버튼을 눌렀다. 라이브를 보고 있던 청중들이 곧바로 반응을 보였다.

'Loco가 좋아요를 눌렀어!'

'Loco도 구지라를 좋아해?'

나는 그런 댓글을 보면서 이런 대답을 남겼다.

'지금까지는 좋아하지 않았지만 이건 좋은 곡이네.'

슬슬 시작하자고 부르는 소리에 나는 일어나서 연습으로 돌아갔다. 집에 돌아와 인스타그램을 열어보니 구지라가 답글을 남겼기에 웃음이 나왔다.

'저도 Loco의 요즘 노래는 좋아해요.'

나와 구지라뿐만 아니라 전 세계 사람들이 인터넷에 영상을 올리고 있다. 가수, 정치가, 종교인, 활동가, 작가, 배우, 엔지니어, 아티스트, 그리고 일반인이라는 이름으로 묶여버리는 저마다 다른 사람들. 긍정적인 격려뿐만 아니라 절망과 저주도 올라온다. 어제는 영국의 유명한 배우가 방송을 하다가 입에 총을 물고 방아쇠를 당겼다.

나는 아무 생각 없이 '좋아요'를 누른다. 혹은 누르지 않는다. 상대방도 좋아요를 누른다. 혹은 누르지 않는다. 마지막 날을 기다리면서 우리는 번식하듯 연결되어 간다.

마지막 날이 하루 앞으로 다가오자 세상은 온통 엉망 진창이었다. 우악스럽게 지켜온 이 동네도 자포자기하고 덤벼드는 놈들에게 뚫려 방화로 절반이 불타버렸고 필수 설비들이 끊겼다. 그런 와중에 무라카미 아저씨가 죽었 다. 좋아하는 인형을 두고 왔다고 우는 이웃집 아이를 보 고 불타는 집 안에 뛰어든 것이다. 무라카미 아저씨는 마 지막에 인형을 훔치는 데 실패했다.

오늘은 다 함께 공연장을 준비했다. 동네 모임에 쓰는 마을회관으로 오십 명만 들어가도 가득 차는 낡은 건물 이다. 전기가 들어오지 않아 다쿠 오빠가 현장에서 쓰는 발전기를 총동원했다. 마을회관에도 재난용 발전기가 있 다. 최소한의 설비로 마이크와 앰프만 연결하면서 나와 포치는 회관 2층에서 건물 앞뜰에 모여든 사람들을 바라 보았다.

"엄청나게 모여들었는데."

"라이브와 상관없는 사람들이 대부분이지만."

조금 전부터 동네에 사람들이 자꾸 모여들고 있다. 자 경단 아저씨들이 물어보니 모두 Loco 라이브를 보러 왔다고 대답했다. 하지만 아무리 봐도 그렇게 보이지 않는 노인과 중년층이 많다. 다들 집이 불타버렸거나, 가족이 없거나, 어디에도 갈 곳이 없어서, 뭐든 좋으니 누군가와 함께 있고 싶어서, 풍문으로 들은 라이브를 보러 온 것이다. 낯선 사람들끼리 마을회관 주변에 삼삼오오 모여 음식을 만들고 있다. 내가 옆을 지나가도 아무도 쳐다보지 않는다.

무대 준비를 마치고 돌아가는데 누군가가 불러 세웠다.

"어이, 아가씨."

중년 남녀와 고등학생으로 보이는 남녀. 흔히 볼 수 있는 가족이라고 하기에는 아저씨가 너무 위험해 보였다. 입고 있는 어두운색 양복은 핏자국이 말라붙었는지 기묘하게 번쩍거렸고, 안에 입은 셔츠도 시뻘겋게 물들어 있다. 옆에 있는 아주머니도 언뜻 보면 평범하지만 눈빛에 험악한 기운이 감돌았다.

"저, Loco 라이브 공연장으로 가려면 이 길이 맞나요?"

험상궂게 생긴 부모 뒤에서 여자아이가 쭈뼛쭈뼛 물었다.

"혹시, 혹시나 Loco 씨 아니세요?"

검은 머리를 길게 늘어뜨린 소녀였다. 평화로운 시절이었다면 제법 미소녀였을 텐데, 목욕을 할 수 없으니 전체적으로 꾀죄죄했다. 나를 포함해 모두가 그렇다. 동네는 악취로 가득하고 사람들도 움직이는 음식물쓰레기나 다름없다. 소녀는 커다란 눈동자를 부릅뜨고 나를 바라보았다. 전에는 지긋지긋할 정도로 받아왔던 호기심과 동경이 뒤섞인 시선이 지금은 신선했다. 맞아, 나는 가슴을 폈다.

"역시. 오래전부터 팬이었어요. 투어 라이브 티켓이 겨우 당첨되어서 기대하고 있었어요."

얼굴을 붉히는 소녀의 뒤에서 남동생으로 보이는 소년이 신기하다는 듯 나를 쳐다보았다.

"저, 하와이 호텔에서 Loco 씨를 만난 적이 있어요."

"하, 그래?"

"깊은 밤, 수조 앞이었어요. 바다를 바라보는 호텔이었는데, 바로 앞에 너른 바다가 있는데 이런 상자에 갇혀 있다니 불쌍하다고 Loco 씨가 했던 말이 기억나요."

뺨이 확 달아올랐다. 내가 그런 시적인 표현을?

"미안하지만 지금 당장 잊어. 그때의 나는 내가 아니었어."

일단 마을회관으로 가는 길을 알려주고 라이브에서 만나자고 인사하고 떠나려는데 야쿠자처럼 생긴 아저씨가 불러 세웠다.

"어이, 아가씨, 콘서트에서 그건 불러?"

"그거라니?"

"요전에 인스타라는 거에 나왔던 곡. 옛날 밴드 노래,

왜, 그거 있잖아."

야쿠자가 멜로디를 흥얼거렸다. 목소리가 제법 좋다.

"〈하드 럭 우먼〉."

야쿠자가 바로 그거라며 끄덕거렸다. 역시 그렇게 들리나 싶어 나는 어깨를 으쓱했다.

"부를 거야. 하지만 그건 내 애인이 만든 오리지널 곡이야."

"표절 아니야?"

"시끄러워."

"〈토크 더티 투 미〉도 부를 거야. 그리고 하노이의 〈모터베이틴〉, 머틀리의 〈테이크 미 투 더 톱〉도."

머틀리는 내 목소리에 잘 맞아서 특히 좋아한다.

"좋군. 조금은 괜찮은 기분으로 죽을 수 있겠어."

야쿠자가 이를 드러내며 웃었다. 옆에 있는 아주머니는 쓴웃음을 짓고 있다.

"두 분 다 잘됐네요."

남매가 부모를 돌아보며 웃었다. 우리 라이브를 기대하는 사람들이 적어도 한 가족은 있는 것이다. 나는 기뻐졌다.

"좋은 부모님이네."

그렇게 말하자 남매가 나를 돌아보았다.

"마지막에 아이가 좋아하는 곳에 데려와줬잖아."

잠깐의 침묵 뒤에 두 사람은 예, 하고 활짝 웃으며 끄덕였다.

화창한 날씨였다. 커튼을 걷자 따가울 정도로 강렬한 햇빛이 쏟아졌다.

거실 쪽을 돌아보니 아버지, 어머니, 다쿠 오빠와 새언니와 조카들, 아사코, 모두 한데 모여 자고 있었다. 마지막 밤, 우리는 가족끼리 모여서 잠들었다.

하나둘 자리에서 일어나 몇 번이나 돌려써서 탁해진 물로 얼굴만 씻고, 뻣뻣한 칫솔로 이를 문지르고, 남은 식량을 함께 나눠 먹고 집을 나섰다.

마을회관으로 가는 길에 새언니가 갑자기 비명을 질렀다. 다쿠 오빠는 주저앉은 새언니를 말없이 등에 업었다. 엄마의 모습에 겁을 먹고 오줌을 지린 조카들을 부모님이 한 명씩 품에 안았다. 어머니에게 내가 업겠다고 했지만 거절당했다.

"넌 체력을 남겨둬. 큰일이 남아 있잖니."

나는 고개를 끄덕이고 마을회관으로 향했다.

마을회관 2층, 앞뜰 쪽 벽은 철거했다. 회장에 들어오지 못할 만큼 사람들이 모여들었을 때 어떻게 하면 사람들에게 공연을 보여줄 수 있을까 의논했고 다쿠 오빠와 친구들이 2층 외벽을 허물어주었다. 한쪽 벽면이 뚫린 2

층을 무대로 쓰면 사람들에게 다 보인다.

소혹성 충돌은 오후 3시.

오후 1시 45분, 라이브가 시작되기 전에 나, 포치, 나오, 요칭, 그리고 서로의 가족들이 둥그렇게 모여 어깨동무를 했다. 끝까지 하자. 그것뿐. 할 수 있는 말이 그뿐이었다. 나는 기름져서 무거운 머리카락을 높이 묶고 이날을 위해 어머니가 만들어준 드레스를 입었다.

마을회관 2층을 뚫어 만든 무대에 서자 30퍼센트의 힘찬 박수와 70퍼센트의 무기력한 반응이 맞이해주었다. 푸른 하늘, 눈 밑에 펼쳐진 앞뜰에는 낡고 지친 사람들이 있다.

― 지쳤어. 이제 아무래도 상관없어.

― 끝날 거면 빨리 끝나버려.

의욕을 한껏 저하시키는 시선에 사쿠라바 미사키 시절이 떠올랐다. 대형 쇼핑몰의 중앙 홀에서 팬티를 드러내며 춤을 추었다. 팬은 한 명도 없었다. 우연히 지나가던 쇼핑객들의 안쓰럽다는 시선. 집에 있을 곳 없는 노인들이 불편한 플라스틱 벤치에서 지팡이를 붙잡고 앉아 있었던 게 생각났다.

포치와 나오가 손가락을 몇 번 튕겼다. 요칭이 스틱을 몇 차례 휘둘렀다. 나는 뒤를 돌아보고 무대라고 부르는 평범한 마을회관 바닥을 둘러보았다. 옆쪽에서는 가족들이 우리를 지켜보고 있다. 나는 왼쪽에 선 포치, 오른쪽에 선 나오와 시선을 교환하고 마지막으로 요칭을 향해 고개를 끄덕였다.

— 자, 시작할까?

하나, 둘, 셋, 넷, 요칭이 오픈하이햇°과 차이나심벌을 두드렸다. 첫 곡부터 풀스윙. 마지막의 시작에 걸맞은 화려한 카운트였다.

몇 안 되는 Loco의 팬이 가장 먼저 점프하기 시작했다. 그들 속에서 어제 만난 남매를 발견했다. 힘차게 뛰어오르며 입술이 맞닿을 듯한 거리에서 함께 웃고 있다.

— 어라, 혹시 남매가 아닌가?

아이들 뒤에서 털썩 주저앉은 야쿠자 아버지는 어디서 가져왔는지 유리잔으로 맥주를 마시고, 옆에서 어머니가 바지런하게 안주를 챙기고 있었다.

— 이건 꽃놀이가 아니거든?

나는 신이 나서 힘껏 목청을 돋우었다. 옛날부터 목소리가 큰 게 자랑이었다. 싸구려 마이크와 앰프라도 이 세상 끝까지 닿을지 모른다고 착각했다.

피난민이 더 많아서 라이브 특유의 열기는 전혀 없었지만 국지적으로 흥이 오른 곳도 있었다. 인스타그램을 본

°드럼세트의 하이햇 심벌을 열어둔 상태로 내는 소리.

왕년의 하드록 팬도 섞여 있는지 추억의 곡을 부르면 나이 지긋한 아저씨가 일어서서 주먹을 휘둘렀다.

나는 기분이 좋다. 포치도, 나오도, 요청도 땀범벅이 되어 웃고 있다.

오후 3시, 폭발음이 울리며 거대한 빛이 생겨났다. 가장자리만 어렴풋이 붉그스름한 빛 덩어리가 창공을 천천히 가로질렀다. 비명이 솟구치는 가운데 작은 불덩어리가 몇 개나 나타났다.

"하나가 아니었어?"

마이크를 쥔 채로 중얼거리고 말았다. 연주도 멈췄다.

크고 작은 아름다운 빛이 쏟아져 내린다. 어느새 비명은 그쳤고 공포 혹은 절망, 어쩌면 또 다른 무언가에 뒤덮여 세상은 침묵에 빠졌다. 나는 그저 시선을 빼앗겼다. 찬란하게 타오르며 떨어져 내리는 크고 작은 빛. 장대하고 화려한 무대 장치. 지금까지 받았던 그 어떤 스포트라이트도 견줄 수 없다.

어떤 두려운 최후가 닥쳐와도 각오하고 있었다.

하지만 이것은 그런 게 아니었다. 최고로 아름다운, 나를 위한 무대다.

— 나, 노래해야 해.

왼쪽을 보니 포치가, 오른쪽을 보니 나오가, 뒤를 돌아보니 요청이, 저마다 가족들과 힘껏 부둥켜안고 있었다.

우리 가족도 꼭 붙어 있다. 어머니와 눈이 마주쳤다. 필사적인 표정의 어머니를 향해 맡겨만 두라고 힘껏 고갯짓을 했다.

숨을 깊이 들이마시고 나는 첫음절을 목구멍에서 쥐어짜냈다.

아카펠라와 함께 기억이 뒤죽박죽 흘러간다. 미니스커트를 입고 속옷을 드러내며 춤추던 나. 멜로디언을 신나게 불던 나. 진홍색 욕조에 가라앉은 벌거벗은 이즈미. 첫 도쿄 돔 라이브. 친구들과 나갔던 밴드 전국대회. 가느다란 글라스 바닥에서 솟아오르는 샴페인의 황금색 거품. 변기에 소용돌이를 그리며 빨려 들어가는 토사물. 즐거웠다. 죽고 싶었다. 수많은 기억과 감정이 엄청난 속도로 뒤섞였다가 폭발해, 목구멍에서 목소리가 되어 솟구쳤다.

내일 죽을 수 있다면 편해질 거라 꿈꾸었다.

그렇게 바랐던 내일이 마침내 찾아왔다.

그런데 이제야 조금 더 살아봐도 좋았을 것 같다는 생각을 한다.

후회가 아니다, 조금 더 부드럽고 눈부신 감정이다.

이걸 희망이라 부르면 이상할까?

쏟아지는 빛을 노려보며 나는 목이 터져라 노래한다. 이제 곧 바다 쪽에서 치솟을 무언가가 우리를 집어삼키려고 다가오리라. 그것은 지금까지 강렬한 빛으로 나를 망쳐버린 신 같기도 하고 악마 같기도 했다. 피할 길 없는 그것을 두려워하면서도 속절없이 사랑했음을 깨닫는다. 그렇기에 나는 그것을 향해 모든 것을 해방한다.

오픈하이햇과 차이나심벌 소리가 울린다.

베이스와 기타가 이어서 따라온다.

시작을 알리는 소리일까, 끝을 알리는 소리일까? 나는 환청일지도 모를 음악을 지배한다.

그렇게 머지않아 다가올 마지막 순간까지, 그저 생명을 노래하리라.

옮긴이의 말

    초등학교 때 문집에 실을 용도로 "세상이 끝나는 날 어떤 마지막을 맞이하고 싶나요?"라는 질문을 받은 적이 있습니다. 지금은 사두고 읽지 못한 책이 점점 늘어가고 있지만, 나름 초등학생 때는 책을 열심히, 많이 읽는다고 자부했고 '세상이 끝난다'라는 말이 곧 '죽음'을 뜻한다는 것을 머리로만 알고 감정적으로는 이해하지 못했던 터라 "책에 깔려 죽고 싶다"라는 답을 써서 냈습니다. 지금 생각하면 너무 고통스러운 죽음인 데다가 어렸을 때부터 공개적으로 흑역사를 적립한 꼴인데 당시에는 '종말'도 '죽음'도 급박하고 눈 깜짝할 사이에 찾아오는 것이라고 생각했던 것 같아요.

    흔히 디스토피아를 표현할 때 세상이 피폐해진 이후 인간성 상실에 대한 묘사, 스스로가 살아남기 위해 인간이 어디까지 잔인해질 수 있는가를 다루는 작품이 많습니다. 반대로 디스토피아 작품도 미래를 향한 희망을 이야기할 때는 개개인의 작은 선행과 그런 것들의 연쇄 작용에 초점을 두는 경우가 많습니다.

『멸망 이전의 샹그릴라』는 양쪽의 장점을 균형 있게 취하면서도 피할 수 없는 분명한 종말이 대전제로 주어졌다는 면에서 출발점이 조금 독특한 작품입니다. 죽음을 앞둔 인류, 그중에서도 어디에나 있을 법한 한 소년의 이야기로 시작되어 소년을 둘러싼 인물들의 시점으로 각각의 챕터가 진행됩니다. 특별히 잘못한 것은 없지만 외모, 재력, 운동신경이 부족하다는 이유로 학교에서 집단 괴롭힘을 당하던 소년은 괴로운 현실을 잊기 위해 지구 멸망을 기도합니다. 그런 부조리한 상황이 학교라는 공간을 벗어난다고 해결되지는 않으리라는, 사회의 고질적인 착취 구조를 인식하고 있다는 점에서 소년의 절망은 무겁게 다가옵니다. 하지만 이제 세상의 종말이 한 달 후로 확정되자 상황은 바뀌어, 원래는 학교에서도 사회에서도 약자를 착취하며 즐겁게 삶을 구가할 강자들이 약자들과 같은 처지로 떨어지죠.

문제는 이 '종말'이 갑작스럽게 찾아오기는 하지만 '한 달'이라는 유예가 있다는 점인데, 이 작품은 그 한 달 동안 벌어지는 파괴와 약탈이 아니라 오히려 평화로운 세상에서는 얻지 못했던 평안과 행복을 찾은 사람들의 모습을 그리고 있습니다. 종말 이후에도 세상이 계속된다면 상황은 분명 다를 것입니다. 코맥 매카시의 『더 로드』가 보여주었던 세상처럼 모두가 살아남기 위해 약탈도 살인도 서슴지 않을지 모르지요. 하지만 어차피 모두가 죽는다면? '죽을지도 모르는 미래'와 '반드시 죽는 미래'는 사람들의 사고와 행동에도 다른 작용을 가져올 겁니다. 그리고 어차피 죽을 운명이라면 남은 시간을 피폐하게 보내기보다 그것이 사람이든 물건이든 추억이든, 사랑하는 존재와 함께 마지막 나날을 평온하게 지내고 싶은 게 인지상정 아닐까요?

『멸망 이전의 샹그릴라』에서도 물론 본능과 욕망이 이끄는 대로 생필품을 약탈하고 타인을 폭행하고 죽이는 사람들이 나옵니다. 하지만 우리는 그들 또한 약탈과 살인의 피해자가 될 수 있음을 표현되지 않는 이면에서 읽어낼 수 있습니다. 한편으로 어차피 죽는다 해도 사람들끼리 자기 삶의 터전을 자발적으로 지키는 모습에서 우리는 일종의 안도감을 느낍니다. 첫 번째 단편의 주인공 소년이 스스로를 양떼 속에서 안도하는 한 마리 양에 비유하는 것처럼, 아무리 죽음과 종말을 앞두고 있더라도 시종일관 불안과 공포에 떨다가 마지막 순간을 맞이하고 싶은 사람은 없겠지요.

　성악설을 주장한 순자는 인간이 만물의 영장이 될 수 있는 이유로 공동체 또는 사회를 구성할 수 있다는 점을 들었습니다. 이는 곧 위험을 회피하기 위해 후천적으로 노력해서 이루는 공동체로, 작품 속에서도 종말이 다가오는 마지막 순간에 공연장에 몰려든 사람들 역시 누군가와 함께 있고 싶기 때문에 거리로 나옵니다. 종말 자체를 피할 수는 없어도 누군가와 함께 있다는 사실이 주는 안도와 평안이 있는 것입니다.

　최근의 코로나19라는 유례없는 위기는 불특정 다수의 생명을 직접적으로 위협한다는 점에서 종말의 풍경과 맞닿아 있는 면이 있습니다. 정신적 피로도가 높아지는 요즘, 절박한 상황에서 우리는 어떤 선택을 하게 될지, 우리에게 진정 소중한 가치는 무엇인지 되돌아보며 한 해를 마무리하고 시작하기에 이보다 더 좋은 작품은 없을 것 같습니다.

2021년 12월

김선영

옮긴이 | 김선영

한국외국어대학교 일본어과를 졸업했다. 방송 등 다양한 매체에서 전문 번역가로 활동했으며 특히 일본 문학을 소개하는 일에 힘쓰고 있다. 옮긴 책으로는 온다 리쿠의 『꿀벌과 천둥』 시리즈를 비롯하여, 이사카 고타로의 '명랑한 갱' 시리즈, 『종말의 바보』, 요네자와 호노부의 '고전부', '소시민' 시리즈, 나기라 유의 『멸망 이전의 샹그릴라』 외 다수의 책을 번역했다.

멸망 이전의 샹그릴라

1판 1쇄 인쇄 2021년 12월 17일
1판 1쇄 발행 2021년 12월 24일

지은이 나기라 유
옮긴이 김선영
펴낸이 김기옥

문학팀 김세화 | **마케팅** 김주현
경영지원 고광현, 김형식, 임민진

표지디자인 형태와 내용 사이 | **본문디자인** 고은주
인쇄·제본 (주)민언프린텍

펴낸곳 한스미디어(한즈미디어(주))
주소 (04037) 서울시 마포구 양화로11길 13(서교동, 강원빌딩 5층)
전화 02-707-0337 | **팩스** 02-707-0198 | **홈페이지** www.hansmedia.com
출판신고번호 제313-2003-227호 | **신고일자** 2003년 6월 25일

ISBN 979-11-6007-765-0 (03830)

한스미디어 소설 카페 http://cafe.naver.com/ragno | 트위터 @hans_media
페이스북 www.facebook.com/hansmediabooks | 인스타그램 @hansmystery